魅丽文化 花火工作室

淮南以宁

木子喵喵 著

江苏凤凰文艺出版社
JIANGSU PHOENIX LITERATURE AND ART PUBLISHING, LTD

图书在版编目（CIP）数据

淮南以宁 / 木子喵喵著 . -- 南京：江苏凤凰文艺
出版社，2019.10
ISBN 978-7-5594-4076-1

Ⅰ．①淮… Ⅱ．①木… Ⅲ．①长篇小说－中国－当代
Ⅳ．①I247.5

中国版本图书馆 CIP 数据核字 (2019) 第 219856 号

淮南以宁

木子喵喵 著

出 版 人 张在健
责任编辑 张 倩 王 青
特约编辑 黄 欢 胡 蓉
装帧设计 黄 梅
出版发行 江苏凤凰文艺出版社
南京市中央路 165 号，邮编：210009
网　　址 http://www.jswenyi.com
印　　刷 湖南新华精品印务有限公司
开　　本 880mm × 1230mm 1/32
印　　张 10
字　　数 237 千字
版　　次 2019 年 10 月第 1 版，2019 年 10 月第 1 次印刷
书　　号 ISBN 978-7-5594-4076-1
定　　价 38.60 元

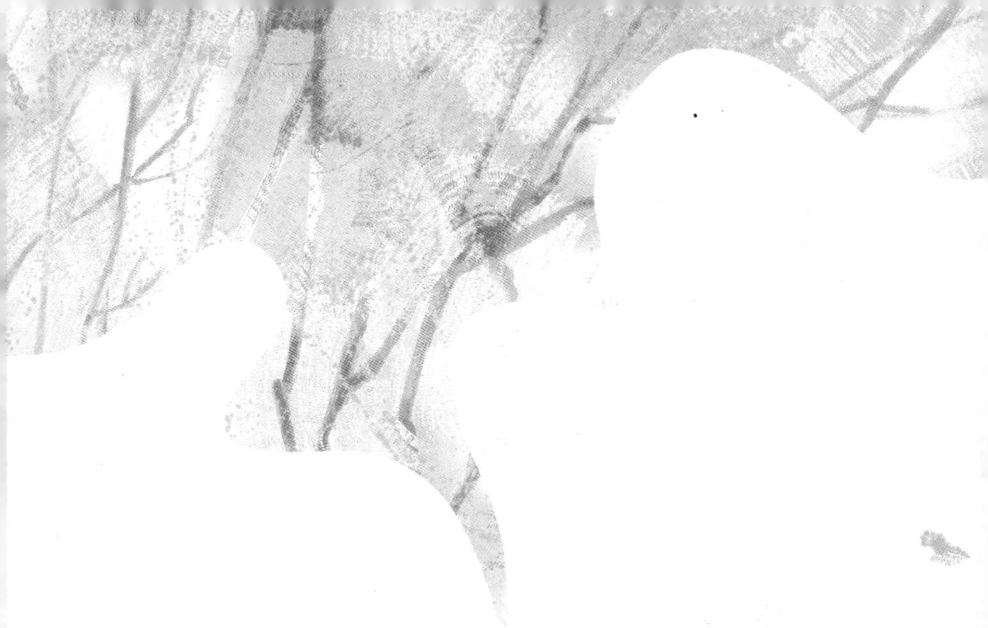

目录

CONTENTS

目 录

CONTENTS

第一章

住在顶层的那个男人

Part 1 >>>

在别人眼中，陆淮南是个冷酷无情的有钱人；是没有骨肉亲情的无心人；是自私自利的商人……总而言之，他就是个坏人。

没认识他之前，归宁从未想过自己会喜欢上这样一个“坏人”。

没认识陆淮南的这十多年，归宁过得无欲无求。

母亲徐耀青说：“我家归宁对什么都不感兴趣，再好的东西都兴致索然，不爱交朋友，喜欢独处。”

徐耀青的朋友说：“这是因为从小到大，归宁都是归家的掌上明珠，她想要的都有，不想要的也有，所以对什么都失去了兴趣。”

午后，归宁坐在父亲归福贵的办公室里，看着窗外盛开的合欢树，如扇子一般的粉色丝绒花丝根根分明。

很多人喜欢樱花，她却喜欢合欢花。

古有云：“萱草忘忧，合欢蠲忿。”

蠲忿，意为消除愤怒。

除此，她也喜欢合欢花的韧劲，合欢花虽喜欢温暖的环境，但它的抗寒能力非常强。

归宁希望自己能像它们一样，即使在温室中长大，也有独力生存的能力。

她掰着合欢花丝数着，数到第一百零一根的时候，办公室的门被打开了。

归福贵爽朗的笑声从外面传来：“来来来，陆总，这就是我的办公室，虽然不及 B 市的黄金地段，但在我们这种小城市也算数一数二。”

归宁拨弄着花丝，已经习惯了归福贵各种张三李四各种“总”的称呼。

对于这个陆总，她并无多大兴趣，连头也没回。

不一会儿，门口传来一道低沉温润的男音：“您谦虚了。”

归宁的手一顿，这陆总的声音倒是十分好听，不像过去那些“总”，跟父亲一样，气势如虹，与人交谈时声音大，唾液横飞，生怕别人听不见他们说话。

归宁总这样不客气地形容归福贵，归福贵很宝贝这唯一的女儿，又是纯粹的生意人，完全不介意，甚至笑哈哈地说："是是是，宁宁教育得对！"

归宁从合欢树的花丝中抬起头，见父亲客气地领着一名西装革履的英俊男人走进来。

英俊……归宁挑挑眉，这男人和她之前见过各类的"总"果然都不同。

年轻、俊朗，从他的衣着和言行举止可以看出，跟父亲完全不是一类人。

他一举一动中都是从小养出来的贵气，面对父亲的大嗓门，他从始至终保持着淡淡的微笑，修养极好。无论父亲与他怎么交流，他都保留几分恰到好处的客气与礼貌。

"爸。"归宁喊了一声没看见她的归福贵。

见归宁趴在办公桌后，归福贵略显意外："宁宁？今天怎么有空到爸爸这儿来玩？"

归宁告诉他："明天就要去大学报到了。"

"我的宝贝女儿上大学的事我记着呢，我已经安排吴叔叔送你去了！"归福贵笑呵呵地说，"爸爸办完手头上的事就立刻去你的学校看你！"

"不用，我来是想跟你说，我自己坐车去学校报到就行，不用麻烦吴叔叔了。"

"这怎么行？！你可是第一次离家这么远去一个陌生的城市，虽说B市你以前旅游过，可上学是长期待在那里，跟旅游可不一样。"

归宁不吭声，虽然脸上没太大表情，但归福贵知道她生气了。

平时归福贵什么都依着归宁，但这件事他不想让步，毕竟他老来得女，对这个女儿宠爱有加，容不得半分闪失，如果不是因为他近日有要事在身，必定要亲自送她去学校。

"归总，刚好明天我要回B市，如果您放心，我可以送归宁小姐去学校。”

这时，一抹清润的声音打破父女俩的争论。

归宁抬眼看向那个一直未吭声的男人，黛眉轻皱。

陆淮南也朝这边看来，归宁这才看清楚他的样貌，他生得十分好看，朗眉墨眼，鼻挺唇薄，清隽如风，气宇不凡。

可……长得好看又怎样？归宁讨厌陆淮南多管闲事。

归福贵听见陆淮南这样说，十分开心：“对了！是我糊涂了，还没给你介绍！”说着拉过归宁，“陆总，来来来，我跟你介绍介绍，这是我女儿，归宁。”

随即又对归宁介绍：“宁宁，这是陆总，陆中集团的大少爷。”

归宁懒懒地掀了掀眼皮，连招呼都懒得打。

陆淮南看见归宁的表情，漂亮的嘴唇勾了勾，并不打算跟刚刚成年的她计较。

倒是归福贵，一脸喜悦：“能让陆总亲自送宁宁去学校那真是太好了，宁宁，一路上你要听陆叔叔的话，不要给陆叔叔添麻烦知道吗？”

没等归宁回复，归福贵又自夸：“不过我女儿从小就被我们教得好，懂礼貌，绝不会给任何人添麻烦。”

归宁见父亲心意已决，便不再多说什么，拿了包便要离开办公室。

“哎，宁宁，你去哪儿？”

“回家。”归宁头也不回，声音淡漠。

走出几步后，归宁还能听见父亲与陆淮南的交谈声。

“我这女儿真是被我宠坏了，陆总别见怪。”

“归总见外了……”

“对了，陆总怎么知道小女的名字？”

“经常听归总提起你女儿的名字，自然没忘……”

“原来如此，原来如此！”

次日一大早，徐耀青便给归宁做好了早餐。

归宁吃完早餐后，管家进来说：“老爷，夫人，小姐，陆总的车已经在门口等着了。”

“陆总真守时！”归福贵忙放下餐具，高兴地迎出去。

归宁喝了一杯牛奶，不急不缓地擦着嘴。

“宁宁，吃完了吗？”

“嗯。”

“出去吧，别让陆总等久了，据说这陆总可是个大人物，也是你父亲生意上重要的合作伙伴，你要和他好好相处，知道吗？”

“知道了。”归宁闷声说。然后在徐耀青的千叮咛万嘱咐中不情不愿地走到了门口。

远远的，归宁便见陆淮南的两辆车停在院子里，一辆是商务车，一辆是私家车。

徐耀青帮归宁准备的三个硕大的行李箱，正被一一搬上那辆商务车。

陆淮南正站在私家车旁与她的父亲交谈，比起父亲脸上的笑意，他显得客气又淡漠。又是一身笔挺的西装，好像不管在什么场合，他都穿得那么严谨又古板。可偏偏又遮挡不住他浑身高雅清贵的气质，与俊美的容貌。

以前听父亲提过，陆家大少爷陆淮南城府很深，令人捉摸不透，表面上看起来很好相处，对谁都客客气气的，其实都是逢场过戏，没人能与他深交。

哼，归宁心想，既然冷漠为什么还要多管闲事？

“宁宁，快过来，准备出发了！”

归福贵的声音打断了归宁的思绪，她抬眼，便见陆淮南也看向这边，神情淡淡的，眼睛漆黑如墨，深如幽潭。

归宁故意慢慢地走过去，归福贵见了，催促她：“宁宁，快过来呀！”

待归宁走过去又叮嘱了几句，才跟徐耀清依依不舍地回家了。

陆淮南看着眼前岁数不大，却傲气十足的漂亮小姑娘，绅士地帮她打开了车门。

归宁说了句“谢了”便上了车。

陆淮南挑了挑眉，很意外，小姑娘还挺有礼貌。

车上就三人，司机、陆淮南，和坐在后面的归宁。

归宁无话可说，陆淮南本来话就不多，这一路到达B市，车内一片沉默。

到达B市时，已经是后半夜了，陆淮南将归宁安排在B市陆中集团旗下的七星级×酒店：“明天早上八点我过来接你吃早餐，然后去学校报到。”

这是那天陆淮南第一次对归宁说话。

“十点。”归宁拒绝了八点的提议，“我自己在酒店吃完早餐十点你带我去报到就行。”

陆淮南看了归宁一眼，对这个很有主见的小姑娘，脾气很好地应下：“好。”

归宁拉着门：“还有事吗？没事的话，我关门了。”

驱客的意味很明显。

“早点休息。”

归宁轻“哼”了一声，没好气地将门关上。

沉重的木门将两个大男人关在门外。

一旁，陆淮南的助理里邦皱眉：“陆总，我怎么感觉，这位归总千金好像对你充满了敌意？而且，陆总是否太迁就她了……”

面对里邦的维护，陆淮南言简意赅：“小孩子而已，不用太计较。”

Part 2 >>>

归宁回到房间，这是一间大套房，套房内所有设备都是智能的，虽然归宁没住过，也曾经在电视上看过这家酒店刚建起时的报道。

它是陆中集团在B市建造的地标性建筑，B市第一家七星级酒店，酒店奢华贵气，所有房间都有智能化系统，当然，价格也是普通人难以承受的。

归宁摁开窗帘，落地窗外是B市最繁华的地段，从这个角度看去，街道市景，灯火通明，一览无余。

手机忽然响起来，是归福贵的电话。

一接通电话，归福贵爽朗的笑声就从电话中传来："宝贝女儿，听陆总说你们已经到达B市了，怎么不给爸爸妈妈打一个电话呀？"

"不是有人向你汇报吗？"归宁坐在浴室的琉璃洗漱台上，无聊地拨弄着台子上的瓶瓶罐罐，一双纤细白皙的双腿在半空中晃荡着。

"宝贝女儿你不要这样说，好像我派人监视你，你要跟陆叔叔好好相处知道不？"

归宁翻了个白眼："他比我大不了多少吧？冒充什么叔叔？！"

归福贵"唔"了一声："他不是我生意上的朋友吗？都统一喊叔叔。"

"知道了。"归宁没了打电话的兴致，"爸，你还有什么事吗？没事我去洗澡了，明天还要去学校报到。"

"让你妈妈跟你说几句话……"

归宁耐着性子跟母亲聊了几句后，好不容易挂断电话，她扭头，看着镜子中的自己，满脸不乐意，鼻子里冷"哼"一声："年纪轻轻，学人家当什么叔叔？！"

站在隔壁套房里的里邦正在跟陆淮南汇报工作，听见陆淮南打了一个很响亮的喷嚏。

他顿了顿："陆总，您是不是感冒了？"

陆淮南挥挥手，示意他继续。

里邦只能继续汇报，最后收尾："最近您弟弟陆泽漆和往常一样，很安分，我们会持续跟进他的情况。"

"嗯。"陆淮南应了一声，目光一直盯在电脑屏幕上。

里邦识相地收工回家。

里邦在陆淮南身边工作已经一年了，在这之前，陆淮南身边更换过很多助理，每个助理待的时间都不长，里邦想，这跟陆总的性格有关。

要说陆总不擅于交际，可他能在商场中游刃有余。要说他是个能言善辩的人，可他话非常少，尤其是跟家人。

他甚至长期不回家，住在酒店，只因为他喜静，厌恶被任何人打扰，讨厌与家人交流。

不过，这不妨碍里邦对陆总的崇拜与尊敬，至少在工作这一块儿，陆总的能力无人能及。

即使是他那个同父异母的弟弟陆泽漆，在里邦眼里，兄弟俩也隔着千山万水的距离。

安静的套房内，陆淮南专注地处理着因为这两天出差而落下的一摞摞文件。

手机振动起来，他瞥了一眼，接起来："归总，你好。"

是归福贵的电话，没有特别重要的事，主要是感谢和拜托他在 B 市多多关照他女儿。

陆淮南简略地应了几句，挂了电话后，继续工作，似乎并没有把这件事放在心上。

生意上的一个重要合作伙伴而已，关照他女儿不过是礼尚往来，人情世故，能更好地促进二者之间的合作。

第二天，归宁七点便醒了。

洗漱之后，她穿戴好，去餐厅吃了个早餐。

女服务员听见归宁报的房号，格外热情："是归宁小姐，您好，请往这边，我们为您准备了专座。"

归宁跟着她走到人少又安静的位子，女服务员拿来了菜单。

归宁嫌麻烦：“我吃自助就行。”

说完，也不管女服务员什么反应，径自去自助区挑了一些自己喜欢的食物。

女服务员一直在不远处候着，生怕归宁有其他要求。

其他女服务员见了，不禁问：“那位是酒店重要的客人吗？”

“她重不重要我不知道，但替她订房的人，是住在顶层的那个男人。”

“啊！是他啊？”女服务员眼中又是惊奇又是倾慕，住在顶层的那个男人啊，身份尊贵，又显少露面，格外神秘，“不是说他从来没有绯闻，身边没有过女性朋友吗？那这女孩是谁？”

“这我就不知道了。”

归宁在餐厅用完早餐后，在服务员热情的目光下，离开了。

九点半，归宁自己打车去B大报到。到达B大时，刚好十点。

她勾勾唇，想起昨晚和陆淮南的约定——

就给他来个人去楼空吧！谁让他这么喜欢多管闲事！

归宁拖着行李箱走进B大，新生开学，来往的人非常多。

头顶巨大的红色横幅写着：“欢迎新同学”。

归宁不紧不慢地走在人群中，她的气质独特，人又长得好看，引得不少人回眸。

“学妹，新生报到吗？哪个系的？我们送你过去吧？”

“学妹，我帮你拿行李吧？”

“学妹……”

归宁几乎每走一步，都会有热情的学长上来打招呼。

归宁觉得很烦，加上天气炎热，她一张俏丽的脸上，表情越来越冷：“不用了。”

学长们对新来的美女学妹总是非常热情，奈何归宁实在太冷漠，渐渐的，许多学长只能望而却步。

十点，× 酒店顶层，准时出现在归宁房门口的陆淮南敲了门，没人响应，里邦见状，立刻喊来酒店的人来开门。

打开门，室内空荡一片，人没了，行李也没了。

陆淮南冷着一张脸立在原地。

身后里邦和酒店的工作人员一声不敢吭。

陆淮南转身，两人立刻让出一条路，他面色阴沉地走出去。

里邦忙跟上，压着声音对身边酒店的工作人员说：“还不赶紧找人？”

“是，是！”

B大新生报到处，归宁排队报到，前面大概排了五六个人，排到她时，她将资料交给老师。

老师看了一眼档案上的照片，又抬头看了她几眼，将寝室钥匙和一些资料递给她后，看着她离开的背影，小声跟身边的同事八卦：“今年这英文系美女不少啊，刚来了一个，现在又来了一个……”

归宁拖着行李慢悠悠地朝寝室方向走。

刚刚老师递给她的资料中，有一张学校的地图，她一边对着地图，一边走，刚走到一个拐角，竟看见站在寝室楼下的陆淮南。

他正跟一个领导模样的人交流，身边站着他的助理，那领导一副阿谀奉承的模样，周围一大群女生围观着。

大抵是热了，他脱掉身上繁重的西装，穿着一件白色衬衫，最上面的两个扣子解开，和平日里的一丝不苟不同，竟多了几分性感。

也不知怎么回事，正与旁人交流的陆淮南忽然抬头，视线在人群中搜索着。

归宁一个激灵，立即转身要走。

Part 3 >>>

“归宁。”如魔咒般的声音从归宁身后传来。

归宁停住脚步，背对着陆淮南，没有回头。

其实陆淮南的声音很好听，像一股清泉，冰凉透彻。可谁让他多管闲事，她希望他不要过来，当作没看见她就好了。

这两天的相处，陆淮南应该不会笨到感觉不到她全身上下每个细胞都在排斥他吧？

父亲可是经常在她面前吹陆中集团的陆总有多聪明，足智多谋，善于谋划……反正各种好的成语都往他身上堆就对了。

所以这么优秀的陆总怎么会看不出她在想什么？

可现实和想象往往相反，陆淮南走到归宁面前，漆黑的双眸看着她，表情有点严肃。

归宁已经做好准备接受他的责备了，谁让她故意放他鸽子。

看陆淮南这么严肃，手下人又那么害怕他的样子，肯定平时在公司没少发脾气，大概他也会向父亲那样念叨她个没完吧？

“手续办好了，我送你去寝室。”

和归宁想象中的不一样，陆淮南的声音听起来很平静。她心中掠过一丝诧异，没料到他脾气竟这么好，明明是个看起来不好惹的大冰块啊！

归宁指了指前面，表示寝室的方向在那边。

陆淮南也没问其他，只说：“走吧。”

归宁看着陆淮南走在前面，也没说什么，跟在他后面慢吞吞地走着。

开学时期，新生本就引人注目，何况是这样一对俊男美女，自是少不了投过来的各种眼神。

“那女孩也是新生吗？长得好漂亮啊！”

“有点高冷。”

“那帅哥也超帅啊！”

“他们什么关系啊？”

“兄妹吧？看上去像哥哥来学校抓到离家出走不听话的妹妹……”

“不，我觉得更像恋人，俊男美女啊！”

“我们学校又多了一位女神！”

路人纷纷开始脑补。

从小便很受欢迎的归宁，对这类眼神和议论向来免疫，她面无表情地跟着陆淮南走到寝室楼下。

一直跟陆淮南交流的学校主任忙上来打招呼：“这就是归宁同学啊，欢迎来到B大！”

归宁扯了扯嘴巴，勉强笑了笑。

主任身边的老师正要帮归宁搬行李，里邦说：“不用了，老师，我们有专门的人。”说完，指挥着身后两人从车上将归宁从家里带来的三个大箱子搁在地上。

然后里邦恭敬地问陆淮南：“陆总，是直接让他们把箱子搬去寝室吗？”

陆淮南看了归宁一眼，她点点头。

陆淮南：“嗯。”

里邦便命人开始搬箱子。

新生入学第一天，有家长会送子女上学，所以女生寝室是对外开放的。

一行人将行李搬到归宁的寝室。

归宁跟着陆淮南走进去。

此时寝室里只有一个学生，她见两人走进来，热情地说：“你好，我是七彩，你也是我们寝室的吗？”

归宁面无表情地点头，找了个空位坐下。

七彩因归宁的表情显得很尴尬，站在那儿有些局促。

直到里邦说："这是我们归宁小姐。以后大家都是同学，互相多照顾。"

尴尬的气氛才逐渐化解。

七彩点点头："会的，会的！"

七彩是从小地方过来上大学的，从没见过像归宁这种大富大贵的人，听见里邦喊她"小姐"，又喊陆淮南"陆总"，只觉得一定是惹不起的人，便不敢再说什么，安安静静地回到自己的位子上。

陆淮南带归宁看了寝室之后，便带她去吃午饭。

午饭是法式西餐厅，面对彬彬有礼的服务生，和冰冷的刀叉，归宁一点食欲都没有，几口之后，陆淮南便将她送回学校了。

虽然归宁表现得很冷漠，但陆淮南似乎并不在意，送她下车后对她说，在B市遇到任何困难都可以找他。

她一个学生，会有什么困难？

归宁没想到还真遇到困难了，但那已经是开学半个学期之后的事了。

因为曾答应过归福贵会在B市好好照顾归宁，所以每周一有时间，陆淮南就会来学校找她吃顿饭。

吃饭的内容很简单，问归宁这一周的生活状态、功课、困扰、以及需要帮助的地方。

"困扰啊……"归宁撑着下巴想了想，"以前没有，现在还真有。"

陆淮南放下手中的刀叉，不急不缓地擦了擦嘴，才问："什么困扰？"

"你啊……"归宁撑着下巴，眼睛一眨不眨地盯着陆淮南，"因为你每周都开豪车来接我，学校里的人都说我是你在外面包养的情人。"

Part 4 >>>

陆淮南的指尖微动："如果你的困扰是我，我十分抱歉，对此我可以……"

“你什么都不用做。”归宁说，“因为我根本不介意别人怎么说。我就是想告诉你，你这样不怕对你的名声不好？毕竟你是个名人。”

陆淮南笑了笑：“什么名人，不过是个人名罢了。”

“陆淮南，你多大了？”

突然的提问，让陆淮南觉得自己是不是老了，跟不上年轻人转移话题的节奏？

“怎么忽然问这个？”

“就好奇啊，像你这么老，怎么一个喜欢的人都没有？”

后来，归宁才知道，他不是一个喜欢的人都没有，是喜欢的从始至终只有一个人。

那天吃饭依然很平静。

陆淮南除了选择性地回答归宁的问题，其他时间都一如既往，问她在学校生活如何，与室友相处得怎么样。

“挺好。”归宁说。

陆淮南：“有什么需要可以跟我说。”

“没有需要。”

说起来，归宁真是个很难相处的小姑娘，至少里邦是这样认为的。

送归宁回寝室时，陆淮南想起归宁方才说的流言，在车上跟她建议：“我可以帮你配一辆专车，以后由专门的人接送你。”

“不要。”归宁果断拒绝，“我说了我不在意，我从不活在别人的眼光里。”

里邦觉得陆总心里大概在想，这小姑娘怎么这么难搞？

本以为陆淮南会发脾气，可陆总只是沉默了片刻，便随她去了。

里邦发誓，他真的从未见过这么好脾气的陆淮南，简直和他平时认识的被外界评论为“陆家小阎王”的陆总判若两人。

里邦其实对这两个人的相处过程很感兴趣，在里邦眼里，陆总本身就是一个很难让别人亲近的人。

尤其是在工作上，几乎不苟言笑，行事作风也铁面无私，像极了陆淮南的父亲老陆总，因此便有人称他是“陆家小阎王”。

除了在工作上，于旁人，陆淮南的话很少，时常需要对方找话题。

归宁的话更少，两人吃饭时，归宁根本不会主动说话。

如果陆总不开口，她能一直安静地吃饭，直到结束。

以至于有一次陆淮南在他汇报完工作后忽然问他：“里邦，跟她相处，应该找什么话题？”

这个“她”指的是归宁。

里邦想起前天，陆淮南忽然让秘书买书的事情。

秘书甲：“请问陆总需要什么类型的书？”

陆总：“跟异性相处的。”

秘书甲：“请问陆总，这个异性多大？”

陆淮南抬头，淡淡地瞟了她一眼。

秘书吓得一激灵，忙说：“我知道了，陆总，我立刻去办。”

秘书碍于陆淮南的威严，不敢问太多。她在陆中集团工作这么多年，从未见陆总身边出现过“那个女人”以外的异性啊……

难道传言是真的，陆总收养了一个异性小孩？如果是这样，就好办了……

结果下午陆淮南办公桌上出现了好几本类似这样的图书——《让宝宝终身受用的交友之道》《如何说宝贝才会听：与二至七岁孩子沟通秘诀》《让爱拥抱，如何跟小孩子相处》……

里邦不知道陆淮南心里是怎么想的，但他当时脸上的表情很不好。

里邦回过神，顺着陆淮南的问题回答：“陆总，其实跟归宁小姐不用太刻意，您只需要问她平日里在学校的情况就行。比如和室友相处得如何，有什么生活方面的需要之类的，以归宁小姐这样的脾气，我觉得她可能跟室友相处得不会太好，但也没人敢欺负她。”

陆淮南一路将归宁送到寝室楼下，归宁开门下车，动作一气呵成。

车子平稳地离开了B大后，里邦从后视镜中看着靠在椅背上闭目养神的陆淮南。

他们来接归宁吃饭之前，刚从香港回来。连续开了三天的会议，陆总浑身上下都写满了疲惫。

里邦曾提议，实在不行就取消今天固定的晚餐时间，毕竟只是一小孩……

没想到陆总拒绝了：“工作上守信很重要，生活上也是。”

里邦惭愧地低下头：“是，陆总，我知道了。”

此刻，里邦看着后视镜中陆淮南疲惫清隽的脸，问：“陆总，需要我调查传播谣言的来源吗？”

陆淮南闭着双眸，薄唇轻启：“嗯”了一声：“查。”

Part 5 >>>

还没等到里邦调查出是谁在散播谣言，归宁就出事了。

说来很戏剧。归宁和往常一样去图书馆，由于查一份上课用的资料晚归。她从图书馆出来的时候，天色已经黑沉。

黑幕般的天空上一颗星星都没有，四周刮起了凉风，吹着地上的落叶四处飘零。

路上已经没行人了，大抵因为暴雨将至，学生们都早早地回了寝室。

归宁走到一半时，感觉身后不对劲。

她脚步一顿，转身，只觉得一抹刺眼的灯光刺入眼中，她用手遮挡光源，一辆大型商务车迅速开过来，拉开车门，下来两个人，连拖带扛地将她扯进车厢里，她完全没有反抗的机会，车门关闭，商务车驱车离去。

归宁也没想反抗，她不认为凭借她一己之力能跟已经准备好的绑匪斗争。既然反抗没用，不如心平气和地接受现实。

所以……此刻商务车内出奇的安静。

安静到绑匪觉得他们是不是陷进了一场阴谋，因为被绑架者太平静，平静到仿佛在坐自家的私家车，绑架的人不是坏人而是她的保镖，连他们早准备好的迷药都没用上。

如果不是事先知道，一个小姑娘能这么平静？

可如果事先知道，为什么没有人现身救她，眼睁睁地看着她被劫走？

两个绑匪对视一眼，其中一个拿着刀子冲归宁凶："妹子，你被我们绑架了！你给我老实一点，别想耍什么花招！否则别怪我们不客气！"

归宁扫了他一眼，"噢"了一声，头靠在椅背上，闭上眼睛："到了地方喊我，我先睡一会儿。"

在图书馆查了一天的资料实在太累了。

绑匪无语地看着归宁头一歪，靠在椅背上，当真睡过去的样子。

"老大，我们是不是绑错人了？"那人小声问。

另外一人从归宁的书包里翻出学生证，仔仔细细地看，上面写着归宁的大名没错。

"好好给我看着！别让她耍什么花招！"老大郁闷地说了一句。

显然，归宁不需要被看着，也根本无心耍花招，一路上她十分安静。

直至商务车开到了一个废弃的大别墅中，她被绑着，下车走了一段路后，被丢进了一间小黑屋。

"老实待着！"送她进来的人丢下这句话后，便将小黑屋锁起来。

关上门，归宁听见两个绑匪的对话——

"老大，我们这样做真的好吗？"

"有什么不好？"

"这姑娘最近好像归陆淮南管。"

老大明显沉默了一下：“陆，陆淮南管着又，又怎么样？”

结巴表明了他的紧张。

小黑屋里的归宁勾起嘴角，那个“面瘫南”好像挺厉害的样子，谁听见他的大名都害怕，不过，谁说她归他管了？

在来的路上，归宁虽然闭上了眼睛，却并未睡着。

从绑匪的谈论中，她分辨出，对方是父亲的竞争对手，在一次竞标中败给了父亲，所以派人查到了她的学校，把她绑架了，用她要挟父亲无条件让出中标名额。

对于被绑架这种事，归宁并不是很害怕。归福贵在她身上装了跟踪器，她的定位很快便会被警方获得。

这是归富贵作为一个商人，对家人最基本的保护措施。

商人多多少少都会与人有利益上的冲突，绑架这种事虽不是家常便饭，但也是他们这类人比较熟悉的作案方式之一。

里邦是在归宁失踪一小时后接到了学校的电话。

发现归宁失踪的是她同寝室的室友于苏木，新生里和归宁一起被评为新校花的女孩，她向来心细谨慎，到了关寝室门的时间，见归宁仍未归，于苏木觉得不对劲。

她今天也去了图书馆，她比归宁提前半小时离开图书馆。和归宁不同，其间她因为有事出入图书馆很多次。

于苏木经过图书馆后门时，看见一辆停了很久的商务车，边上还站着两个外校男人，看上去不太好惹，其中有一个人在打电话，言语间提到了归宁的名字。

也许是女生的第六感，于苏木觉得归宁没回寝室跟那辆商务车和两个外校男人有关，于是跟宿管阿姨稍微提了这一点。

由于归宁的身份，宿管阿姨不敢怠慢，忙联系了学校领导，领导觉得这事不简单，调出了学校图书馆那一带的监控，发现归宁果然出事了。

归宁是什么人？陆中集团陆家太子爷亲自跟他们打过招呼要照拂的人，万一有什么差池，根本负责不起，学校的人立刻联系了里邦。

当时陆淮南正在家里开一个跨国视频会议，接完电话的里邦，推门而入，走到陆淮南身边，俯身在他耳边说了句话。

下一秒，视频对面的老外们，见陆淮南眉头一皱，起身，将耳麦拿下丢在地上，披上外套，离开了他们的视线，远远的，只听见被丢弃的耳麦里传来他低沉冰冷的声音：“我建议报警……”

Part 6 >>>

视频里的老外面面相觑：“南去哪里？”

“据说南的小孩丢了。”

“What？（什么）”老外耸耸肩膀，“南什么时候有小孩了？我怎么不知道？”

“谁知道，我也是刚知道。”那人自言自语，“南果然深藏不露。”

里邦接通警局的电话，一边跟在陆淮南身边，一边与电话那头的人说话。

挂了电话后，里邦跟在陆淮南身后上了车：“陆总，警方那边打电话来，说在归宁小姐身上发现有定位。她在小汤山御上别墅区一栋废弃的别墅内，警方的人已经出发了。”

“小汤山？”陆淮南问。

“对。”里邦回答，“离我们很近。”

“开车。”

“是。”

当陆淮南和里邦到达定位地点时，警方已经在外面埋伏好了。

警察局的队长跟陆淮南虽没交情，但也知道他是陆中集团的一把手。便让警员跟陆淮南说了里面的情况：“绑匪一共五人，都在里面。是一场商业纠纷的案子，他们绑架受害者，主要是针对受害者的父亲……”

“对方叫什么名字？”警员没说完，便被陆淮南打断了。

警员顿了一下，跟队长眼神交汇。

里邦忙出来打圆场：“别误会，我们陆总听说也是商场上的人，所以想问问名字，看看我们是否认识。”

队长沉默片刻，说出一个名字。

里邦皱了皱眉：“果然是他。”

队长问：“你们认识？”

“认识，在工作上有过接触。”里邦回答。

陆淮南看着安静的废弃别墅：“现在里面什么情况？”

警员回答：“他们挟持了人质，需要谈判官，谈判官在赶来的路上……”

“我进去。”陆淮南说，“我跟他们谈。”

警员为难地看着队长。

队长说：“陆先生，这不符合规定。”

“只要救出人，没有什么规定不规定。”

警队队长对他的态度很不悦：“如果出了什么事情……”

“我负责。”陆淮南冷漠地打断对方，已经完全不想跟他多说。径自转身，观察这四周的情况。

警队队长面色很难看：“什么大少爷做派？！”

“队长息怒。”警员安慰他，“那是陆中集团的太子爷，连我们局长都亲自接待的人，我们这种小角色还是少得罪他比较好。”

“少得罪？”队长冷哼一声，“以为是我爹呢？要我供着他？”

警员为难地问：“队长，那我们现在怎么办？”

“怎么办？他想送死，我为什么还要拦住他？”

队长的话虽不好听，但仍和队员部署了一个安全策略。

队员心里嘀咕，队长就是口是心非，嘴硬心软。

里邦觉得让陆淮南亲自进去不妥，但他也知道，陆总决定的事情，没人能阻拦。

警方的人给陆淮南递去一个耳麦，能随时了解里面的情况。

众人眼睁睁地看着陆淮南无所畏惧地走进去，不知内情的人纷纷猜测，里面被绑架的是陆中集团太子爷的什么人，竟如此重视，连自己安全都不顾，亲自去救人。

陆淮南不过进去十来分钟，对于在外面等待的人来讲，却是度秒如年。

“砰！”

忽然，荒废别墅里传来一阵枪响声。枪声是怎么响起来的，没人知道。只知道同一时间，陆淮南耳麦里的声音一并消失了。

里邦紧张起来，陆总该不会出事了吧？

警员也有此想法：“队长，里面情况未知，我们是否行动？”

队长皱眉，盯着一声枪响后归于平静的别墅，对着对讲机下命令：“各小组注意，准备行动！”

有枪声。

关在小黑屋中的归宁听见了，她动了动被绑着的手腕，已经麻木得好像不是自己的手了。

小黑屋只有一个方形窗口，看起来只有她一个拳头大，飞飞苍蝇蚊子之类的倒是绰绰有余。

归宁自嘲，这时候她还有心情开玩笑。也许下一秒，她就会被绑匪偷偷一枪毙命。

警方的人冲进去后，看见的是倒在地上的五个绑匪，几人缩成一团哀号。

“抓起来。”队长下令，五个绑匪立刻被控制住。

队长看着绑匪脸上和身上的伤痕，冷笑一声：“这大少爷，还真有两下子！”

当归宁在黑暗的小屋子里被关了五个小时后，并不坚固的木板门从外面被人踢开，她第一眼看见的人不是警察，而是陆淮南。

木门的废屑纷飞中，陆淮南站在门口，穿着黑色的大衣，身形笔直，背对着光，俊逸的轮廓，熟悉的面孔，英雄一样闯进了她的视线里。

在那一刻，归宁一向平静无澜的心猛烈地跳动起来。

适应了屋内的黑暗后，陆淮南一眼看见角落里的归宁。他大步跨到她身边，用刀将她身上的绳子划开，低声问：“有没有受伤？”

归宁摇摇头。

陆淮南便没再多问，弯腰，将她打横抱起，大步往外面走

归宁靠在陆淮南怀里，看着他一脸严肃地对耳机里的人说：“人救到了。”

出了黑屋，外面都是穿着制服的警察，警笛声，救护车鸣笛声。

归宁的视线里却只有陆淮南刚毅的面孔，棱角分明的下巴，紧抿的唇。

这张嘴的主人寡言少语，偶尔还喜欢多管闲事，但这一刻，归宁竟觉得陆淮南的多管闲事也不是那么令人讨厌。

陆淮南抱着归宁一路穿过一排排的警察，走到救护车边，将她抱上担架，交给医生。

车门在归宁眼前关闭，这时她才瞧见陆淮南原本英俊的脸上都是尘土，一丝不苟的头发也乱了，衣服也乱了，看起来比她还狼狈。

可他的表情还是那么严肃，淡漠，双眸还是那样的深沉而黑暗，就像她第一次见到他时那样，浓郁的黑，深不可测。

第二章

归宁，你要不要尝试谈恋爱

“归宁小姐只是一点皮外伤，没什么大问题，陆总请放心。”酒店的最高层，陆淮南的套房中，家庭医生仔细为归宁做了检查。

陆淮南道了一声谢，让里邦送家庭医生出去。

归宁靠在床上，打量着这个房间，统一的酒店装修风格，完全没有一点生活中的烟火气息，她问：“陆淮南，你怎么每天都住在酒店里不回家，都这么大岁数的人了，还一言不合就离家出走吗？”

虽然归福贵让归宁喊陆淮南叔叔，但她觉得他也比她大不了多少，根本算不上叔叔，她才不喊。

正在归宁犹豫到底喊他什么的时候，他的全名在她脑海闪过。

陆淮南……就陆淮南吧？

好像喊全名他们才是平等在一条线上的，此后，她便一直喊他陆淮南，他竟没反对。

陆淮南没理会归宁的话，只问：“想吃点什么？”

归宁想了想，嘴角勾起一抹俏皮的笑：“你亲自做吗？亲自做我才吃。”

陆淮南淡淡地看着归宁，不言语。

毕竟是自己的救命恩人，归宁无奈：“好吧，我想吃煮面。”

陆淮南“嗯”了一声，离开了卧室。

归宁心想，这个男人真无趣，关于他的私事都绝口不提，她发现他好像一直住在酒店从没回过家。

这是归宁第一次来陆淮南住的地方，即使之前没来过，也听酒店里那些女员工们私下议论，自从陆淮南接手陆中集团，便一直住在酒店里。

这家酒店属于陆中集团旗下，是陆淮南接手陆中后第一个启动的项目，短短几年，已经成为B市地标型建筑。

归宁想起父亲经常夸赞路淮南年少有为，她不禁想起他单枪匹马将她从绑匪手中救出时……心跳的速度有点快。

——归宁，你该不会对他动心了吧？

归宁看向窗外，心没由来地浮躁起来。她重新躺下，闭眼，命令自己睡觉，别瞎想。

当里邦送完医生回来时，没在书房找到他家陆总，卧室门关着，他家陆总应该也不会在里面。

刚刚送医生的时候也没见陆淮南出门啊……

正疑惑，里邦听见厨房有动静，走过去，竟然看见他家陆总正在……下厨？

里邦眨眨眼，确认自己不是眼花。他不是没见过陆淮南下厨，只是每次下厨都是因为“那个女人”，有时那个女人撒起娇来，只吃陆总做的东西。

即使陆淮南开会到很晚，她也要等到陆总下班亲自给她做。而陆总不管多晚回来，只要她想吃，他便做。

除此，里邦从未见过陆淮南下厨，即使他自己常常忘记吃饭，也都是饿着，从不会做东西给自己吃。

里邦不可思议地走进厨房，陆淮南正将挂面放进锅里，不紧不慢，从容有度。

里邦问：“陆总，你饿了吗？我可以喊酒店送餐……”

陆淮南淡淡地回：“她想吃。”

里邦知道“她”指的是归宁：“归宁小姐想吃，大厨也可以替她做。”

“她想吃我做的。”

里邦确定他家陆总在说这句话时，语气平平淡淡，像叙述一件再平常不过的公事，可他为什么觉得陆淮南说这句话有点不一样？

这时，里邦的手机响起来，他看了一眼，对陆淮南说：“陆总，是之前说好的电话会议，要不我跟他们说先推迟一下？”

“不用。”陆淮南说，“现在开。”

于是，当视频被打开后，电话那头公司高层都看见他们印象中只用来签各种重要合同的陆总竟然亲自在煮面？

于是众高层纷纷脑补——

“谁这么大面子让陆总亲自下厨？”

“也许陆总是煮给自己吃的呢？”

“呵，里邦你胆子越来越大了，竟然不给陆总点餐，要他亲自下厨！”

里邦：“我不是，我没有！”

“咦，你们忘记陆总有个新蹦出来的小孩吗？也许是煮给她吃？”

Part 2 >>>

归宁正在床上翻来覆去睡不着时，卧室的门被敲响，她从被子里露出两只眼睛，卧室门打开一条缝，屋子里暗暗的，隔着门缝可以看到一个修长挺拔的身影：“出来吃面。”

低沉，没太多情绪的声音，显然是陆淮南。

归宁在床上翻了个身，穿着拖鞋缓慢地走出去。

客厅里，一碗热气腾腾的面条搁在餐桌上。沙发那边，时不时有男人说话的声音。归宁看过去，陆淮南正坐在沙发上，面前是一个电子屏幕，里面有男人交谈的声音，一会儿英语法语，一会儿德语日语。

归宁心想，陆淮南的公司是不是把全世界的人都招来了？

她在餐桌前坐下，看着桌上热腾腾的面条，用筷子夹起吃了一口。顿了顿，她朝陆淮南的方向看了一眼，她这个角度，正好能看见他棱角分明的侧脸，没由来的，她的心跳又加速了。

感受到归宁的视线，陆淮南转眸，朝她挑挑眉，无声地问："怎么了？"

归宁像偷看自己心上人被现场抓包的少女，脸不自觉红了起来。她慌忙低下头，继续吃着碗里的面条。

陆淮南开完视频会议后，走过来，见归宁已经将碗里的面吃得干干净净，连汤汁都喝光了。

陆淮南看着空空的碗，想说什么，然而最终没说，直接上了二楼。

里邦凑过脑袋，看着空荡荡的碗，说："没想到我们陆总第一次煮面这么成功，归宁小姐，这么好吃吗？吃得干干净净。"

归宁面无表情地看着他："当然好吃了！"

里邦之前一直好奇，为什么陆淮南给归宁小姐的待遇跟普通人不同？

以往也有生意上的人让陆淮南多多照顾，陆总都很敷衍，事后更是漠不关心。也有一些人，碍于陆总的威严，不敢开口。

本以为对归宁小姐的父亲，陆总也会持着敷衍的态度……

事实证明，是他想多了。所以，是不是因为归宁小姐和陆总的性格一样，话不多，总是绷着一张脸，所以陆总才对她跟别人不一样？

里邦总有一种感觉，陆总把仅有的耐心都给了归宁小姐。

对于绑架案，警方那边很快有了处理结果。

归宁本不想让家人知道这件事，奈何事情上了新闻和热搜，归福贵夫妇闻讯赶来，下午到达了酒店。

"宁宁！没事吧？宁宁！"归福贵跟陆淮南打完招呼后，陆淮南将空间留给这一家人。

夫妻俩迫不及待地上下打量着自家女儿。

"没事。"归宁如实说。

"怎么会没事？"徐耀青又愤怒又心疼，"法治社会，怎么能出现这种败类，如果我女儿真有什么事，我一定不会放过那几个畜生！"

也许是徐耀青的话说得不太好听，归福贵不赞同：“瞧你这话说的，我们女儿不是没事吗？”

“什么叫没事？如果不是宁宁身上带着定位器，能及时把她救出来吗？”

归福贵被徐耀青凶得很尴尬：“是是是，老婆，别气了，都怪我，谁知道那几个家伙报复心这么重！下次我一定注意！”

“下次？你还敢有下次？”

“呸呸呸！瞧我这张嘴。”归福贵连连打自己的嘴，“没有下次！一定没有下次！”

说完他又对归宁说：“对了，为了宁宁以后的安危，我还特意去大师那儿算了一下，大师说我的名字不好，对家人的运势有影响，所以给我改了个名字。以后你老爸不叫归福贵，叫归朝来！宁宁，是不是一听这名字就特别有文化？”语气里满是自豪。

“嗯。”归宁敷衍地点头。

感受到自家女儿敷衍态度的归福……归朝来很伤心。

“改名字有什么用，能解决根本问题吗？”徐耀青说，“要我说，应该给宁宁找几个保镖，那陆总到底不是自家人，不会事事照顾得那么仔细。”

“嘘，小声点！”归福贵说，“被人陆总听见了不好，再怎么说，宁宁在这人生地不熟的大城市，也亏陆总多多照顾。”

徐耀青问：“宁宁，你的意见呢？”

归宁顿了顿，才意味深长地说：“我不需要别人，陆叔叔很好，他刚刚还煮面给我吃了。”

归宁说完后，借口上洗手间，躲避了他们热切的关心。

徐耀青一脸蒙：“咱家宁宁什么时候这么好说话了，煮个面就把她收买了？而且那语气还护着陆淮南。”

"有吗？"归朝来对感情方面的事不是很懂，茫然地摇摇头。

归朝来夫妇第二天下午离开B市，徐耀青原本想留下来陪她的宝贝女儿，但被宝贝女儿拒绝。

徐耀青心知宝贝女儿独立的个性，也不勉强，只能悻悻离去。

借着绑架事件，归宁一直住在陆淮南的房间里。没错，是陆淮南本人的卧室，而陆淮南则搬去了隔壁的次卧。

周一的陆中集团。

"陆总最近气场吓人，你们该小心的小心，做事最好不犯错，否则连我也保不了你们。"陆淮南的首席特助里邦这样放话。

至于陆总最近气场为什么如此吓人。据小道消息，陆总最近"被迫"住客房了。

要知道，陆总可是很认床的人，陆总卧室的床是世界著名的某家具公司根据他的个人喜好，特意为他打造的。

所以……是什么原因让陆总"被"住客房了？

据说是他宠得不行的那个刚念大学的女孩，他们都叫她"归宁小姐"。

江湖传闻一向冷漠无情的陆总对归宁小姐宠到不行。繁忙的陆总每周会特意抽空去归宁小姐的大学接她一起吃饭，只为培养与她之间的感情。

归宁小姐心情不好的时候，陆总会亲自给她做甜点；归宁小姐不喜欢吃外面的餐食时，陆总会亲自给她下面条。

最近听说归宁小姐迷上了一款新游戏，但是玩得相当菜。

陆中集团公司的员工群内，群聊已经炸了。

大家纷纷猜测，面对归宁小姐在游戏中的困境，陆总会怎么面对。

同事甲："据说陆总玩游戏玩得不错，肯定会带归宁小姐飞！归宁小姐只要跟在陆总屁股后喊'666'就行！"

同事乙："我们陆总这么忙，哪有时间玩游戏？而且，陆总从来不带妹子玩游戏，你们不知道吗？”

同事丙：“得看对象是谁啊，陆总那么宠归宁小姐，连高层会议都不开了，去应付她……”

同事丁：“带玩什么游戏啊？我觉得陆总应该直接把那款游戏公司收购了，然后让归宁小姐随便玩！”

同事甲：“厉害厉害！”

同事乙：“脑洞可以！”

同事丙：“这拨操作双击 666！画面感贼真实！”

眼前，里邦看着被众人命名为“陆总十分宠爱的刚念大学的小孩”的归宁，像一只猫一样懒懒地蜷缩在沙发上，腿上盖着一块软绵绵的毛毯，手上拿着一个 iPad（苹果平板电脑），正在玩很火的一个 IP 手游——吃鸡。

里邦知道女生在玩游戏方面不太行，却从未见过能像归宁玩得那么菜的……

这一周归宁在陆淮南的房里休养，好像迷上了这款游戏，陆淮南在书房里办公，她便窝在书房的沙发上玩游戏。

虽然归宁戴着耳机没有发出任何动静，但在里邦精准的观察下，归宁每个落地成盒时，脸上失望或是皱眉的表情，可以确定她在十分钟内能够死十次。

里邦曾偷偷登录游戏看过她的战绩，那战绩简直……惨不忍睹、不忍直视，是菜鸡无疑了……

吃鸡这款游戏是个枪战类游戏，一旦死了之后会变成一个方方正正的盒子，很多新手经常在游戏开始时便被敌人杀死变成盒子，故称“落地成盒”。

那天，里邦看归宁实在太菜了，忍不住对她提出良好的建议：“男生在这方面应该玩得挺好，你可以让你们班的男生带带你。”

归宁摇头："我人缘不好，没人带我。"

归宁人缘不好，里邦是相信的，她对谁都冷冷淡淡的，即使有人有心接近，也会被她高冷的气场吓住。

但是没人带她，里邦不相信，大学里有一个如此漂亮的小姐姐，那些荷尔蒙正盛的男生们挤破脑袋想带都来不及，怎么会没人带她玩游戏？

里邦觉得归宁又可怜又对她很无奈，不小心说漏了嘴："陆总在游戏方面很厉害，有空可以让他带带你。"

下一秒，里邦就后悔了。

因为他看见归宁抬起头望向自己，眼睛里迸射出让人无法直视的亮光。

自从里邦说了这话，归宁已经缠着陆淮南很久了……

陆淮南走哪跟哪。

一开始就说了，归宁很高冷，她虽然想求陆淮南带她飞，但并没有苦苦纠缠，虽然跟着陆淮南去东往西，但也只是坐在离他不远的地方玩游戏，一旦落地成盒之后，会生气地皱眉，偶尔会有怨念的眼神看向正在办公的面无表情的陆总……

里邦不知道，陆淮南在归宁怨念的注视中，是怎样做到淡定地处理公务的，但他知道，他不小心说的话坑了陆总。

当然，他也被陆总狠狠地惩罚了，扣了三个月的绩效，好几十万的收入就这样凉凉了……

就在里邦认为陆总不会带归宁玩游戏时，这天晚上十一点，陆总放下手中的文件，转头看着归宁，低沉的声音不大不小："上号。"

刚刚落地就死的归宁听见陆淮南这一声，一怔，明明很激动，偏偏脸上没什么表情，淡淡地应了一声："噢。"

里邦无言片刻，这什么反应啊？好像他们家陆总求着带她玩游戏似的……

两人很快上号双排，地点是客厅的沙发上。

归宁是队长，进入游戏后才发现左上角又多了两个人，原来进游戏的时候归宁忘记调设置，游戏自动选择了四排。

“要不要退出重开？”归宁问了一声。

坐在归宁身边的陆淮南摇头表示不需要。

“哇，二号是小姐姐吗？竟然排到了小姐姐。”麦里忽然传来路人队友的声音，是三号。

另一个路人队友是四号，四号一直闭着麦没说话。

陆淮南和归宁分别是一号和二号。

吃鸡是一个需要开麦交流的游戏，这个“需要”用在两个性子冷漠的陆、归二人身上毫无用处。

归宁平时都是单排，所以说不说话都无所谓，自然没注意到游戏什么时候被她点了开麦。

三号路人很兴奋：“小姐姐，你多大啊？能加个好友吗？怎么这么晚还玩游戏？没有男朋友吗？我做你男朋友怎么样？”

归宁闭了麦，顺便关了游戏里的小喇叭，世界顿时安静了。

游戏开始时，屏幕上显示四号已经掉线，此时，三号的声音又传来：“四号怎么掉线了，网不好就不要玩游戏坑人好不好？小姐姐，别怕，我带你飞……哎，小姐姐你怎么不说话？跳机场啊，让哥哥带你飞，你就给哥哥一个么么哒好不好呀？嘿嘿嘿……”

声音是从陆淮南那边传来的……

归宁很奇怪，为什么陆淮南不关掉语音，按照他的性子应该很讨厌这种嘴碎的人才对……

“跳了，跳了！”这时三号的声音又传来，他直接飞机场。

归宁以为陆淮南不会理他，谁知道他竟跟着三号飞了下去。

刺激战场跳伞时是可以选择跟随队友的，一进游戏，归宁和四号都选择了跟随队友，所以两人自然也跟着飞了下去。

落地后，与机场的距离有点远，需要跑一段距离，三号的声音又从喇叭里传来：“一号去开车，车就在你附近，开车过来接我和小姐姐，我和小姐姐现在这边温存温存，甜蜜甜蜜……”接着便是他奸诈的笑声。

归宁看见一号人物真的上了车，往三号的方向开了过去。

所以……陆中集团的老大什么时候变得这么听话了？

归宁落在陆淮南不远处，陆淮南先开车接了归宁后，往三号的方向开去。

三号正在往机场的方向跑，看见车停了下来，正要上车，就见陆淮南开着车丝毫没减速，直接从他身上碾压过去。

屏幕上显示三号被队友的车载工具误伤。

三号发火怒骂：“一号你眼瞎啊？会不会开车？撞我做什么？”

车子停了下来，一号人物从车上下来，走到三号面前。

三号嚷嚷：“一号你快点拉我，傻吗你？！”

一号人物蹲了下来，归宁看见他手一扬，朝三号丢了一个东西过去。

“你疯了吗！我让你救我，你朝我丢什么手雷……”

话音刚落，只听“砰”的一声雷响，屏幕上显示三号被队友的手雷误杀……

“你神经病啊！杀我干什么？”三号气得尖叫。

归宁看见身旁的陆淮南面无表情地关了麦，世界恢复安静，一号人物起身，上车，开着车带着她扬长而去，只有三号变成盒子躺在路中央孤零零的……

不知道何时连上线的四号坐在车内目睹了这一场内斗，在屏幕的聊天框里瑟瑟发抖地打出一行字：“大神，我话不多，也不会跟你抢二号小姐姐，求大神手下留情！”

归宁从游戏里抬头，看着身边面无表情地操控着人物的陆淮南……

他穿着一身黑色家居服，冰冷的瞳孔中透出几分冷酷，尤其是他下手杀队友时，雷厉风行，丝毫不心软。

归宁顿时觉得，论腹黑和心机，还是没人比得过陆淮南啊……

但为什么，当四号在屏幕上打出那行“也不会跟你抢二号小姐姐，求大神手下留情”的字时，她心里竟淌过一丝甜蜜？

归宁的嘴角忍不住偷偷地上扬了几分。

Part 3 >>>

被带着躺赢了一盘后，陆淮南放下手机，漆黑的双眸看向归宁：“时间不早了，睡觉去吧。”

“噢。”归宁放下 iPad，很听话地去了卧室。

里邦特别诧异地看着归宁的背影，问陆淮南：“陆总，归宁小姐好像变得比以前乖了。”

陆淮南淡淡地瞟了他一眼。

里邦立刻不敢再说话了，可他还是觉得小姑娘变得听话了！

归宁躺在床上，翻来覆去睡不着，她脑海里都是方才陆淮南带她玩游戏的画面，陆淮南打游戏时认真的模样，他低沉的声音，无孔不入地钻进她的脑海中，挥之不去。

归宁抱着被子，望着窗外月光如水，粉唇微启，问着落地窗倒映出的人：“归宁，你要不要尝试一下谈恋爱？”

次日早上，归宁起床的时候，陆淮南正在做早餐的收尾工作，见她光着脚丫，穿着睡衣一脸睡眼惺忪的模样，皱了皱眉：“穿鞋去洗漱。”

“噢。”归宁懒洋洋地应了一声，缓慢地往浴室的方向走去。

正巧里邦来了，刚开门，便看见穿着睡袍的归宁，里邦一愣，慌忙转身。

外人眼中正经高冷的里特助面上红了一片。

陆淮南见了，眉头皱得更紧："快去。"

归宁"哼"一声，不急不缓地朝浴室走去。

直到陆淮南问里邦："什么事？"

里邦才敢回头："陆总，别墅已经准备好了，随时都能进去，归宁小姐的东西是不是先搬过去？"

"嗯。"

里邦汇报完后，便出去了。关上门，他脑海里又浮现出归宁穿着睡袍站在大厅中的样子。

像她这种年龄段的女孩子穿的睡衣都是卡通可爱型的，她穿的却是丝绸光滑面料的睡袍，腰间系一根细带，玲珑的腰身，挺翘的臀，以及白皙纤细的双腿……

如果不是里邦早已经习惯归宁小姐和常人不同的作风，他简直要以为她穿成这样是为了勾引陆总的……

不过好在他们马上就要搬去酒店的别墅区了，以后肯定不会发生这样的事情。

说到搬去别墅区，原本因为绑架事件，陆总才让归宁小姐在他卧室休息的，谁知道归宁小姐直接将陆总的卧室霸占了。

其间陆总也提议过她该回自己的房间了，结果归宁小姐特别理直气壮地说："不回，害怕。"害怕再次被绑架。

里邦看见他们家陆总抿了抿唇，眸色淡了下来，就在他以为陆总终于对这个任性妄为的小姑娘失去耐心，要好好教育她一番的时候，却听见陆总对他说："收拾好那边的别墅。"

里邦一愣，随即忙应声说好。

虽然归宁小姐的理由令人无法反驳，可让一个女孩子一直与单身男人住在一起也不好……

再加上，之前归父来看归宁小姐时，考虑到她的安全问题，归父希望归宁小姐能暂时住在陆总那里。

介于上次归宁小姐跟陆总提到的“困扰”——学校的流言蜚语。所以陆总决定搬去酒店的别墅区也无可厚非。

× 酒店分为楼层与私人别墅区，私人别墅是提供给长期居住又需要私密性极高的 VIP 客人使用的。

之前陆淮南一直一个人居住，没有那么大需求，所以一直住在酒店专属空置的最高层。

如今为了让归宁方便，陆淮南才决定搬去别墅。

归宁洗漱完出来时，陆淮南已经在餐桌前用早餐了。

陆淮南见她依旧穿着一身丝制睡袍，在椅子上坐下，一手撑在桌子上，身子微微向前倾，他一低头便能看见她饱满的双沟。

陆淮南收回眼神，平静地说：“去换衣服。”

归宁没动，她撑着小脑袋凝视着陆淮南，看着他正襟危坐，淡定地吃早餐，不知怎么，脑海里自动浮现出“衣冠禽兽”四个字。

像他这样的男人不会没碰过女人，干吗装得那么正人君子的模样？

归宁舔舔唇：“我这样不好看吗？刚刚里邦脸都红了。”

陆淮南淡淡地看着她。

归宁见陆淮南依旧一脸严肃，她坐直身子，最后妥协了：“好吧，听你的。”说完便起身换衣服去了。

归宁换好衣服后，陆淮南跟她说了换别墅的事。

归宁以为陆淮南又想法子赶她回自己的房间，正要说不去，便听见他说：“我也去。”

归宁怔了片刻，见他一副早就看透了她的模样，面无表情地“噢”了一声，内心却因为他对她的这点小在意而偷偷窃喜。

不过归宁也提出了自己的要求：“别墅区里管理得太严格，你可以每天都送我上学吗？”

陆淮南：“可以。”

“我说的是你。”归宁强调，“不是你的司机。”

陆淮南一愣，随即说：“这个我不能保证，但尽量做到。”

“嗯。”归宁嘴里含着一口粥，很愉快地点点头。

Part 4 >>>

由于早上跟陆淮南谈妥了条件，归宁一整天心情都非常好。

甚至下课时有别班的男生向归宁告白，她都没像以前那样冷脸以对，而是温柔地笑着说：“对不起，我有喜欢的人了。”

于是，高冷女王归宁有了喜欢的人这件事迅速地传开了，大家纷纷猜测归宁喜欢的人是谁。

“可惜了一个大美人，居然已经心有所属了！”

“哈哈，看来还是我眼光好，一开学就站在于苏木这边。”

归宁和同寝室的于苏木并列为“系花”，这种情况实属罕见，所以学校的人对两大“系花”都十分关注。

但令他们失望的是，“系花”之间并没有他们期望的那样上演宫心计，相反她们相处得甚是和谐。

“我知道归宁喜欢的人是谁了！你们忘记那辆豪车了吗？”

“什么？”

“就是以前每周都会来归宁寝室楼下接她的豪车啊？！听说是陆中集团的大少爷！我有幸遇见过大少爷来接归宁，大少爷长得那叫一个英俊啊……我和我舍友都看直了眼！”

“我们陆学长的哥哥？”

“对对对，果然是拥有同一种基因！陆学长一直是我心中只可远观的男神啊！”

“可是听说他们只是同父异母啊？！而且据说大少爷不喜欢这个弟弟！很敌对的那种！”

“现实上演豪门恩怨？求科普！”

眼看话题越来越远，终于有人忍不住问：“你们说归宁真的被大少爷包养了吗？虽然说现在的女大学生都这样，但归宁的话，我还是有点接受不了。”

“有什么接受不了啊，归宁再漂亮也是个姑娘啊，而且大少爷那么帅！被大少爷看上是多么令人羡慕的一件事！”

“三观震碎！”

自此，学校的流言蜚语更甚，连接送归宁上下学的陆淮南都感觉到了。

但归宁没有再说过“困扰”，陆淮南自然不会放在心上。

直到有一天，在楼下接归宁的人是里邦。

归宁立刻不开心了：“陆淮南呢？”

里邦说：“今天陆总有一场不得不去的饭局，所以让我来接归宁小姐。”

归宁不上车：“让他来接我，不然我不回去了。”说完便往寝室的方向走，留里邦在原地为难。

归宁没回寝室，而是去了教室楼顶，此刻是下课时间，从楼顶往下看，熙熙攘攘的都是学生，算是学校最热闹的时候。

归宁坐在栏杆上，两条纤细的腿悠闲地晃啊晃，不远处是将要落山的太阳，巨大橙红的夕阳特别好看，她这个位置，恰巧能看见校门口来往的车辆，她在心里默默地问：“太阳落山之前，他会来接我吗？”

自从陆淮南答应每天放学都尽量接归宁，很长一段时间他都坚持做到了。

不过陆淮南毕竟是陆中集团的陆少爷，掌控着整个陆中集团的生死存亡，总会有分身乏术时候。

下午，陆淮南因为一场重要的饭局而不能按照约定去接归宁，他特意交代里邦开车去接，结果，没多久里邦单独回来了，为难地告诉他：“归宁小姐说如果不是你去接她，她就不回来。”

陆淮南才发现这个小姑娘真是被他惯坏了。

对于被宠坏的小姑娘，陆淮南不想太惯着，里邦说完之后，陆淮南便回到了饭局上。

饭局其实很无聊，不过是一些场面话，陆淮南是这场饭局的主角，旁边基本上是奉承的人、奉承的话，他向来不爱参加这种饭局，奈何家里那位长辈一定要他参加这次饭局，他只能忍着脾气坐在餐桌上。

原本就很无聊的饭局，因为里邦的话，陆淮南变得更加没有耐性，他脑海里浮现的是归宁一个人在寝室里没饭吃的可怜样。

一想到这里，陆淮南便坐不住了，在饭桌上等了片刻，便起身：“各位先聊，我有事出去一趟。”

不是询问，而是告知的语气，说完后，陆淮南便起身离开，饭局上没有一个人敢阻止，大家眼睁睁地看着他离开。

直到陆淮南走出大门，才有人问：“陆少爷这是去哪？”

“我刚去洗手间的路上听见里邦跟陆少爷说什么归宁小姐说他不亲自去接她，就不回来……这个归宁小姐是谁？”

“据说是陆少爷在外面养的小孩，刚上大学没多久，还是个小姑娘。”

“我看这个小姑娘在陆少爷心里的分量不一样，你们注意到没？里邦说完后，陆少爷的心思就不在饭局上，这会儿又亲自过去接人了。”

结果夕阳落山，学校渐渐恢复安静，在陆少爷心里很有分量的归宁都没看见陆淮南。归宁心中顿生一股烦躁，正欲从栏杆上跳下去，手机便响起来了。

她看过去，手机上显示“陆哥哥”三个字。

陆哥哥是归宁给陆淮南的备注，之前归朝来和徐耀青来看她的时候，见她手机备注直接叫他“陆淮南”，认为她这样很没礼貌，非要她改备注。

归宁只能听他们的，但又不想喊他陆叔叔，她灵机一动，改成了陆哥哥。

陆哥哥，叫在嘴边，总有一股说不清道不明的暧昧，归宁觉得有趣，便用了这个。

归朝来和徐耀青也无法反驳，反正只要不是不礼貌地叫他全名，他们也不会多说什么。

归宁接起电话。

那边传来熟悉低沉的男声：“在哪儿？”

归宁扬起嘴角，报了自己的位置。

很快，陆淮南便来到楼顶，天色暗下来了，可归宁还是看见他修长如玉的身影，他只穿着一件白色衬衫，一看就是刚从饭局上过来的，衣袖处松松挽起，露出劲瘦好看的手腕以及修长好看的手背，指如葱根，手如玉笋，简直是手控的福利。

陆淮南在归宁身前站立，皱眉不悦地训她：“爬那么高做什么？危险，下来！”

原本打算下去的归宁忽然灵光一闪，她对陆淮南说：“你抱我下去。”

见陆淮南站在原地没动，归宁眨眨眼睛：“我在这里等你等太久了，脚都麻了，自己下去的话会摔着的。”

说着，归宁作势要跳下去，陆淮南张开双手，稳稳地接住了她。

陆淮南的手划过归宁的大腿，她的手装作不经意地触碰到他的手背，嗯，触感不错。怎么今天她穿的是牛仔裤没有穿短裙呢？真可惜。

归宁被陆淮南抱在怀中，想起有一次深夜，她睡醒口渴，起来找水喝，刚开门便看见他在厨房里开着冰箱，从里面拿出一瓶冰水仰头喝，应该是刚锻炼完回来。

因为工作繁忙，陆淮南时常只有应酬完了之后三更半夜在健身房里锻炼。

那时陆淮南刚洗完澡，以为归宁睡下了，所以浑身上下只围了一条浴巾。他健硕流畅的胸肌曲线沿着八块腹肌绵延到被浴巾围起来的地方，那时候她便好想摸摸他的好身材，试试肌肉是不是和她想象中一样结实。

现在归宁怎会放过这么好的时机，趁陆淮南抱着自己的时候，大胆地在他胸口摸了摸，唔……虽然隔着材质顺滑的衣料，但她仍能感受到他灼热的体温以及衬衫下健硕的胸肌。

不知道第一个享受到如此好身材的女人是谁，此刻的她竟然有些嫉妒了。

“自己能站住了？”这时，头顶传来陆淮南略冷淡的声音。

“脚还有点麻，再等等。”归宁脸不红心不跳地回答，继续没羞没臊地靠在陆淮南怀里。

远处月亮升空，光亮皎洁，归宁想，时间能够停留在这一刻就好了。

虽然归宁还想靠在他怀里享受享受，但以防他不耐烦，她很快站了起来，象征性地晃了晃双腿：“虽然还有点麻，但可以站着了。”

夜幕中，陆淮南双眼深邃乌黑，让人看不透，也不知道他是不是早已看穿了归宁的小伎俩，但她不在乎，反正她想要的人已经来接她了，想占的便宜也已经占到了，她心情不错。

离开时，归宁想，下一次一定要穿短裙，让她家陆哥哥占她的便宜！

Part 5 >>>

陆淮南的车停在教室楼下，带着归宁上车之后，车子驱离B大。

安静的车内，归宁看着窗外的风景，没说话。

陆淮南本就话不多，此刻车内一如既往的安静。

就在这时，“咕咕咕”的叫声传来，开着车的陆淮南瞥了归宁一眼，归宁倒是很坦然地说：“我等了你这么久，早就饿了。”

言语之间，竟都是他的不对。

陆淮南失笑：“我让里邦来接过你。”

“是啊。”归宁说，“可是接我的人不是你，我不上车。”

归宁有自己的一套说辞：“当初我们可是说好的，我们搬去别墅，但你每天都要亲自接送我，陆大少爷你要守信用。”

陆淮南失笑，他怎么就成了横行霸道的陆大少爷了？

“嗯。”陆淮南敷衍地应了一声，权当归宁这是被宠坏了养成的固执性格，他自然不会去与她争辩什么。

没过多久，车开到了 × 酒店门口，下车后，归宁看着这栋B市的地标性建筑，问：“陆淮南，你是不是走错了，我们不是该去别墅吗？”

陆淮南示意跟他走：“带你吃饭。”

归宁“哦”了一声，跟着他走进 × 酒店大厅，一路上都有工作人员礼貌地喊：“陆总。”

顺便向归宁投去好奇的眼神。

他们上电梯到了用餐楼层，里邦早已经在电梯口等候，领着他们去了一间大包厢。

包厢很大，却空无一人。

正在大门口等待的女服务员微笑地领着他们进去，问：“陆总，请问可以上餐了吗？”

“上吧。”里邦说。

很快，已经准备好的菜都被端了上来。

归宁看着简单的家常菜，三菜一汤的搭配，问：“我们三个人吃吗？”

里邦说："归宁小姐，是你一个人。"

"噢。"归宁坐在椅子上。

陆淮南陪了归宁一会儿，说："你先吃着，我一会儿过来。"

陆淮南起身正要走，衣袖被拽住，他回头，归宁仰头望着他："快点回来。"

她的双眼澄澈干净，让人不忍拒绝。

陆淮南"嗯"了一声，让里邦在这里等着，便开门出去了。

偌大的包厢里只剩下归宁和里邦二人，归宁见里邦站在一旁，说："你坐啊。"

里邦摇摇头。

归宁放下筷子："你站着我吃不下。"

里邦只能坐下。

归宁让服务员拿了新的碗筷，对里邦说："一起吃吧。"

里邦正要说不用了，便听见归宁说："你看着我吃，我也吃不下。"

里邦实在拿这个被宠坏的小公主没有办法，只能象征性地吃了几口。

归宁问："陆淮南吃饭的时候，你也这样站在旁边看着？"

里邦摇摇头："陆总在吃饭的时候，一般不是应酬就是在工作，应酬的时候我会在外边等着，工作时一般都是陆总在吃饭，我在汇报工作。"

"这么忙啊……"归宁问，"你们陆总平时没有一点私生活吗？"

里邦愣了愣，说："很少吧，我也不知道。"

"哼。"归宁心知里邦嘴很紧，尤其是经过上次打游戏的事件被陆淮南罚了之后更不敢说有关陆淮南的事。

归宁也不逼他，不急不缓地吃着饭。

"我说陆大少爷干什么去了，原来是金屋藏娇啊！"

这时，门被人从外面推开，站在门口的服务员着急地说："对不起，先生，您不能进去……"

“滚开！”男人凶神恶煞地吼了一句。

里邦走过去，对为难的服务员说：“没事。”

随后笑着对过来的男人说：“小金总，您是不是走错包厢了？”

归宁回头，便见一个穿着花衬衫的男人站在外面，身边跟着一个小跟班模样的人。

那男人见到归宁回过头，眼睛一亮，好漂亮的美人！

“难怪陆大少爷放着饭局不顾，亲自出去接人，原来是这么漂亮的小美人！”那个叫小金总的花衬衫男人推开里邦直接走进来。

花衬衫男人走到归宁面前，一脸轻浮地笑：“小美人，你叫什么名字？”

Part 6 >>>

归宁没理他，花衬衫男人没说话，倒是他身边的跟班喊了起来：“我们小金总跟你说话，你没听见吗？”

“花衬衫男”居高临下地看着归宁，露出一个自认为很温和的笑：“别害怕，我们不是坏人。”

归宁坐在位子上，望着他们：“看上去也不像好人。”

“怎么说话呢？！”小跟班又激动起来。

“哎，贾全，怎么跟小美女说话的？”

花衬衫男人白了小跟班一眼，伸手便要碰归宁的小脸蛋：“小美人是要轻声细语哄着，放身边疼着的……”

眼看他的咸猪手快要碰到归宁了，里邦正要阻止，便听见花衬衫男杀猪般的尖叫声。

不知何时来的陆淮南一手掰着“花衬衫男”的手腕，薄唇轻启：“我的人你也敢碰？”花衬衫男人叫了起来：“疼，疼！大少爷，误会，误会，全是一场误会。我只是看你在这么重要的饭局上中途离场，太好奇了，所以才过来看一看。”

陆淮南面无表情地放开他。

花衬衫男人摸着手腕，笑嘻嘻地说：“说真的，陆大少爷，你在哪里找到这么好看的姑娘？我们打个商量，你什么时候腻了，也借我几天呗？”

“滚。”陆淮南吐了一个字，看都懒得看他一眼，径自走到归宁身边。

花衬衫男人觉得这样在归宁面前很没有面子，伸手搭在陆淮南的肩膀上，正要说话。

归宁只觉得眼前一花，花衬衫男人被陆淮南一个过肩摔狠狠摔在地上。

“啊！”花衬衫男人痛苦地叫了一声。

“小金总，你没事吧？小金总！”

“爸！”花衬衫男人忽然大喊大叫起来，“快把我爸叫来！”

这边的动静惊动了隔壁，很快一群保安就跟着几个中年人赶过来。

其中一个中年人看见摔在地上的花衬衫男人，叫了一声：“金海泉，你怎么回事？”

花衬衫男人是金氏集团金董事长的独生子，大名金海泉，外界称小金总，是个纨绔子弟，经常借着金家的背景在外面为非作歹，极好色，喜欢各种美女，尤其是年龄小的嫩模。

金董事长只有这一个儿子，从小娇生惯养，只要没做什么太出格的事，也就睁一只眼闭一只眼。

此刻，金董事长看着包厢里的归宁，瞬间便明白了怎么回事。

金海泉见自己爹过来了，更加大喊大叫：“爸爸，你要给我做主，这个姓陆的打我！”

金董事长气得闭起眼睛深呼一口气，转身走到他跟前，对着他便是两大耳刮子，瞬间把金海泉给打蒙了。

金董事长也顾不得一脸蒙的儿子，走到陆淮南面前说：“陆大少爷，抱歉，是我教子无方，老来得子，平日里骄纵惯了，还请陆大少爷多多包涵，我回去一定会好好教训这孽子！”

陆淮南没吭声，表情看起来凛冽阴鸷。

金董事长连忙示意自己带来的助理：“还愣着干什么？赶紧把这孽子带下去！”

金海泉被打蒙了倒是安静了很多，被带了下去，一直跟着他的小跟班也吓得跟了出去。

金董事长见陆淮南没吭声，很识相地说：“真是万分抱歉，打扰到陆大少爷，我就不在这里叨扰了，改天一定登门拜访表达犬子的歉意。”

金董事长年龄比陆淮南大一轮，但自己儿子做错事情在先，加上陆淮南是陆中集团的一把手，未来金家还得多跟陆中集团攀上关系，即使他辈分比陆淮南大，甚至能与陆淮南的父亲齐平，此刻也不得不低声下气。

其他人陆续离开后，包厢里只剩下归宁和陆淮南。

归宁看着摔了人之后便一直很沉默，但面色十分阴冷的陆淮南，她走过去，扯了扯他的衣袖。

陆淮南回头，便看见归宁用柔弱的眼神望着他，他一怔，眼神里的阴冷才柔和了一些。

归宁咬咬唇，可怜兮兮地说：“陆叔叔，刚才好可怕，女孩子在外面太危险了，刚才你摔人的动作太厉害了，可不可以教教我？”

归宁的眼神柔弱无比，仿佛真的被金海泉吓坏的样子。

但聪明如陆大少爷，一眼便能看出她是装出来的。

陆淮南在椅子上坐下，淡淡地说：“归宁，像你这样的女孩不适合装柔弱，容易被人看穿。”

归宁一愣，随即又恢复到平日里高冷的表情，冷“哼”了一声：“陆淮南，你就说你教不教我吧？！”

半点没有方才“陆叔叔，我害怕”的神情……

第三章

我喜欢的人不喜欢我

“你是不是疯了？”金家，金董事长教训着金海泉：“你知不知道陆淮南是什么人？他的女人你也敢碰？”

金海泉憋屈地站在金董事长面前：“我就是喜欢那姑娘！”

金董事长恨铁不成钢，指着他的鼻子大骂：“那么多姑娘你嫌不够，非得去碰人家的？我怎么生了你这种没用的东西？我警告你，你平时在外面怎么玩我都不管你，你要是再敢得罪陆淮南，这个金家你就别回来了！”

金董事长说完负气离去。

一直跟在金海泉身边的贾全小心翼翼地走到金海泉身边：“小金总，我看你暂时别惹金董事长了，而且金董事长说得也没错，外边多少女的想贴着小金总您，干啥非得陆淮南身边那个……”

贾全还没说完，便受到了金海泉的白眼：“你是刚认识我？我金海泉看上的女人有得不到的吗？”

“可是金董事长他……”

“不让陆淮南知道是谁碰了他的女人不就行了……反正我又不跟她结婚，图个新鲜。这世上保持神秘的方式有很多种，我看那小美女也是挺清高的，要是真被我怎么样了，她还能去跟陆淮南诉苦？”

贾全听金海泉这样说，是要准备搞事的节奏啊，顿时朝金海泉竖起大拇指：“小金总不愧是小金总！”

不知道是不是拆穿了归宁，回别墅的路上，归宁都闷不吭声，一脸“生人勿扰，扰者必揍”的样子。

里邦感受到车内的沉默，一脸严肃地开着车，没敢说话。

到了别墅，归宁率先下车，往别墅走去。

陆淮南下车，看着归宁的背影，大抵是她说让他教她过肩摔被拒绝了，所以不开心。

里邦迟疑地问："陆总，归宁小姐她……"

陆淮南："没事，你先回去吧。"

里邦："好的，陆总。"

里邦离开之后，陆淮南转身朝别墅走去。

归宁不开心，因为她被拒绝了。本来只是开玩笑试探陆淮南，想着他对金海泉说的那句："我的人你也敢碰……"

归宁心里多多少少有些小窃喜，所以便提出了这个要求。没想到他想也不想就拒绝，反倒让她心里郁闷了起来。

归宁知道自己的性子被惯坏了，从小到大被父母惯的，认识陆淮南之后，虽然他这人慢热性格又孤傲，话也不多，但从认识到现在，基本上什么事情还是依着她的，所以当他第一次拒绝她，她便觉得心里不好受了，像有一股气憋在心里，令她很烦闷。

归宁刚上楼，正要回房间，便听见身后传来脚步声。她知道是陆淮南来了，便加快脚步往上走。

"回来！"陆淮南的声音在归宁身后传来。

归宁心里气啊，根本不理陆淮南，径自往上走。刚走了没几步，她只觉得眼前一花，被人从后面扛起来。

陆淮南直接将归宁拦腰扛起，下楼，摔在了一楼大厅的沙发上。

归宁看着居高临下望着她的男人，对方一脸严肃："我是不是把你惯坏了，嗯？"

归宁"哼"了一声，撇过小脑袋不看他。

两人都好强，遇事从不先低头，此刻两人对峙，气氛又僵硬起来。

归宁靠在沙发上，面前是陆淮南，她心知自己走不了，也不着急，就靠在沙发上，脸朝着外面某处，反正就不正眼瞧他。

堂堂陆中集团的陆大少爷，出席任何场合，谁都对他毕恭毕敬，又敬又怕，唯独这小姑娘，从一开始便对他充满敌意，现在更是无所畏惧，有恃无恐。

陆大少爷无奈了，妥协了。他觉得自己很无聊，竟然跟一个小姑娘置气，想想都觉得可笑。

“想学？”陆淮南的声音淡淡地传来，“我不是说过给你找老师，为什么非得我亲自教你？”

归宁心知陆淮南已经放缓了态度，心里窃喜，面上还是装作生气的模样：“就是想要你教我，没有原因。”

陆淮南笑了：“是不是像你们这一代的小孩，都这么任性？”

归宁坐直了身体：“什么我们这一代的小孩，陆大少爷，你才比我大几岁？装什么老？我爸让我喊你叔叔，你还真当自己是叔叔了？”

陆淮南嘴角微扬，没有再与归宁争辩。

归宁看着他脸上的笑容，淡雅如风，引人注目，好看极了。

她直视他，眼睛一眨不眨，看得分外认真：“陆淮南，你以后多笑笑吧？你笑起来这么好看，却总不爱笑，多可惜啊！”

归宁的脑门上被陆淮南毫不留情地敲了一下，他睥睨她一眼，斥了一句：“耗子骑在猫背上！”然后转身离开。

归宁愣在那里，倒不是被陆淮南敲愣的，而是他那句话，耗子骑在猫背上——好大的胆子。

归宁笑了，朝他挺拔修长的背影喊了一声：“陆淮南，你去哪啊？不教我过肩摔，我还是一样会跟你生气的。”

陆淮南顿了顿，微侧头，轻描淡写地说了句：“还不跟上来？”

归宁随即从沙发上站起来，心情美妙。

Part 2 >>>

陆淮南在别墅里有一个健身室，平日里归宁没事的时候也会去练一练。从那天开始，那里便成了陆淮南教她格斗的地方。

不过陆淮南不是每天都有时间，只能在不忙的时候教她一点。

归宁不介意，并且乐此不疲。

那天下午放学，陆淮南准时去接归宁。

回家的路上，归宁忽然指着前方的红绿灯：“下个路口左转，我想去买衣服。”

陆淮南看着归宁理所当然地把他当成司机，没吭声，在下个路口的时候左转。于是，陆中集团人人害怕的陆大少爷这天成了归宁的司机、拎包助理以及刷卡机……

“谢谢，您的男朋友真帅！”刷完卡后，服务员这样说。

陆淮南听见了，正要纠正：“我不是……”

“谢谢。”陆淮南话没说完，便被归宁打断，她抱着他的胳膊一脸微笑地感谢服务员。

陆淮南侧头瞥了归宁一眼没说话。

回家的路上,归宁的心情一直很好,这样的好心情一直维持到去健身室。

难得今天陆淮南有空。

站在试衣镜前，归宁看着换好锻炼服的自己……是刚买的……

在选择衣服的时候，她有偷偷看拎包等她的陆淮南，她当时手里是一件很性感的训练服，不用试，她便知道穿在身上的效果。

此刻，看着镜子中的自己，事实证明，她的选择没错。

黑色的吊带紧紧贴着归宁身前的圆润，显露她漂亮的腰线，腰线以下是只到大腿根部的短裤，裹着她挺翘的臀部，露着修长白皙的双腿。

归宁给这套运动服打一百分，她抬手将长发扎成马尾，几缕发丝散落在白皙漂亮的颈项。

随后，她打开门出去。

健身室中，陆淮南正站在窗边打电话。

买衣服的时候，归宁顺便给陆淮南也挑了一套，不过他没穿，身上穿的依旧是平常的运动服。不过，不穿也不妨事，反正他穿什么都好看，穿什么她都喜欢。

正接电话的陆淮南听见这边的动静，习惯性地瞥了一眼，顿了顿，再转了过去。

归宁站在原地微笑。

陆淮南淡漠地对电话那头的人说："先这样，挂了。"

挂了电话后，陆淮南看着走到身边的归宁，皱眉，不一会儿，他说："去把衣服换了。"

归宁低头看了看自己，再看了看陆淮南，坚定地说："不。"

陆淮南平静地看着归宁，虽然他没再说什么，甚至看起来一点都不像生气的样子，但他的眼神给人一种无形的压力。

归宁清楚地感觉到，陆淮南生气了，是那种，对她很失望的生气。

最终归宁还是屈服了，反正……陆淮南依她那么多次，她屈服这一次也没什么不可以。

"换就换！"归宁转身气呼呼地去换衣服了。

归宁的那点小心思陆淮南一眼便能看穿。

陆淮南捏捏眉心，有点头疼。

归宁再次出来的时候是一套正常的运动服，她明显感觉到陆淮南的脸色稍缓了一些。

归宁心情也缓和了下来，就当陆淮南害羞吧！反正他的行事作风就是网上说的那种老干部形象，明明比她大不了几岁，却总在她面前装老成。她心宽大气，就不跟他计较了。

这样平稳的生活在每天早晨起床能看见陆淮南为自己准备的早餐、送自己上学，放学后准时出现接她的日子里慢慢度过。

归宁觉得这大概是她从小到大，心里渴望最多的一段时间了。

渴望什么……当然是渴望陆淮南了。

这么长时间以来，陆淮南对她很好，也如外界传言的那样，宠溺她。可归宁总觉得少了一点什么。

一直到某一天晚上，归宁照例靠在房间的落地窗边看月亮，看着看着便看见楼下穿着睡袍的陆淮南下了楼，走到了院子里。

不一会儿，一个长相十分秀气婉约，气质有江南女子般水墨缱绻的女人走过来，归宁当时便想到古人的一首诗："态浓意远淑且真，肌理细腻骨肉匀"。

归宁见两人在院子里交谈了一会儿，陆淮南便带着那女人进了屋子。

陆淮南交际那么广，这姑娘可能是他的亲人，也可能是他的朋友。

可当归宁看见陆淮南伸手想轻抚对方的额头时，顿了一下，改成轻拍她的背以示安慰，她便知道这个女人对于他而言，不是一个简单的朋友或亲人关系。

后来归宁知道这个女孩叫展瑜，是陆淮南爱了很久的女人。可展瑜喜欢的人是陆淮南同父异母的弟弟陆泽漆。

归宁大概知道为什么陆淮南那么厌恶陆泽漆了，原来是他抢了陆淮南心爱的女人。

不知道为什么，归宁有点幸灾乐祸。归宁也终于知道，陆淮南对她的好，缺少了什么。

以前归宁怎么想也想不明白，在看见展瑜时，她明白了，陆淮南的确对她很好，却像哥哥对待妹妹，丝毫不含儿女私情。说得不好听一点，他对她一直是看在父亲的面子上照顾她，为了彼此的商业合作，如果没有父亲的那一层关系，估计他都不会理她吧？

归宁很烦躁，好想现在就下楼去，听听陆淮南和展瑜在楼下说什么。

可是她控制住了自己。不管她有多喜欢陆淮南，她都在心里告诉自己，千万别变成那种死缠烂打的女人，那样，不但陆淮南不可能喜欢上她，她自己都厌恶自己。

太理智的结果便是归宁一整晚都失眠，而那一整晚，展瑜都没离开过别墅。

Part 3 >>>

第二天，归宁即使一晚上没睡觉，也和平常的时间一样出去，不早不晚，仿佛什么事都没发生过。

只不过，楼下安安静静，厨房里没有那个做早餐的身影，餐桌上也空空荡荡，没有温热的早餐。

归宁在楼梯边站了一会儿后，外面传来脚步声，她抬头看去，见里邦走了进来。

归宁眼神中闪过一丝难以察觉的失落，她没吭声，走了下去。

里邦走到归宁身边，说："归宁小姐，我带你去吃早餐，一会儿送你去学校。"

归宁"噢"了一声，朝门口走去。

里邦十分诧异归宁竟然如此配合，愣了一会儿之后，忙跟上去。

早餐是在酒店吃的，餐厅里的人都知道里邦是陆淮南的首席特助，便迎上去，带着他们去了最好的 VIP 位子。

吃饭的过程中，里邦站在归宁身边，看着她正常吃饭，不言不语，一脸平静。

吃完饭后，归宁直接上车，让他送去了学校，从始至终都没多说一句话。

这样的归宁让里邦觉得太平静了，让他感觉很不安。

可里邦也没办法，谁让展瑜小姐回来了。在陆总的眼底，没有任何事重要到能与展瑜小姐相比。

下午放学依旧是里邦准时接归宁，并且归宁得知了一个消息，展瑜住进别墅里了。

虽然两人没有打过照面，但归宁知道她们彼此都知道对方的存在。

当里邦告诉归宁这个消息时，归宁只是淡漠地“噢”了一声表示自己知道了，没有多问。

展瑜住进别墅后，陆淮南便不再像以前那样每天亲自接送归宁，基本上都由里邦代替。

接送久了，里邦也深深感受到归宁不待见他，在连续接送归宁一周都没有任何交谈之后，里邦主动道歉：“归宁小姐，陆总最近的确太忙了。”

归宁一双平淡的双眸看着他：“我说了什么吗？”

里邦感觉到了，归宁虽然目光平淡，但自带一股压力：“就是因为你什么都没说才可怕。”

里邦：“归宁小姐，你每天总绷着一张脸，也不爱说话了，我会觉得自己有做得对不起你的地方。而且……我也不好跟陆总交代。”

归宁好整以暇地看着他：“好，你说陆淮南最近忙，忙女人？”

“归宁小姐，你这话从何说起？”

“自从展瑜来了，他一直很忙。”

“这个……展瑜小姐是陆总最重视的人，我以为归宁小姐能够理解。”

“不。”归宁说，“我一点也不理解。”

这是一次不太愉快的交谈，一直影响着归宁的心情，于是那天晚上，归宁又失眠了。

已经将近半个月，陆淮南没有接送她，两人也没有见过面。

直到某个周末，归宁没课。

她下楼去吃早餐的时候，意外消失了半个月的陆淮南，和里邦正往里走，他依旧是西装革履，剪裁考究的英伦西装，高雅贵气，英气逼人，贵公子的姿态着实令人着迷。

归宁怔了片刻，然后目不斜视地从他身边走过。

陆淮南停住脚步，回头看向从他身边走过直接无视他的少女，她越走越远，头也没回。

站在身旁的里邦也看着，沉默半晌，对陆淮南说："陆总，归宁小姐好像在生气。"

陆淮南瞥了里邦一眼，给了他一个"用得着你说"的眼神。

里邦顿觉自己多嘴。

这半个月，里邦每天都有跟陆淮南汇报归宁的行程以及心情，为了让陆淮南重视，里邦还特意加重汇报了归宁近日郁闷的心情。

奈何，不管他怎么暗示，陆淮南听完之后都没有太大的表现，更没有提出要恢复接送归宁上下学。

其中原因里邦不得而知，也不敢去猜想，只能在心里默默地对归宁表示自己已经竭尽全力了。

归宁是晚上回来的。回到别墅后，看见里邦正站在别墅门口，像老父亲苦苦等待出门回家的闺女。

归宁没理他，径自走进别墅大门。

里邦迎上来："归宁小姐，陆总等你吃晚饭。"

归宁头也不回，直接往二楼走："我吃过了。"给里邦留下冷漠的背影。

里邦走到厨房看着陆总正在做晚饭的背影，有点不知道该怎么向陆总交代。

陆淮南看见站在门口一脸纠结的里邦。那脸上的神情，比遇上一件头痛难搞的项目还难受。

"怎么回事？"陆淮南问。

里邦这才鼓起勇气走过去，对陆淮南说："陆总，归宁小姐回来了。"

"嗯。"陆淮南应了一声，正在将归宁最喜欢吃的蛋炒西葫芦装进盘子里。

里邦抑郁了片刻说："归宁小姐说她已经吃过了。"

“嗯。”陆淮南还是淡淡地应了一声。

如果里邦不了解他们陆总，他简直以为陆总根本没听到他说什么。

毕竟从下午开始，陆总便亲自去超市买菜，回来后亲自洗菜下厨，做的都是归宁小姐爱吃的菜。

大概是陆总想哄小姑娘吧，可谁知道小姑娘并不给面子，头也不回地上楼了。

工作能力尚佳但从没谈过恋爱的里邦完全不知道该怎么办了。

归宁回到卧室后洗了个澡，今天她哪儿也没去，在学校图书馆待了一天，看了一天的书。

这将近半个月的时间归宁都是这样过来的，看书使她的内心平静，虽然在午夜时分还是会失眠，会想他，会难受，但至少白天她能控制住自己的情绪。

归宁虽然没有恋爱经验，但也知道，如果放纵自己的情绪，会使自己越陷越深。她才不要在陆淮南面前低头，即使她喜欢上他又怎样？

洗完澡后，归宁对着擦了擦却依旧湿润的头发出神。

房间门在这时被敲响，熟悉的男声在门外响起：“归宁，我可以进来吗？”

Part 4 >>>

归宁在床上坐了一会儿才站起来去开门。

陆淮南站在外面，穿着难见的 T 恤长裤，头发也不似平常一般一丝不苟的大背头，而是散落在额间，带一丝随意和慵懒，不再是高高在上不食人间烟火的陆总，而是回归他这个年龄段应有的生活气息，整个人都柔和了许多。

归宁没让陆淮南进来，而是靠着门边，面无表情地看着他：“什么事？”

“还生气？”

归宁没理他，也没回答是不是。

“好了，我错了，不应该这么长时间忽略你。”

如果陆淮南道歉的样子被里邦看见了，一定会惊得下巴都掉下来。他可从来不认为“主动道歉”这几个字能与他们家陆总沾上边。

归宁本不是好哄的人，以前归朝来惹她生气了，哄了好些天，她才理他。

可现在看见陆淮南向她低头认错的时候，她的心竟然瞬间便动摇了。她握在身侧的双手掐了一下自己的手掌心，让自己不要被他迷惑。

她难受了这么久，难道只是一句“我错了”便能轻易化解？

归宁心里委屈，凭什么展瑜来了，他就选择忽视她？越想鼻子越酸，她忍了忍，将眼泪憋回去。

归宁看着陆淮南，一双眼睛因为起过水雾显得澄澈分明：“陆淮南，你一直在躲着我，是因为发现我喜欢你吧？”

归宁双手握在身侧，心怦怦直跳，她对陆淮南的答案格外在意，可她倔强的性子使她在陆淮南面前装作毫不在乎，好像在问一件很普通的事。

这些天归宁总忍不住在想，为什么那次健身房后，陆淮南便开始躲着她？即使展瑜住进别墅，可跟他接她上下学有什么冲突吗？

就算他要陪展瑜，也不至于大半个月都见不着人影吧？

唯一的解释就是那次在健身房，她换上性感运动服撩他的举动，让他知道了自己的心意。

既然选择避而不见，归宁便知道，她如果当着他的面说出“我喜欢你”四个字，也会被拒绝。

可归宁还是说了，她骨子里的倔强，让她即使知道会被拒绝，也不要忍受这种每天模棱两可，不知其心意的感觉。

陆淮南似乎也没想到归宁会如此直接，愣了一下，说：“归宁，我对你好，你喜欢我是正常的，我也很喜欢你这样的小姑娘……”

“我说的喜欢不是这种喜欢，是男女之间的喜欢。”归宁打断陆淮南的话，“我知道你有喜欢的人了，我说这些并不是要你做什么，只是告诉你而已，你可以拒绝我，但不用躲着我，如果你不想见我，我可以从这里搬出去。”

和归宁相处了这么久，陆淮南太了解归宁说一不二的性格了。别看她年龄比他小很多，却十分有主见。

陆淮南虽然没有接触过太多小姑娘，但也知道像归宁这种年龄段的小姑娘有叛逆期。叛逆期的小姑娘不能说重话，只能哄着。

“好，我不躲着你了。”陆淮南的声音变得柔和，“乖，下来吃饭好吗？”

归宁属于吃软不吃硬，跟她硬，她就更硬，但对方一旦软下来，她便不知道该怎么做了。

这种情况在面对陆淮南时格外明显，陆淮南的声音缓和下来的时候，归宁的心也跟着柔和了。

尤其是陆淮南那声轻轻的带着宠溺的“好吗”，让归宁恨不得什么都答应他。

陆淮南以前哪里说过这种话，好不好都是他说了算，别人根本没有商量的余地。

最后，归宁委屈地应了一声：“好。”

虽然里邦说归宁说她已经吃过饭了，但陆淮南知道她没吃。

归宁生气最喜欢跟自己过不去，不吃饭是家常便饭。

归宁看着陆淮南的背影，虽然他说不再躲着她了，但她也知道他拒绝她了。

拒绝就拒绝吧……反正她也没想过第一次表白，他就会答应。没关系，来日方长。

坐在餐桌前，归宁一眼看去，饭桌上都是她喜欢吃的菜。

她的心情忽然变好了些，陆淮南亲自帮她盛米饭，他站在开放式的厨房里，厨房的灯光光晕星星点点洒在他身上，修长挺直的背影没了平日里的古板，多了几分居家的温馨感，温暖得让她好想抱抱他。

心里这般想着，归宁竟真这么做了。

当归宁从后面抱住陆淮南时，陆淮南愣住了，她也愣住了。

可抱都抱了能怎么办？归宁干脆抱得更紧了一些，闭眼享受，至少这一刻他是属于她的。

时间很短，归宁有自知之明，在陆淮南出声时，她已经撒开手，站直身体，目光直视着他，丝毫没有胆怯，一脸“我就抱你了，你能拿我怎么办”的态度。

陆淮南才发现这个小姑娘真的浑身是胆。

“归宁……”

陆淮南刚开口，便被归宁打断：“你不用说了，我都知道。”

“你知道什么？”

“我心向水，君心向山。”

归宁垂眸，浓密而纤长的睫毛掩饰住她眼中的情绪，说完这句话后她便坐回餐桌上，沉默地吃起晚餐。

陆淮南什么也没说，端着帮归宁盛好的米饭走过去。

虽然是少女的心思，但聪明如陆总，也知道那句话的意思。

——我心向水，君心向山。我喜欢的人，不喜欢我。

Part 5 >>>

虽然那天坐在一起和谐地吃了一顿晚餐，但归宁和陆淮南的关系并没有实质性的进展，只能说暂时缓和了。

每天接送归宁放学的人依旧是里邦。

那天晚上被陆淮南委婉地拒绝之后，归宁发现自己好像并不能再要求更多了。

下午最后一节课只剩下一分钟，教室里的同学都蠢蠢欲动，和高中一样，下课铃响，教室里的动静便大了起来，睡觉的同学也醒了，没睡着的同学收拾好课桌，待老师一喊下课，大家便像脱缰的野马，跑了出去。

放学后，归宁走出教室，第一次没看见外面等着的车。

大概十分钟后，里邦才开车来了。里邦心慌地打开车门，让归宁上车后，解释："陆总今天喝醉了。"

算是解释他今天为什么晚来吗？

归宁看着车窗外的风景不理他。

里邦知道怎么解释归宁也听不进去，便作罢。

回到别墅后，隐隐听见二楼有人说话的声音，归宁看了里邦一眼，里邦说："是展瑜小姐。"

归宁便要上楼。

里邦扯住归宁："还是别上去好……"

归宁淡淡地看了一眼里邦的手，里邦悻悻地松开手，不知道为什么，除了面对陆总，也是个领导模样的里邦每次面对归宁时，都有奇怪的惧怕感。

里邦看着归宁面无表情但颇有压力的眼神，只能由着她去了。

归宁上了二楼，二楼的卧室里，未关上门的房间，展瑜想走，陆淮南却抓着她的手。

陆淮南是真的喝多了吧？否则一向冷静的他不会失态到抓着展瑜的手不停地问："为什么不爱我……"

展瑜显得不耐烦，想挣脱自己的手，她说："你喝多了，先放开我。"

这样一用力，便甩开了他的手，醉酒的他被她拽到了地上，她看也不看一眼，转身离开。

走到门口时，与归宁相撞，归宁眼神坦荡，倒是展瑜觉得很丢脸，头也不回地走了。

归宁看着展瑜消失在楼梯转角，她推开卧室的门走进去。

陆淮南正躺在地上，皱着眉头，他身上向来整齐的白衬衫变得皱巴巴的，几颗扣子也散落在地毯上，杂乱的头发垂在眼前，原本深沉的黑眸此刻仿佛被一片氤氲的雾气迷了眼，外人见不到的……倦懒又颓废的陆少爷。

原来他痛苦的时候是这样子的吗？

归宁走过去，闻到陆淮南身上的酒精味，她伸手抚上他紧皱的眉头，他没有反抗，反而迷糊地握住她的手。

归宁说不出此刻是什么感觉，只觉得心跳得飞快，脸也莫名其妙地红起来。她小心翼翼地将脸搁在他的胸膛上，聆听着他的心跳声。

陆淮南的身体很暖，和他平常冷漠的样子完全不一样。

“陆淮南，她不爱你就算了啊，还有很多人爱你的。”归宁靠在陆淮南怀里，看着他紧紧地抓着她的手，“我很喜欢你啊，陆淮南，你知不知道？”

喝醉酒的男人自然没有回应。

“不知道也没关系，我现在告诉你。”

归宁好像被陆淮南身上的酒精味迷醉了……她竟然感觉自己有片刻的头晕，那就让她在他怀里多靠靠吧，反正她也不想清醒过来。

那晚，归宁靠在陆淮南怀里，渐渐睡着了。

醒来的时候是凌晨，有那么一瞬间，归宁没反应过来自己身在何处，当感觉到注视着她的视线时，她抬头便与陆淮南的视线撞上了。

陆淮南显然也是刚醒，垂眸看见怀里的归宁时，似乎也有一瞬间的迷茫。

两人意识清醒过来已经是一分钟之后了，归宁倏地从陆淮南的怀里撤出来，一抹红晕爬上脸颊。

昨天的记忆如排山倒海般涌现在归宁脑海里，她原本只想抱抱陆淮南，却不想竟然在他怀里睡了一夜，尤其是……他身上的衬衫因为太皱被她脱下丢在一边，此刻她抱着他的腰，脸贴在他健硕光滑的胸膛间……纵使平日里胆大包天的小姑娘在这一刻也是羞得不行。

平日里归宁也撩过陆淮南，甚至穿着性感的衣服撩拨他，可那也仅限于穿着或是言语之间，当真与他在同一张床上醒过来时，她还是很不自在。

但归宁是个要强的姑娘，明明紧张无措到不行，还是勉强撑住淡定的神色，掩饰自己的心慌。

归宁在陆淮南的注视下爬下床，径自朝门口走去，冷静地关上门，仿佛她不是在陆淮南的卧室与他睡了一夜，是进去跟他说了一声“早安”。

但她离开时忘记穿上的毛绒拖鞋暴露了她的紧张。

卧室里安安静静。

陆淮南起身，床上的被子顺着他光着的上半身滑下去，手上还残留着少女柔软的触感以及那淡淡的少女气息……

陆淮南不是没接触过男欢女爱之人，可禁欲了这么长时间，竟然在这样一个早晨，产生了许久未有的欲望……

陆淮南是正常的男人，对女人产生感觉并不奇怪，可是归宁不一样。

从归朝来让归宁喊他“陆叔叔”开始，他便一直将她当成小姑娘……

他伸手捏了捏眉心，想起昨晚他和小姑娘睡了一晚上，真的有些头痛。

Part 6 >>>

回到自己卧室后，归宁去洗了个澡。淋浴的水淋下来时，她的脑子还是混乱的。

不过是一夜跟一个男人待在一个房间，什么也没做，竟然让她的思绪如此杂乱。这杂乱之中有惊慌，有不知所措，有担心，最后剩下的便是一丝幸福感。

那些幸福感像沐浴液稀释后的泡泡，轻轻一吹便在眼前飞扬。

归宁也不知道她自己这抹幸福感是从何而来，可只要一想起她从陆淮南怀里醒过来的画面，她的脸便情不自禁地红了起来，连心跳都加快了。

她捂着脸，命令自己："归宁，别再乱想了！"

洗完澡出来，归宁在卧室待到七点才出来吃早点，饭桌上的早餐准备好了，却只有她一个人。

她愣了愣，走下去，餐桌上的早餐很眼熟，是陆淮南的手法。

可他人呢？

归宁坐下，味同嚼蜡。

直到她吃完，陆淮南都没有出现。可放下餐具后，里邦出现了。

这一次，她没有选择沉默，而是直接问里邦："陆淮南去哪了？"

里邦说："陆总已经去公司了。"

归宁觉得刚扬起没多久的幸福泡泡忽然就被戳破了，只剩一手泡沫。

自此，不管归宁故意早起或者晚归，都没再见过陆淮南。

别墅里的一切都正常进行，每个人都对她照顾周到，除了她一直见不到陆淮南。

归宁以为陆淮南真的很忙，毕竟上一次，他答应过不再躲着她。她问里邦，里邦只会说："陆总最近很忙，归宁小姐，你多多体谅。"

归宁提出想去陆中集团看看陆淮南，什么都不做，只看他一眼便好。

里邦却犹豫了："抱歉，归宁小姐，因为陆总不喜欢把私人私事带进公司，这件事我不能擅自做主，我需要问问陆总的意见。"

可不久后，归宁便在电视上看见了关于陆淮南的报道。

上面的照片虽然模糊，但仍有醒目的标题——

"陆中集团大少爷陆淮南终陷绯闻，连续一周，有神秘女友跟在身边，疑似亲密恋人？"

“据悉，陆中集团的员工都知道那个女人的存在，她可以随时出入陆中集团，她是陆中集团大少爷的恋人，据传那个女人的真实身份是展氏家族唯一继承人，展瑜？”

归宁看见电视屏幕上放着两人的背影，陆淮南小心呵护展瑜的手势。

她对着从外边进来接她去学校的里邦问：“这就是你们陆总最近在忙的事啊？”

里邦看了看屏幕中的新闻，垂头没敢说话。

“你不是说你们陆总不喜欢把私人私事带进公司吗？”

“是……”里邦说，“可是展瑜小姐不一样……很早之前陆总便说过展瑜小姐在陆中集团不受约束，来往自由。”

“不受约束，来往自由，真好啊……”

归宁笑了，可里邦从她眼睛里感觉不出丝毫的笑意，他在心里骂自己蠢，又说错话了。

那天，归宁没让里邦送她去学校，而是去了陆中集团。

里邦一开始没敢开车去陆中集团，归宁睥睨他：“怎么？怕我去陆中集团闹啊？放心，我才不会。如果你不带我去，我自己打车去了。”

没办法，里邦只好开车带她去了。

当车开到陆中集团楼下，归宁望着眼前的高楼大厦，沉默半晌，说：“里邦，你带我去那儿。”

里邦顺着归宁的手指仰头看去，是陆中集团的楼顶：“归宁小姐，你……”

“放心，我不会想不开的。”

里邦这辈子没有拿谁没办法过，就连外界传言脾气不好，换助理如同换衣服的陆总，他都能搞定。可面对眼前的小姑娘，他是一点办法都没有。

他带着归宁去了陆中集团的楼顶，胆战心惊地看着归宁走到楼顶的最边缘，蹲下身，在边缘坐了下来，两条白皙的长腿悬空晃啊晃，他整个心都提起来了。

“要不……归宁小姐，我去帮你喊陆总过来吧……”里邦抹了抹额头的冷汗。

“不用。”归宁的声音在风中飘忽，随后她便没说话。

那天，她逃课了，在陆中集团的楼顶整整坐了一天，直到太阳落山，才起身离开。

归宁想起那日陆淮南第一次因为饭局没准时接她放学，她坐在学校楼顶等他。那时候她笃定他会来，果真，太阳落山之前，他来了。

可现在……

即使她没有告诉他，她在这里，但陆中集团络绎不绝的人，她在他们公司楼顶的事，怎么可能不会传入他耳中？

这一次，等到太阳落山，天色完全黑了下来，他都没再出现。

归宁坐了多久，里邦便守了多久。

最后离开时，里邦看着归宁，她虽然没有多少表情，但里邦总觉得她身上的某样东西被风吹走了，再也回不来了。

那天，陆淮南很晚才回家，一路没开灯，从客厅上楼走到卧室，便看见卧室门口一抹小小的身影抱膝坐在那儿。

听见声响，归宁抬头看向这边。

陆淮南将走廊上的灯打开，皱眉看着眼前的人：“你在这儿做什么？”

归宁从地上站起来，淡淡地问：“陆淮南，你在躲我吗？”

陆淮南未吭声。

“因为我说我喜欢你，所以你就不敢面对我了吗？”

面对归宁的质问，陆淮南平淡地说：“你想多了。”

他侧开身子，绕过她，要进卧室：“时间不早了，回你房间去吧。”

归宁却挡着门，不让他进：“今晚你不说清楚我就一直待这儿了，我这人很直接，我喜欢你是我的事，不强求你非得喜欢我，但你这样躲着我，会让我觉得我是个令你厌恶的人，如果你真的讨厌我，你可以跟我说清楚，我不会赖在这里不走。”

“没有什么喜欢和讨厌。”陆淮南平静地说，“对我而言，你只是归叔的女儿。我一直把你当侄女看待。”

“侄女？”归宁笑着说，“陆淮南，你才多大啊？你就把我当侄女了，我爸让我喊你叔叔，你还真把自己当我叔叔了？”

对于归宁的嘲讽，陆淮南平淡地说：“不是这样的。”

“既然不是这样，你躲着我做什么？”

陆淮南说：“不想让你再引起误会。”

“好。”归宁点头，“从现在开始，我不会误会你对我有什么意思，我知道你有喜欢的女人，我也不是那种死缠烂打的人，在这里住的日子也差不多有半个月了，什么危险应该都没了，我明天就搬回寝室。”

对于归宁的意气用事，陆淮南只不耐烦地回了一句：“随你。”便开门进了卧室，随后关上门。

归宁站在原地，看着冷冰冰的门，不再吵闹，转身离开。回到房间后，归宁开始收拾行李。

收拾了一会儿，才发现自己根本没什么好收拾的，很多东西都是后期陆淮南帮她准备的。

归宁心里有些烦闷，将衣服丢在地上，打开阳台的门，出去透透气。

归宁才发现，在不知不觉中，她早已经习惯了陆淮南对她的好。

他对她的好，不是殷勤的，也不是带着目的性的，而是生活里的细节，是顺其自然，无微不至，也是这样的顺其自然和无微不至导致她渐渐陷进他的温柔里，难以自拔。

——陆淮南，难道你不知道你这样的人，对一个人好，就是让别人一步一步沉沦在你的爱护中，再也爬不起来了，万劫不复吗？

她好像与陆淮南的好融合在了一起，一旦对方要放弃，她就会皮开肉绽，犹如切肤之痛。

归宁抬头，月光清凉，院子里的合欢花很香，那是刚搬进别墅的时候，她看着院子里的植物，随意说了一句：“怎么没有合欢树？合欢树开的花那么好看！”

于是第二天，院子里便种上了一棵巨大的合欢树。

里邦说：“这是陆总让人连夜送过来的，想着归宁小姐在这边会想家，所以在院子里种一棵合欢树让归宁小姐开心点。”

里邦当时感叹：“我们家陆总啊，竟然也学会讨小姑娘开心了。”

归宁看着那棵茂盛的合欢树，树上的花开得缤纷。

“可是陆淮南，你可知道，合欢花很香，香也没用。就像我喜欢你，喜欢也没用。”

原来爱意太明显，会把爱的人推得更远。

所以，陆淮南，如果不能在一起，不如不相逢，不如不相遇。

归宁闭上眼睛抱住自己，她又感受到了，那种撕裂般的疼痛，像有人在撕她的皮，剥她的骨，她浑身遏制不住地颤抖起来。

她咬着唇慢慢蹲下，眼眶中有泪，却强忍着不让它落下。她不要做那种女人，那种她从前最看不惯、最不能理解的，为男人落泪的女人。

她不要成为那样的人！

第四章

陆淮南，你是不是想我了

那晚，归宁在阳台上待到半夜，身体早已经凉透了。她抱着冻得几乎没什么感觉的双臂进了房间，放好热水，在浴缸里泡了一小时后，躺在床上，盖上被子，闭眼睡觉。

平静得好像什么事情都没发生过。

离天亮只剩下三小时，归宁也只闭眼休息了三小时。

早晨归宁下楼时，意外地看见了坐在餐桌边吃早餐的陆淮南。

所以，说清楚了便不用躲着她了吗？原来一直躲着她，是怕她对他有所误会吗？

归宁没再继续往下想，也没有去餐厅，而是往大门口走去。

里邦见归宁往外走，问："归宁小姐，你不用早餐吗？"

"先去学校再说吧。"

里邦看了陆淮南一眼，后者没什么反应，里邦便听归宁的话送她去学校了。

到了学校后，归宁下车前对里邦说："从今天开始不用来接我了。"

里邦诧异地看着她。

归宁笑了笑："我以后住寝室了，就不麻烦你们了。"说完头也不回地去了教室。

自那以后，归宁便没有再回陆淮南的别墅。在寝室的日子，归宁并不是特别适应。

她平时就性子冷淡，在经历过这件事之后，她变得更加冷淡了，不喜欢与人交流，即使寝室里见谁都热情的室友七彩到她这里来，也只能热脸贴冷屁股。

事实上，那段时间的归宁心里十分烦躁，她不喜欢被任何人打扰，只希望能有足够的私人空间静一静。

因为从陆淮南的别墅回来什么都没带，归宁花了一周的时间买生活用品和衣服。

逛到运动装区域的时候，导购热情地为归宁推荐了几套衣服，还是上次那家店，没想到导购对她的印象很深，笑着说：“今天没跟您男朋友一起过来呀？

“这套衣服你穿回去，您男朋友一定会觉得很好看！”

在导购的声音中，归宁茫然地朝一旁看去，上次，是与他一起，她在这边挑衣服，他站在不远处，英俊温雅，一笑生花。

可此刻，那里空空荡荡，再也没有他的身影。

归宁收回眼神，淡漠地对导购说：“帮我包起来吧。”

“好的！”导购开开心心地为归宁打包。

归宁闭上眼，双手在身侧紧紧握住，她怕自己不努力，便控制不住那心口针刺般的疼痛。

归宁开始了教室、图书馆、寝室三点一线的生活，每天都很简单。除了上课，下课后待得最多的地方便是图书馆，平日里做得最多的事情便是看书。

这样日子的确枯燥无味，不过对于她而言也足够了，至少可以清静，让她慢慢不去想一些人和一些事。

那天做一道高数题，连一条辅助交叉线，两条直线交叉后不断延伸，她画着画着，便停住了笔。

这两条交叉线多像他们啊，两线相交后，越来越远。

原来，平日里说不想陆淮南，都是欺骗自己。他总是在不经意的时候，跳进她的脑海中，挥之不去。

可是，想又怎样？总有一天他会变得没那么重要。

后来，归宁才知道，这些不过都是自欺欺人罢了。

周日，她起床后，例行准备去图书馆，手机响起来了。

她拿起一看，上面显示的是陆淮南的电话。

本以为经过那一晚之后，陆淮南不会再来找自己，从此两人便是陌路。

喜欢的人有时候喜欢就够了，没必要非要在一起，她就不相信，这世界上让她归宁动心的人只有陆淮南一个。时光漫长，她总有一天会忘记他……

可当看见手机上显示陆淮南打来的电话，归宁的心还是狠狠地跳了一下。

接起电话，归宁没有主动开口，直到那边喊了一声："归宁。"

陆淮南熟悉低沉的嗓音在归宁心里狠狠敲击了一下，她才发现，这么长时间她假装的淡定，在听见他声音的那一刻，所有的淡定和伪装出来的不在乎瞬间瓦解，溃不成军。

真的非陆淮南不可吗？

归宁眼中第一次浮现出茫然与不确定。

可归宁有自己的骄傲，即使已经溃不成军，她依然强装镇定："陆淮南，找我什么事？"

挂完电话后，归宁死死握住的双拳才松开，她闭上眼睛，不想让自己颤抖的声音泄露出她对他最真实的情感与思念。

陆淮南找归宁并没有多大的事，就像刚来学校的那段时间，每周他都会带她出去吃一顿饭，问问她的学习状况和生活状态。

还是最初那家餐厅，只不过不是单独的包厢而是大厅，靠窗的位子，归宁看着坐在对面的男人，他正站在落地窗边接电话，白色衬衫，休闲长裤，剪裁得体的线条衬着他修长的双腿笔直好看。

餐厅来往的视线纷纷向他投来，有几个坐在他们不远处的女生望着这边兴奋地咬耳朵，等陆淮南接完电话之后，终于有人鼓起勇气走过来："请问，请问能不能微信借我一百块？我，我没带钱。"

陆淮南淡淡地看了她一眼："不可以。"

他的声音没什么温度，任谁都知道，要一百块是借口，通过一百块要微信才是真的。

但陆淮南面无表情地拒绝了。他薄情的眼睛以及冷漠的拒绝令女孩无比尴尬，她红着一张脸说："对，对不起，打扰了。"

女孩转身离开的时候，一直坐在不远处穿着性感吊带裙的红唇女人嗤笑了一声。

和方才的女孩不同，她有着齐腰的大波浪卷发，丰胸翘臀，在餐厅内十分惹眼，她走到陆淮南身边，微笑地说："帅哥，不喜欢小姑娘，你瞧瞧我怎么样？"

陆淮南对于又出现的一个拦路女人十分不耐烦，脸上的表情已很不悦："滚。"

归宁相信陆淮南说出这个字时，已经到了不耐烦的极点。

谁知女人居然还敢大胆往前："帅哥，长得这么好看，怎么脾气这么坏？不过男人不坏，女人不爱，我就喜欢你这样的坏男人。"

在女人妩媚的眼神中，归宁本以为陆淮南该动手让人把她拖走，没想到他淡漠地看着她，说："我有女朋友了。"说完他径自走到归宁对面坐下。

谁知那红唇女人竟然跟过来，挑眉打量了一眼归宁，笑着说："女朋友？好看是好看，就是少了点女人味。"

归宁昂头："你误会了，我不是他女朋友。"她的面无表情跟陆淮南如出一辙。

女人一脸疑惑，随后便听见归宁不紧不慢地说："我是他闺女，你要当我后妈吗？"

红唇女人愣了一下，笑了起来："如果是这么好看的老公，就算当你后妈也愿意啊。"

归宁"嗯"了一声，她报了一个银行账号："想当我后妈先往这张银行卡里打一千万，毕竟想当我后妈的女人都必须养得起我和他。"

红唇女人看陆淮南的眼色瞬间变了，本以为是个高富帅，没想到竟然是靠女人养的小白脸？

见红唇女人一副见了鬼的神情，归宁露出一抹冷笑。

陆淮南对归宁的恶作剧并没有生气，而是放纵，就像放纵一个被自己宠坏了的小公主，让她无理取闹，最后的摊子由他来收，只要她开心就好。

红唇女人离开了之后，这一片终于安静了下来，陆淮南的面色缓和了些许，问他："最近在学校还好吗？"

归宁没有看陆淮南，她歪头看着窗外，淡淡地回答："很好。"

"嗯。"陆淮南沉默片刻，没再继续问。

这是一顿很平常的饭，基本上都是陆淮南在找话题。

看得出他很努力想哄她，但归宁并不配合。

归宁心情好的时候便说一些，心情不好的时候一句话也不说，又回到了最初冷淡高傲的模样。

刚认识那会儿，陆淮南没对归宁这种态度说任何不好，现在自然也不会说什么。

吃完饭后，陆淮南送归宁回学校，归宁看着窗外不断倒退的风景，沉默不语。

又是一路无话，到了寝室楼下，归宁解下安全带的时候问："陆淮南，你刚刚在餐厅骗那个红唇女人说你有女朋友了，那个女朋友是谁？"

归宁说这句话的时候没看陆淮南，而是直视前方。

陆淮南看着归宁倔强的侧颜，叹了一口气："没有谁，只是个借口。"

"噢。"归宁应了一声，想了想，"如果你有女朋友了，我们就永远别见面了。"说完，她直接开门出去了。

车门被关上，驾驶座上的陆淮南看着她绕过车头，直接走进寝室，头也不回，他的眼神晦暗不明。

昏暗的灯光中看不见陆淮南的表情，只能看见露在灯光下的手背紧紧握住方向盘，青筋在灯光下越发明显。

他发动车，驱车离开。

陆淮南自认是十分自制的人，即使对展瑜，他也能控制住自己的情感，展瑜不主动找他，他是绝对不会打扰她。

可是对归宁，陆淮南说不清那是一种什么感觉。

从第一次见面，他便觉得这小姑娘看起来很特别，他不是个好相处的人，可小姑娘比他更不好相处，冥冥之中，他从小姑娘的身影中看见了当年的自己。

即使万千宠爱于一身，内心却十分孤独。世界这么大，人类这么多，却找不到同类倾诉。

所以他想把她带在身边，让她看起来不那么孤独。

只不过陆淮南没想到归宁竟然对他产生了男女之间的爱慕之情，起初，他以为她是一时新鲜，而他也对她放任惯了，觉得不见她几日，她便能渐渐将这种感觉遗忘。

只不过没想到归宁对待这段感情认真了。所以当她提出要搬回寝室的时候，他也挺烦躁的，莫名其妙的烦躁，后来想想，她搬出去，彼此冷静一段时间也好。

却不想，随着时间的流逝，不能放下这段感情的不仅仅是归宁，还有陆淮南。

陆淮南不想承认，他近日的心情好坏竟然被一个小姑娘影响得十分彻底。所以，他主动来找她了……

陆淮南很少有这么烦躁的时刻，他将车停在无人的路边，将车门打开，倚在车边点燃了一支烟。

自那以后，陆淮南每到周末便会约归宁吃饭，一如既往，聊一些无关紧要的话。

时间久了，归宁自己也觉得没什么意思了。

最后一次吃饭的时候，陆淮南的手机响了，归宁看见手机屏幕上不停闪烁着“小瑜”两个字，忽然没胃口了。

眼看陆淮南拿起手机，归宁当着他的面放下了刀叉，看着他说：“我不想你在这个时候接她的电话。”

陆淮南搁在手机上的手顿了顿，还是拿起手机起身去接电话了。

归宁恍惚地看着对面空荡荡的座位，像被人扇了一巴掌。

她拿起刀叉，努力控制自己的情绪，想装作若无其事继续吃饭，却发现自己握住刀叉的手怎么都动不了，她深呼吸一口气，手上力道一重，叉子被她硬生生扳弯了。

她看着手中弯了的叉子，负气般地丢到一边。

陆淮南接完电话回来，看见归宁正在用刀叉切牛排，牛排被切成一块一块的，牛排的盘子旁边是一把弯了的叉子。

陆淮南的眼神暗了暗，没说话。

他刚坐下，归宁放下刀叉，擦了擦嘴，直视陆淮南，说：“陆淮南，我想回去了。”

“好。”陆淮南没多问，带着归宁回去。

车上，一路无话，气氛沉闷。

归宁觉得很烦躁，想立刻下车，永远别见陆淮南才好。

到了寝室楼下的时候，归宁解下安全带，对陆淮南说：“以后你不用来找我了，开学到现在已经有大半个学期了，该适应的我都适应了，已经不需要你照顾我了。”

对于归宁的话，陆淮南没有回答。

归宁便当陆淮南默认了，打开门正要下车，手腕却被人从后面握住。

归宁没回头，手腕上是陆淮南温热的触感，缠绵缱绻，她的心几乎都要软了。可这一次，她咬咬牙，选择无情地掰开他的手，头也不回地离开。

心不痛吗？当然痛了。这是归宁第一次喜欢上一个男人，没想到就已经如此深爱。

每周末陆淮南来接归宁之前，她那种将要见到他时的心情，紧张，期待，又难受，失落，各种矛盾的情绪交织在一起，折磨得她好难受。

归宁心里会如小鹿乱撞，会方寸大乱，想要靠近他，又不敢靠近，明明心里波涛汹涌，面上还要装作平静万分。有时夜晚甚至在床上辗转难眠，想想明天见到他时该是什么模样，会发生怎样的故事。

结果每一次见面都过得十分平静，并没有特别大的改变。

陆淮南还是那个例行公事关心她的“陆叔叔”，她却会因为他一个细微的举动，忍不住瞎想，他是不是在她离开之后，也发现他有那么一点点喜欢她？

她不想否认，每周答应跟他一起出去吃饭，她心里是有所期待的，期待他会有一点改变，期待她离开他之后，他会有一点点不自在，会有一点觉得她还是不错，要不喜欢一下她？只要一点点就够了……

可是，今天展瑜的一个电话，彻底打碎了归宁的念想。

所有的一切在展瑜面前都不值一提，即使归宁那么认真地对他说别接展瑜的电话，可他还是义无反顾地走了。

——归宁，你还赌什么？你用什么跟展瑜赌？展瑜是陆淮南心尖上的宝贝啊，你算什么？

归宁站在寝室楼顶的天台上，看着寝室下原本停着黑色奔驰的位置，只有学生来回行走，她仰起头，任由泪水从脸颊划过。

那点仅剩的期待，也在陆淮南选择展瑜的那一刻，被磨灭了。

这样的感觉对于从没喜欢过人的归宁来说真是新鲜刺激啊……可怎么那么难受？心里每次都像被尖锐的石头压着一样，沉重又锐痛。

她不想过这样患得患失的生活了……只有她一个人在经受这样的折磨，多么不公平啊……

也许她适合回到从前的生活，对什么都提不起兴趣，也就不会大喜大悲，令她难受了。

Part 2 >>>

在学校的大半个学期里，归宁并没有交什么朋友。或者说她不喜欢社交，觉得那是一件很无聊的事情。

寝室楼顶的天台，是她偶然发现的，晚上大家熟睡之后，她便会独自来这里，拿着几瓶罐装的鸡尾酒，爬到栏杆上坐下，看每天的月亮有什么变化，是她一天之中最心静也是最幸福的事。

与同寝室的于苏木相熟，也是因为天台的偶遇。

归宁对于苏木唯一有印象的是，她是陆淮南那个同父异母的弟弟陆泽漆的女朋友。

说实话，最初她对于苏木的印象并不好，觉得她太“假”，明明不喜欢社交，却对谁都好，一直与人保持距离，从不交真心。

在于苏木眼里，其他人就如尘埃般的存在。

同寝室的七彩给她的笔记，她会好心地收下，转身就不知道随手丢进哪个角落。

明知道寝室另一个室友徐茶不是什么好人，却不跟徐茶计较，不过是觉得徐茶不配她浪费时间去修理，在她的眼里，徐茶连做她敌人的资格都不够。

她明知道自己这样，会让七彩误会自己做的好事真的有用，会让徐茶继续自作聪明地错下去，可她依旧选择不管不顾，因为旁人未来会变成什么人，都跟她无关。

归宁当着于苏木的面说这些话的时候，于苏木并没有否认。

所以……陆泽漆喜欢的类型还是跟别人不一样，难怪像展瑜那样黏人的人，陆泽漆看不上眼。

周末，归宁又接到了陆淮南的电话。想起他上周的态度，也许这一周他又会说，只不过是为了履行答应过她父亲的职责罢了。

归宁看着电话一直振动，直到屏幕渐渐暗了下去，她第一次没有接陆淮南的电话。电话暗了下去之后便没有再响起来。

归宁的心里很失落，但她告诉自己长痛不如短痛。就在她以为她跟陆淮南的缘分止于此时，门外忽然传来了惊呼声。

七彩冲了进来，激动地对归宁说："归，归宁！陆少爷他，他来找你了！"

归宁看去，便见门口那道挺拔清隽的身影。

陆淮南竟然亲自上楼来找她？！

难怪她们这一层楼的女生忽然疯了一般狂叫，一窝蜂花痴地冲到她们寝室门口；难怪在打开门后，看见站在外面的陆淮南，徐茶露出了吃惊的表情。

归宁看着陆淮南，一向西装革履的他穿着白色的衬衫，休闲长裤，发丝有些凌乱，却多了一丝勾人的颓废，慵懒中的俊美，惹了一群女生对他目不转睛，惊叹不已。

七彩劝说："归宁，陆先生都上门来找你了，你就别跟他生气啦！"

归宁不喜欢七彩，总是自以为是地做别人的和事佬，自作聪明。

可她更厌恶自己，明明说好以后就当自己的世界里从未出现过这个男人，可当他出现的时候，她的心又开始乱跳，他强大的气场，他的眉眼，他的一举一动都牵动她的心，让她根本无法忽视他的存在。

尤其是当看见陆淮南现在这种痞雅颓废的模样，竟然有几分心疼。

可是归宁忍住了。所有人都没想到，陆少爷亲自上门找她，她却走到寝室门口，很用力地将门关上，让陆大少爷第一次吃了闭门羹。

七彩被门巨大的关门声吓了一大跳，再也不敢说什么。

归宁面无表情地回到座位上拿起书继续看。可一整个上午过去了，她手上的书一页也没翻，心思静不下来，格外烦躁。

中午寝室的人都下去吃饭了，归宁一点多才往下走。

走到楼下时，一眼便看见停在寝室楼门口的黑色宾利，熟悉的车牌号数字，陆淮南倚在车边静静地等着她。

他竟然还没走？

身边络绎不绝的人，纷纷朝他投去视线，眼里都是倾慕，却没人敢上去搭讪。

陆淮南的气场太强了，而且看起来似乎不大开心，浑身上下都写着生人勿近。

也有大胆一点的女生特意去寝室换了成熟漂亮的裙子，在楼下走来走去，搔首弄姿，期待得到陆淮南的注意，都没成功。

这个男人，只有他在意的时候才会投注视线，不在意的时候，全世界的人在他眼里都是空气，视若无睹。

归宁调整呼吸，告诉自己没什么好怕的，这里是 B 大，光天化日之下，她害怕他做什么？

她迈开步伐，往寝室外的台阶走去。她一出寝室大门，陆淮南的视线便紧紧锁住了她，目光中闪着锐利的光芒，如同一头雄狮锁定了猎物。

明明已经做好心理准备的归宁，还是不自觉浑身一颤，她咬着唇，命令自己冷静，告诉自己不能再心软，否则最终受伤的只有她自己。

下定决心后，她继续往前走，努力忽略陆淮南的存在，往学校食堂走去。

归宁脚步刚下一个台阶，忽然停住，她转身往寝室里面跑。她发现自己真的太没用了，尽管无数次在心里警告自己，但始终做不到忽视陆淮南的存在。

然而，在归宁转身之际，陆淮南大腿迈过来，长臂一伸，便将她紧紧搅进怀里。

归宁想挣扎，可陆淮南力道太大了，她根本不是对手，这人来人往的寝室楼门口，原本陆淮南在这里等她就是反常的行为，再加上他们这样牵扯太容易给陆淮南制造话题了。

归宁最终妥协了。当她坐到陆淮南车上副驾驶座的位子时，她觉得陆淮南应该是疯了。

“陆淮南，你知不知道你刚才的所作所为，外界会怎么传你？”

他是陆中集团的继承人，很多人时刻关注着他的一举一动，所以他的生活和工作，甚至与他有关的一切，他都做得滴水不漏。

可如今他竟然为了她做出这么不可思议的事，她觉得他有点失去理智。

面对归宁的提醒，陆淮南的状态很平静：“想吃什么？”

归宁瞪着陆淮南，对于他的答非所问非常不满：“陆淮南，你有没有听我在说话？”

陆淮南瞥了归宁一眼，嘴角竟然勾起一抹笑，不知道是不是他今天给她一种倦懒的感觉，她觉得他嘴角的笑带着一丝慵懒，一丝放松，是平常看不见的：“我从不在意别人怎么说我。”

归宁从没见陆淮南这么笑过，心又在这时被不听话的小鹿撞了一下，她十分懊恼，懊恼她对陆淮南不经意的撩拨完全没有抵抗力。

她咬着牙，黑着一张脸，口不择言地说：“陆淮南，你怎么这么烦？我说过你以后都不用来找我了，你忘了吗？”

归宁的口不择言成功地让陆淮南的脸色沉下来。

陆淮南再也没开口，车内的气氛逐渐凝固。

这一次，陆淮南带归宁去的不是经常去的那家餐厅，而是另一家新开的。和之前不一样，这次是特定的包厢，与大厅人群分开，十分安静。

其实每次陆淮南出去吃饭都是在单独的包厢，可后来，跟他分开之后，归宁不想跟他单独在一个空间里良久，所以每次都选择在人来人往的大厅里，也便有了上次被女人搭讪的意外。

若是以前，别说被搭讪，在陆淮南十米内都不能有陌生人进入。

陆淮南不喜欢生人靠近，不喜欢人多的地方，是众所周知的。即使如此，偏爱僻静的他也由着归宁乱来，她想去大厅便去，她想去哪里，他都陪着。可即便他如此宠着她，她竟还不知好。

归宁在车上说出那句话之后，陆淮南便再也没有开口，整个人的气压都很低，低到连服务生都感觉到了，站在一旁大气不敢出。

这次，向来不爱点餐的归宁拿起菜单，一个个浏览了一遍，点了两瓶红酒。

陆淮南没有阻止，只是到用餐结束，这两瓶红酒，归宁也没碰到一滴，她帮自己倒的酒都被陆淮南喝光了。

归宁每倒一杯，陆淮南便替她喝一杯，看着他喝酒如喝水一般痛快，她没舍得再倒。

从餐厅出来时，陆淮南的神志还是很清醒，仿佛刚才那些酒真如清水一般。但他喝了酒，所以找了代驾。

看着越来越熟悉的路，归宁忍不住开口说了今日见到他后的第一句话："走错路了吧？"

陆淮南没有回答。

"这不是回学校的路。"归宁再次强调。

陆淮南终于开口了，话里压着火气："没说要送你回学校。"

归宁看着陆淮南，大概是他略显赌气的语气让她有些意外。在她的印象里，他一向都是说话沉稳，语气孤傲，没有什么事能轻易惹怒他。

归宁没说话，看着车开到别墅。

停稳车后，陆淮南下车，绕到副驾驶座打开车门，看着坐在车上不动的她，几乎是命令式的口吻："下车！"

归宁倔着性子，坐着不动。

陆淮南二话不说，将归宁从车内扯出来，一路将她拉着进了别墅。

——陆淮南，你是土匪吗？

站在熟悉的客厅里，用人见归宁来了，高兴地说："归宁小姐回来了啊！”

陆淮南说：“帮归宁收拾房间。”

用人说：“早收拾好了，先生，归宁小姐的房间每天都按照先生的意思打扫得干干净净，就等归宁小姐回来。”

归宁心里一怔，望向陆淮南。

他很平静地说：“带她上去吧。”说完便自己上楼。

“归宁小姐，您跟我来吧。”用人带着归宁上了楼。

卧室还是之前的老样子，只是多了几瓶鲜花，其中有一瓶是合欢花。

用人说：“陆先生见你平时喜欢买一些鲜花放在房间里，就让我们每天都准备一些新鲜的花束摆放在房间里。”

用人说完这些，便离开了。

归宁看着房间，再看看盛开的鲜花，不禁自言自语：“陆淮南，你这样又是何必？”

Part 3 >>>

次日，归宁刚从浴室洗完澡出来，便听见敲门的声音。

她打开房门，陆淮南站在门外，见她湿漉的头发，皱起眉头：“下来吃早餐。”

“哦。”归宁应了一声。

大概是对归宁慢吞吞的动作不满，陆淮南大步跨进她的房间：“把吹风机拿过来。”

归宁眨了眨眼，没动。

陆淮南又重复了一遍：“吹风机。”

归宁便跑到浴室把吹风机拿过来。陆淮南接过吹风机，让她坐在床边，拿起她的长发便吹起来。

归宁坐在床头，从梳妆台的镜子上能看见陆淮南的半边脸，很专注的样子，仿佛吹头发是一项很重要的工作。

“帮女生吹头发的动作很熟练啊，陆叔叔！”

陆淮南虽然跟展瑜从小青梅竹马，但还真没给女生吹过头发，不过他聪明，学什么都快，简单的东西信手拈来，比如吹头发这种事。

陆淮南不是听不出归宁话里的酸味，他叹息一声，说：“第一次。”

面对归宁的时候，陆淮南总是一点原则都没有。

归宁一愣，才明白陆淮南话里的意思，他竟然在向她解释，他是第一次给女生吹头发……

归宁心里越发柔和了……她的嘴角勾起一抹浅浅的笑。

正在吹头发的陆淮南从镜子里看见归宁偷偷扬起的嘴角，近日来郁闷的心情终于得到缓解。

清晨，一切都是寂静的，归宁耳边只有吹风机的声音，和陆淮南撩起头发的声音。

受伤的心又慢慢愈合起来，原来陆淮南早已在归宁心里烙下深刻的印记，根本无法忘记。而这种印记在潜移默化之间没有变淡，反而越来越深。

归宁长久的低落逐渐得到了舒缓，心情渐渐变得愉悦顺畅，大概就是在一个普通的清晨，因为他的存在和他的温柔而变得不同。

归宁不知道的是，她从别墅搬回寝室的第二天早上，一切就变得不一样了。

那天，陆淮南和往常一样早晨五点起床。出门晨跑完回来后，遇上了隔壁出来晨练的老奶奶。

× 酒店的别墅区有一段是用来经营的，有一段是用来买卖的。

隔壁家老奶奶的孩子是孝顺的子女，买了一栋大别墅，一家人住在一起。

老奶奶闲暇的时候喜欢做面条，她以前就是开早餐店卖面条的，生意非常好，后来在 B 市开了一家连锁面馆。

自从知道归宁爱吃面条，陆淮南每次都在老奶奶那儿买面条。

“小陆，来来来，奶奶刚做了新鲜的面条，这就给你拿去啊！”刚好遇见，老奶奶便热情地领着陆淮南到她家，把新鲜的面条端出来，“趁着热乎劲早上就煮了，贼有嚼劲，好吃！”

“好。”面对慈祥的老奶奶，一向高冷的陆总面色也柔和了不少。

老奶奶看这孩子简直越看越喜欢，越看越觉得这孩子长得好看，如果换成她年轻的时候，肯定是他的迷妹，倒追一定要得手的那种。

“这是你给宁宁小姐姐准备的吧？”老奶奶虽然年龄大，但很时尚，许多新鲜的词汇她都会，“小姐姐真幸福，有这么优秀的小哥哥每天都挂念着她爱吃什么。”

陆淮南拿着面条回去后，洗了个澡，下楼开始做早餐。

差不多半小时后，里邦来报到。

陆淮南已经将面条煮好，随意说了一声：“喊宁宁下来吃早餐。”

里邦说了一声：“好的，陆总。”转身刚上楼，才发现不对劲。

他回到客厅，看见端着热腾腾的面条搁在餐桌上的英俊男人。

“陆总……”里邦掂量一会儿，才说，“归宁小姐昨天已经搬出去了……”

陆淮南正在往归宁碗里夹面条的手一顿：“是吗……”他将碗放下，离开了餐桌。

那是第一次，里邦在他家陆总脸上看见了落寞的神情……里邦更没想到的是，归宁小姐离开之后，陆总整个人都跟以前不一样了。具体哪里不一样了，里邦说不清。

只知道在工作上，从未出现过失误的陆总居然出现了前所未有的小状况，虽然状况很小根本不值得一提，但犯错的人是陆总，这在以往是根本不可能发生的事。

再比如说，以前的陆总在工作上已经很拼命了，现在的陆总更是每天只睡觉两三个小时，基本上每天都在公司，而且烟瘾也越来越大。

里邦看陆淮南这样下去不是办法，有一天晚上，看着陆总又加班到凌晨，终于忍不住说："陆总，如果您实在不舍得归宁小姐，就喊她回来吧……"

陆淮南背对着里邦，立在落地窗边，窗外是刚升起的日出，斑斓的霞光透过云隙照耀而来，落下一层金辉。

沉默寡言的陆淮南平静地说："连你也能看出我不舍得她吗？"

这种情况有多久没发生过了？陆淮南不记得了，他鲜少会暴露自己的真实感情。

可当归宁离开的那一刻，他竟然完全忘记控制自己，或者是……根本无法控制住自己内心深处对她的感情。

心底深处有个声音不断在冷笑地提醒他——

陆淮南，别否认了，这段时间的接触，名义上是你帮归朝来照顾她女儿，实际上这段感情里，丢了心的不只是归宁，还有你。

Part 4 >>>

在归宁寝室闹了一番后，归宁心软了，答应陆淮南每周回别墅住一天。

没有谁提出和好，成年人大概便是这样，默契地开始冷战，默契地结束冷战。

每周六的清晨，在陆淮南敲响房门前，归宁都会提前洗好澡洗好头，等他帮她吹干。他的时间观念非常强，每次都是七点准时敲门。

一切就这样平静而有规律地进行着，直到学期结束，都没有任何变化。

一学期结束，归宁回家了，有很长一段时间不能与陆淮南见面了，不知道他那么忙，会不会忘了她？

虽然归宁还喜欢着陆淮南，但从未再主动找过他。对于不喜欢她的人，这点自制力她还是有的。

长假慢慢度过，归宁二十岁生日那天，父母照常给她举行了一个生日派对。这样的生日派对，归宁从小开到大，早已厌倦了。

于父母而言，表面上是给归宁庆祝生日，实则也是拉近那些商场朋友关系的一次聚会。

每到生日这天，母亲都会精心给归宁准备好礼服，小时候把她打扮成公主，长大便成为女神。

生日派对上，归宁自然是人群中的主角，当她很无聊地配合父母“表演”时，派对上来了一个出乎她意料之外的人。

他一出现便让全场哗然。

“天哪！好帅啊！他就是传说中陆中集团的大少爷吗？”

“他怎么会出现在我们这种小地方？他简直比电视上的明星还英俊！”

“我能嫁给他吗？”

“我觉得你飘了……”

归宁看着陆淮南淡定地一步一步朝自己走来，面对周围惊艳的目光和议论声，视若无睹。

他永远那样沉着镇定，拒人千里之外，如果不是那天在卧室看见他颓废的模样，不是那天看见他醉到在房间里扯着展瑜的手不放开……归宁很难相信他这样的人也会因为一个人失去分寸。

陆淮南走到归宁身边对她微微一笑：“宁宁，好久不见。”眸色漆黑，笑容很柔，却灼人明亮。

归宁没想到陆淮南走到她面前竟然对她露出这么撩人的笑，他的出现已经让她感觉到惊讶，但这种惊讶她能够克制，可当他对她扬起少见的撩人笑意时，她根本无法克制。

于是陆少爷便看见归宁微张着小嘴巴，对他露出万分惊讶的神色。

陆少爷对归宁这样的表情很满意。

对于陆淮南的出现，归朝来二人也很意外，不过惊喜多些。于是陆淮南便成为派对上的上宾。

归宁站在远处看着众人对他的众星捧月，一点醋意都没有。她喜欢的男人，就应该是这么厉害的模样。

趁着父母没有将注意力放在她身上时，她独自去院子里透气。

这年的冬天没有往年冷，归宁离开了暖气，站在外边也不觉得寒冷，倒是有几分清凉。

远处的草地边有几个人在忙碌着什么，归宁没有太在意。

直到有人叫："天哪！那边是不是着火啦？"

这一声大叫将派对上的视线都凝聚过来，多数人都从屋内跑出来。

这时，天空一阵巨响，绚丽的烟花在空中绽放，然后像一条条银色的星星往下落。

"天哪！是烟花，太美了！"

天空中，无数烟花绽放，如漫天繁星，绚丽缤纷。

"生日快乐。"归宁身后传来熟悉的声音，她回头，便见陆淮南站在她身边，火光中英俊的脸，依旧是她熟悉的模样。

归宁的确是很久未见他了，原本以为自己心里的感觉已经淡了，但在看见他的那一刻，血液瞬间沸腾，犹如风暴卷食着她的身体，让她克制不住想要抱他。

尤其是当陆淮南朝自己露出那笑容时，她只想将他紧紧藏在身后，占为己有。她很庆幸自己足够理智，没有行动。

因为父母就跟随在他后边，归朝来笑着说："宁宁，还不谢谢陆叔叔？这是你陆叔叔特意给你准备的二十岁生日礼物。"

"什么陆叔叔？应该是陆哥哥！"徐耀青纠正，"陆先生看起来有那么大吗？别总把跟你有生意往来的人都让宁宁喊叔叔，都把陆先生喊老了！”

“对对对！老婆大人说得对，你不这样说，我还真没注意到这个细节。”

“宁宁，还不谢谢陆哥哥？”

“哦。”归宁应了一声，“谢谢你啊，陆淮南。”

“嘿，你这孩子怎么回事，怎么能直呼人家名字？多没礼貌！”

听不进父母在耳边的抱怨，归宁直视着陆淮南，旁人不懂这称呼上的意义，她相信他一定能懂。

不想叫他“陆叔叔”也不想叫他“陆哥哥”，他只是陆淮南，与她平起平坐的称呼。

“没关系。”陆淮南倒是很豁达，“人名不过是一个称呼，叫什么都无所谓。”

归宁不开心了，陆淮南明明知道她是什么意思，却这样说，有意让他们之间的关系看起来和常人没有什么不同，她“哼”了一声，扭头便走了。

归氏夫妻见她这般又是生气又是惊奇：“这孩子今天也不知道怎么了，平时也不这样啊……”

尽管归宁晚上跟陆淮南不欢而散，但她依旧躺在床上睡不着。她想起那场漫天烟火，更想起在烟火下，他站在自己身边的模样。

比她大十岁的陆淮南有她没有经过的阅历，也有令她怦然心动的沉稳，那是她在同龄的男孩身上未曾见过的。

归宁一点不意外自己为什么会喜欢上他。

这个男人在陌生的城市中，照顾她；在危险中，穿过硝烟救过她；在她二十岁生日时，给她放了一场盛大的烟火。

虽然陆淮南从不肯承认他的这些好来自他本身，而不仅仅是她父亲的请求，但是没关系，她心里知道就行。

夜深人静，归宁一直躺在床上睡不着。

她的手机屏幕忽然亮起来，是陆淮南的来电。

归宁的心狠狠一跳，拿着电话接起，传来他低沉的声音：“下来。”

归宁下床，走到床边，看见一辆熟悉的跑车停在她家楼下。

这时候父母都已经睡着了，他来做什么？

虽然很好奇，但归宁还是十分高兴，她披了一件外套，便轻手轻脚地下楼了。

这样看起来，像极了电视剧里，父母不同意的情侣偷偷约会。

归宁走到跑车旁边。

陆淮南已经下车了，见她穿得那么少，不太满意。

他为她打开副驾驶座的门，催促她上车后，自己坐到驾驶座上，将车内的暖气调大了些。

车很快驶离了归家，归宁看着车窗外快速倒退的夜景，没问陆淮南要带自己去哪里。

却不想他开了一夜，她在车上犯困睡着了，醒来时，已经在陆淮南的别墅里了，她正睡在他房间的那张大床上。

房间里开了一盏不算很亮的台灯，陆淮南正在沙发上办公，归宁不动声色地看了他良久。

直到他眼皮也没抬地说：“醒了就起来。”

归宁没起来，只是趴在床上，左手撑着脸颊，好整以暇地看着陆淮南，问：“陆淮南，你是不是想我了？”

陆淮南没说话。

“不然你为什么千里迢迢地把我带到你家，还让我睡在你的房间里？”

陆淮南停止了手上的动作，双眸平静地看向归宁。

归宁的嘴角扯出一抹笑，有股灵动撩人的意味：“你就承认啊，想我又不是什么……”

她的话还没说完，便觉得头顶一抹黑影压下来，唇上被印上一个吻。

蜻蜓点水般的吻，陆淮南吻过后，说：“起来吃早餐。”

归宁摸了摸唇瓣，虽然早已没了他的温度，可那种感觉，徘徊在她心头，根本无法抹去。

归宁平常看起来胆大包天，经常在“陆太岁”头顶上动土，但被他这么亲了一下，她脸上飘着两坨红晕怎么也消散不了，她看着他结结巴巴地说：“陆，陆淮南，你，你干，干吗亲我？”

陆淮南居高临下地看着归宁，面前这姑娘明明害羞到不行，还强装镇定的模样，他的嘴角勾起一抹浅笑，俯身，两手撑在她身体周围，将她圈在自己的范围里，微眯着眼睛，嗓音微哑：“怎么，还想来一次？”

被圈在陆淮南双臂之间的归宁脸更红了，她甚至不敢再看他，很用力地推开他，下床出了卧室。

关上门后，归宁靠在门外边的墙上，手捂着心口，感受到自己剧烈的心跳声，她想起陆淮南方才靠近她时的双眼，以及撩人的声线，整个人都不自在了，她懊恼地捂着自己的脸说：“归宁，你怎么这么没出息？！”

不过，那一整天，归宁的心情都很好，甚至一向不爱撒谎的她，在父母打电话问她怎么不在家的时候，她说有事提早去学校了。

其实离开学还有一周的时间。

那天陆淮南把她带过来的时候，她什么行李都没带。

不过，陆淮南把她带到家里，自然有万全的准备，衣柜里都是他帮她挑好的衣服，都是适合她的尺码，也是她平常喜欢的风格。

待在陆淮南别墅的一周里，归宁哪儿也没去，早上跟陆淮南一起吃完早餐后，他去上班，她便在别墅里转悠。

陆淮南的别墅里有一个图书馆，里面都是各类书籍，陆淮南对她说，如果无聊可以去挑书看。

除了图书馆，还有画室，她不想看书的时候可以选择画画，以及各种娱乐设施，完全不会无聊。

有一天中午，归宁无意间走到别墅的大厨房，里边的人正在做东西，归宁走进去看了看，是各式各样捏成不同卡通形象的面团。

“你们陆先生喜欢吃这么可爱的东西吗？”

归宁忽然发声，把他们吓了一跳。

对归宁的身份，大厨房的厨师们并不了解，只觉得是个漂亮的小姑娘，便说：“不是给陆先生的，是陆先生特意为展瑜小姐做的。”

归宁说不清自己是什么心情。

厨师打量了归宁一会儿，很有信心地猜测：“据说展瑜小姐是陆先生最爱的女人，也长得十分漂亮，我想那位幸运的展瑜小姐就是您吧？”

归宁没有给面子，笑了笑，说：“错了，我不是展瑜。”

那人才意识到自己说错话了，忙住嘴。

归宁忽然失去了兴致，图书馆也不逛了，画室也不去了，回了卧室。

陆淮南晚上回来时，归宁没有如往常一般在客厅里迎接他。

他将外套脱给用人后，问：“宁宁呢？”

“在卧室，归宁小姐今天一下午都在卧室里没出来，不知道是不是生病了。可我去问，她说没生病。”

“今天她都做什么了？”

“去了图书馆，也去过画室，后来不知怎么还走到了大厨房……从厨房出来后就哪儿也没去，一直待在卧室里。”

陆淮南皱眉：“不是让人看着厨房，其他人免进？”

“是这样的，陆先生，因为归宁小姐的身份，我以为她比较特殊……”

陆淮南不再说什么，往楼上走去。他没有去找归宁，而是先去卧室洗了个澡。中途接到展瑜打来的电话："你送的手工面团我很喜欢，谢谢你，淮南。"

"你喜欢就好，这么晚还没睡？"

"这就睡了，睡之前跟你说声谢谢啊，这样比较有礼貌。"

"嗯，晚安。"

"晚安。"

挂了电话后，陆淮南披上一件睡袍，打开卧室的门，朝归宁的房间走去。

以往未关的房门，此刻是反锁着。

陆淮南在门口敲了敲门，里面没有反应，陆淮南便没有再继续，而是回到了自己的房间。

躺在床上的归宁并没有睡着，她在赌气。陆淮南敲门的时候，她是想去开门的。

他一定是问过别墅里的人，知道她今天都做了什么，也能猜到她心情突然不好的原因。

既然知道，在门口多留一会儿、多哄哄她、多分一点耐心给她不行吗？

归宁第一次觉得自己很矫情，如果在听见陆淮南敲门时第一时间开门，是不是就不会像现在，比一个下午独自生闷气还要难过？

这一晚，归宁没睡着，也没有主动去找陆淮南。

第二天早晨醒来，看见坐在餐桌边的陆淮南时，她装作什么事都没有发生的样子，他与她说话，她一如往常般淡漠，随心情回答他的话。

陆淮南没有提及昨天的事，她自然是不会提及的。虽然她喜欢陆淮南这个人，但理智告诉她，绝对不能因为喜欢一个人而丢了尊严。

吃完早餐，陆淮南照例准备送归宁去学校。

就在两人起身后，里邦走过来，看了归宁一眼，随后在陆淮南跟前小声地说了什么。

不用归宁特意猜测，就已经有人迫不及待地闯进来。

从外面跑进来的展瑜抓住陆淮南的手，如同抓住一棵救命稻草："淮南……我有急事找你。"

她说完，才意识到客厅一阵沉默，她看了一眼归宁，又可怜兮兮地望着陆淮南。

归宁不了解这位大家口中"陆淮南最爱的女人"，但展小姐在陆淮南心中的地位，归宁知道谁也不能撼动。

归宁觉得她是令气氛尴尬的根源，所以她起身走到里邦的身边："走吧。"

里邦："归宁小姐，去哪儿啊？"

"你们陆总有事，你不送我去学校吗？"

里邦看了陆淮南一眼，后者点了点头，里邦便立刻说："好的，归宁小姐，我先去开车。"

归宁头也不回地往外走。

"归宁？"陆淮南在背后叫她。

归宁停住脚步没回头。

陆淮南说："下周末我再去接你。"

"哦。"她应了一声，也没说答不答应，然后径自离去。

第五章

你要什么补偿
我都可以给你

Part 1 >>>

上了车后，里邦很识相，专心开车，不找任何话题。

倒是归宁看着后视镜中的陆淮南和展瑜，问里邦："你觉得陆淮南这样做是为什么？"

里邦一脸问号，又不好直接问，只能委婉地说："归宁小姐，你指的是？"

"我说我喜欢他，但他拒绝了我，可是我生日的时候，他又给了我一场盛大的烟花，让我成为万众瞩目的焦点，让所有人都以为，我对他而言是很重要的人。那晚他带我连夜回到这里，我问他是不是想我了，他没有否认也没有承认，却给了我一个吻。里邦，我没谈过恋爱，但陆淮南这样对我，不算喜欢，那又是什么？"

这大概是里邦认识归宁以来，她对自己说过的最长一段话了。

里邦简直受宠若惊，但更惊的是，她对他说话，让他分析老板的心理活动，这无疑是一道比"我为什么会活在这世界上"还难回答的问题。

"归宁小姐，不要多想了……"里邦仍旧好言相劝，"陆总一直对归宁小姐很上心。"

"上心？因为我父亲的托付吗？"归宁笑了，"你们一定都是这样认为吧……"

"归……"

"好了，我知道你要说什么，我只是心里比较郁闷，并不是真正想要得到你的答案。"归宁说完，便看着车窗外不再说话。

第二天，B 大学校沸腾了，因为 B 大有名的高冷"冰山女王"归宁，答应跟一直追求她的音乐系才子原山与交往了！

这个消息很快传遍了 B 大校园的每个角落。

原山与刚来B大便小有名气，是个十分有才气的男孩，自创自编自唱的歌曲在网络上广为传播，他的词与曲常常精准地打动人心，引起共鸣，他的嗓音稳厚，仿佛经历过岁月的洗涤，而且他的容貌也十分清秀。

虽然陆淮南的弟弟陆泽漆是学校里公认的男神，但是男神太优秀，只能仰望不可接近，所以大家都将希望转移到原山与这边。

原山与的性格也很冷，对感兴趣的事情十分痴迷，不感兴趣的事完全不愿意浪费一丁点时间。

比如，音乐和归宁是他感兴趣的事情，所以他非常痴迷。

说起对归宁的痴迷，始于他见到归宁的第一眼，没有什么特别的场景，只是因为他那天刚好路过食堂，看见归宁一个人坐在角落里静静地吃饭。

那是中午食堂人气最鼎盛的时候，在一片乱糟糟的场景中，她显得那么安静与干净，与四周的一切格格不入，仿佛她的四周被一个巨大的透明盒子盖住，别人走不进去，她只在自己的世界里享受美食。

第二次相遇是在教学楼的顶层，他习惯周末的时候去那里拉小提琴搞创作。

有一天，原山与在顶层一边编曲一边弹奏，直到被一阵手机铃声打断，他才发现顶层一直站着一个人。

是那天他在食堂看见的女孩，对他的中断，她说："抱歉，打扰你的创作。不过你的歌很好听，音乐才子。"

原山与才发现，归宁坐在顶层的楼沿边，很危险的位置。

可他来不及提醒那里很危险，她便一个熟练地翻身，离开了楼沿边，转身下楼。

后来，他打听到了她的名字。归宁，干净利落的两个字，和她本人一样。

归宁一词起源谐音，"闺女"在称呼上与胶东方言"归宁"同音，意指回女方家的意思，即使吾家有女初长成，也别忘记经常回家。

看得出父母对归宁的在乎和疼爱。

于是有一天，B大男生圈子里在谈论各自喜欢的女生，问及原山与时，他说：“归宁，很好。”

于是，音乐才子原山与喜欢冷美人归宁的事情便在学校传开了。

Part 2 >>>

归宁答应与原山与交往，也是在教学楼的顶层。

以前原山与来顶层是为了寻找一个安静的地方进行创作，后来发现归宁，就习惯每个周末都有她的存在，有时候灵感来了便弹一首新曲。

也许一整天，两人都不会说话，但这样的状态，他们都觉得很好。

直到昨天，归宁忽然问原山与：“原山与，你知道喜欢一个人是什么样子吗？”

原山与拨动琴弦的手顿了一下，很认真地思考了一下，对归宁说：“应该是我喜欢你这样子吧？”

“你为什么会喜欢我？”

“不知道。”原山与诚实地摇头，“第一次看见你在食堂吃饭，看到你安安静静吃饭的样子，心境平和、岁月静好，便觉得你很特别，后来我的心就开始动荡不安。”

“动荡不安啊……说得很好啊，就像每次看见他，我的心也会情不自禁地动荡不安。我的直觉告诉我，他对我的特别不仅仅是因为外界的关系，还有他本身的原因，可他从不肯向我承认半分，甚至还经常和别的女人一起来气我。”

与原山与在一起的时间，归宁从来没向他掩饰自己有喜欢的人，原山与也从未介意过，他和归宁都是一种性子的人——喜欢你是我的事，并不需要你回报我的爱。

“想知道他的心意吗？我倒有个方法。”原山与这样说，“不过前提是，你得信任我，我提出这样的建议纯粹是想帮助你，没有其他的想法。”

见原山与认真严肃的样子，归宁笑了。

归宁笑的时候也是淡淡的，如同盛开的合欢花，清香满溢又清净无瑕。

原山与心神一动，也许就是那一刻，他知道自己永远不可能和她在一起，永远只能像现在这样与她保持着特定的距离，彼此觉得舒适自然的距离，才能长久。

“什么办法，你说。”

归宁的声音将原山与的思绪拉回。

原山与说：“假装跟我交往，如果他真的喜欢你一定会介意的，到时候你就能看到他的心意了。虽然这个办法很俗气，但算是很直接的方式了。”

原山与本以为归宁会嗤之以鼻，然后拒绝。谁知，她竟爽快地应下来了：“好啊，这是个不错的主意。”

于是他们之间在交往的事，便在第二天传开了。

那一周，陆淮南没有动静。

直到周末下午，归宁接到陆淮南打来的电话，说已经在楼下等她了。

归宁“哦”了一声，淡漠地说：“恐怕你要白来了，我忘记告诉你，我谈恋爱了，晚上要跟男朋友约会。”

电话那头的陆淮南沉默许久，久到归宁以为他把电话挂了，才听见他的声音：“那个原山与？”

“是啊，看样子，你已经知道了？那我就不用多解释了。”

“他不适合你。”

“那谁适合我？不过你说得也对，谈恋爱这种事当然要交往过才知道适不适合，所以我们现在已经开始约会了……”

陆淮南直接挂断电话。

归宁瞪着被挂掉的电话，气恼地将手机丢到一边。

不一会儿，寝室的门被推开，归宁还未来得及回头，便感觉陆淮南一阵风似的来到自己跟前，她被他拽着，强势地将她拖出寝室。

归宁想过陆淮南会生气，没想过他会如此生气，惊讶之余是喜悦，她看着他拽着自己的手穿过女生寝室，看着门口的女生羡慕又吃惊的眼神，也许明天她们又会在学校里传她奇奇怪怪的八卦，但那又有什么关系？只要他在，一切外在的因素都变得没什么关系了。

归宁的嘴角不自觉地扬起，任由他拽着自己下楼，在宿管阿姨诧异的眼神中坐上了车。

这一次，陆淮南没带她去餐厅，而是去了 × 酒店最高的楼顶，三百六十度的落地窗，可以将整个 B 城一览无余。

“如果以后想在顶楼发呆就来这里，不用在教学楼顶吹风了。”

归宁看着陆淮南站在落地窗旁的背影，想笑，又忍住了，装着很严肃又不知情的样子：“为什么？学校楼顶还有人拉小提琴给我听，这里什么都没有。”

“如果你喜欢听小提琴，我可以给你找一个团。”陆淮南回头，他的表情在灯光下晦暗不明，“你想要什么，我都可以给你，但我不希望你糟践自己……为了气我，随便找一个男人就说和他在一起。”

“我想要什么你都能给我？”归宁根本不关心他是怎么知道她和原山与在一起只是气他的，她只在意他的前一句。

“是。”

“我一直想要的，你不可能不知道。”

“宁宁，不要这么倔，现在这样的状态不好吗？”

“现在这样的状态？”归宁问他，“什么状态？你一边对我好，让我误解自己在你心里有多重要，然后那个什么展瑜一出现，我就从天堂被踩到脚底这种状态吗？”

“这跟小瑜无关，不要扯到她。”

归宁看着陆淮南一脸护着展瑜的模样，便知道她猜对了。

陆淮南的确是在意她、重视她，但相对展瑜而言，她只是排在他心里第二个位置，只要展瑜出现，他的心里便再也没有她的位置了。

所以，假装情侣气他，根本就没用。

归宁其实早知道，只是想要骗骗自己，骗自己陆淮南真的会因为别的男人而提高她在他心里的位置。

果真，她与他之间一直都是这种不对等的状态。

算了吧，她高估了自己的魅力，她比不过从小和他一起长大的展瑜，所以她认输，什么喜欢、什么爱、什么汹涌澎湃都放在心里，她再也不会向他提及了。

——我与春风皆过客，你与秋水揽星河。

归宁忽然对一切都失去了兴趣，她说：“你送我回去吧。”

聪明如陆淮南，此刻也想不到归宁心里所想，更想不到就在前一刻，他已经被放弃了。

陆淮南说：“吃过饭，跟我回别墅。”

“我要回寝室。陆淮南，我觉得累了，我不要再喜欢你了，我放过你，你也放过我吧。”归宁这话说得特别平静，她看他的眼神很陌生，陌生得就像第一次在父亲的办公室见到他那样，陌生又排斥。

这样的眼神，让陆淮南十分不悦。

陆淮南说：“我不允许你这样。”

“你不允许？”归宁笑了，“你凭什么不允许？陆淮南，你要我一直喜欢你，你能给我什么？连喜欢我，你都不敢承认！”

“承认有这么重要？”陆淮南说，“只要我一直对你好，你想要的时候我都陪在你身边，这样还不够吗？”

是啊……承认喜欢她有那么重要吗？

无数次，归宁都在心里这样问自己。她喜欢他，他对她那么好，什么都依着她，为什么她仍旧无法满足？

以前归宁不懂，后来她才明白，这从来不是承不承认的问题，而是他心里有其他女人的影子，他无法将展瑜忘记。

“如果我说，我不喜欢展瑜，我不想你跟她有任何见面和交往，你能答应我吗？”

“不行！”陆淮南利落又干脆地拒绝。

他甚至连犹豫一下都没有，没人能撼动展瑜在他心里的位置。

“看吧，陆淮南，你说你能给我很多，但是你究竟能给我什么呢？只要有展瑜，我随时都会被打回原形，你什么都给不了我！算了，你不用送我，我自己走吧……”归宁转身便要往外面走。

走到门口时，归宁身后忽然传来一股巨大的力道，她被撞到门背上，还没回神，便被陆淮南压着疯狂地吻下来。

Part 3 >>>

归宁这才闻到陆淮南身上的酒精味，他是喝了酒的，不知道喝了多少，也许很多，才能让他如此失控，连给她挣扎的机会都没有。

归宁最开始反抗和挣扎，后来在他的强势中慢慢软下来。

因为她听到他在耳边说：“我喜欢你，不知道从什么时候开始，没有你，家里变得很空荡；我喜欢你，不知道从什么时候开始，我喜欢往家里跑，因为家里有你。我以为我早已过了那种男孩遇见自己心仪女生时的莽撞不安，我错了，原来喜欢一个人的时候，不管年纪大小，都一样。”

陆淮南说完，并没有给归宁说话的机会，络绎不绝的吻又落了下来。

最后，当归宁躺在地板的中央，看着玻璃外的夜空时，脑海里跟B城的天气一样，被浓郁的雾霾遮住，模糊不清。

可当陆淮南停下来，努力控制自己不再去碰归宁，沙哑的声音中都是懊悔时，她抱着他赤裸的身体，对他说：“我不后悔，陆淮南，只要是你，我都不会后悔。”

这句话犹如催情剂，摧毁了陆淮南最后一丝理智。

关于那晚的记忆，归宁是矛盾的，因为她的身体很疼，心却很暖，记忆中的他是那么温柔。

不知道其他女生是不是和她一样，她只知道，她喜欢的那个男人啊……对其他人都很冷漠，甚至在别人眼中，他是一个彻头彻尾自私的大坏人。

可他对她很好，好得那么温柔，好得令她原本坚定地想要离开他的心，又塌成一片一片。

那天，温情过后，归宁躺在陆淮南怀里，看着无边的夜色，问：“听说男人一生要谈一百个女友才是人生圆满，是吗？”

“听谁说的？”

“网上看到的。”

“哦。”

“是不是啊？”

“不是，我就一个。”

展瑜和她，哪一个？归宁没有问。

也许就像陆淮南说的，有些事不要知道得太清楚，反而会过得更快乐。

庆幸的是，自那以后，归宁就没再见到过展瑜。

归宁不知道陆淮南是怎样处理他和展瑜之间的关系的，反正只要不出现在她眼前，她便不计较那么多。

归宁对陆淮南的称呼，也由陆淮南偶尔变成陆大哥了。

对此，陆淮南并没有特别的要求，就像他说的，名字只是一个称呼而已，代表不了什么。

不过，最后归宁还是喊他陆淮南比较多，大概是喊习惯了吧？

不知不觉，到了元旦，大街小巷都充满喜悦，× 酒店的大堂也装饰着各种元旦的彩饰，到处都是新年的气息。

跨年的那一晚，是陆淮南陪归宁度过的。

陆淮南为她订了一家餐厅，但被她拒绝了，她希望能两个人静静地度过，结果真的是两个人静静地度过。

那天，归宁躺在陆淮南的大床上用平板电脑追剧，不远处，陆淮南在沙发上处理公务。

深夜十二点，两人像有默契一般，同时抬头说："新年快乐！"随后又忍不住笑了起来。

好傻啊……很久之后，归宁回想起那时的场景，像陆淮南那么稳重的男人，这应该是他这辈子做得最傻的事吧？

可谁又知道，当时她心底有多么甜蜜？

好几次，归宁被陆淮南抓到手机不离身，连洗澡的时候都一直带在身边。

于是，这位比她岁数大的陆先生又开始教育她，经常把手机带在身边不好，有辐射，会对人的身体产生副作用。

可他怎么会知道，就是因为喜欢他啊，喜欢到洗澡时手机也要放在一边，听到消息的提示音会慌张地擦干手回复他的消息。

喜欢到任何时候，手机都要时时刻刻拿在手上，生怕错过他的消息。

就是因为，超喜欢他啊。

只不过现在归宁学乖了，即使再喜欢……她也不会每天挂在嘴边了。

Part 4 >>>

新年的第二天，归宁去了教学楼的楼顶，她已经很久没来了。

此时还是元旦假期，学校人很少，楼顶更是一片安静。

有那么一瞬间，归宁感觉自己仿佛穿越了时空，来到了一片只有她一个人存在的地方。

最近B城下了雪，在顶层厚厚的积雪中，她看见了一如既往的原山与。

“新年快乐啊，原山与。”

“新年快乐。”他还是那副淡然又沉稳的样子。

两个人在楼顶上，依旧是第一次见面的那个距离。

原山与说：“恭喜你，他是喜欢你的。”

归宁说：“谢谢。”至于其他，归宁也没打算解释很多。

“你现在开心吗？”

“算开心吧。”

原山与：“算开心？”

“嗯。”归宁说，“人生哪有一直开心的事？总会有起起落落的，就像现在我和他在一起，不表示以后也会在一起，但以后的事，谁知道呢？我们都珍惜现在吧。”

“嗯，珍惜现在。”原山与没再问，他看着归宁，说，“我给你拉一段我新创的曲子吧？”

“好啊。”归宁坐在雪地中央静静地听。

快到期末了，学校里一片静谧。

天地间白茫茫一片，耳边是悠扬的小提琴声，归宁闭上眼睛，放空思绪。

一曲弹完后，手机恰巧响起。

归宁接起电话，陆淮南的声音响起：“我在楼下等你。”

“我这就来。”她说。不管在没在一起，只要他一来，她便像找到归途的小鸟一般迫切地想飞到他身边。

走到楼梯间，归宁才想起什么，回头与原山与道别：“再见啦，原山与，很开心认识你这样的朋友，还有，你的新歌很好听。”

“再见。”

看着归宁幸福远去的背影，原山与在心里默默祝福：如果快乐太难，那就愿你把一切都看得淡然。

归宁从楼顶下来的脚步很快，直到到了大门口才渐渐放缓，她努力稳住呼吸，不想让陆淮南看见自己那么急切的模样。

归宁深吸一口气，平复了心情之后，她走出大门，嘴角刚扬起一抹笑，便看见不远处陆淮南立在车边接电话。

今天是他们第一次出门玩，他答应空出半天的时间陪她，她想做什么，他都陪着她，她勉强将这当成是他们之间的第一次约会。

所以陆淮南今天不是一身正装，而是她早上出门前帮他挑好的深色大衣与长裤，以前她便知道他腿长，可看久了仍旧想要感叹一句，真的很长啊！她再对比一下自己的腿，明明从小也是被别人喊到大的“白长直”，但在他的对比之下就逊色了一点。

陆淮南在接电话，归宁便站在一旁欣赏他，直到“小瑜”二字传进她耳朵里，她嘴角的笑才渐渐垮下来。

陆淮南对着电话那头的人说：“好，我马上过来。”

挂了电话之后，他看着站在不远处的归宁，归宁什么话都没说，直接上了车。

陆淮南见归宁坐在副驾驶座上，眼眸微沉，回到车上。车子发动之后，陆淮南说：“抱歉，宁宁，今天我不能……”

“你要去找展瑜？”归宁说，“我跟你一起。”

说完，她又补充了一句：“你说过你今天下午的时间都归我，我允许你去找她，但你必须带上我。”

陆淮南显然不愿意：“可不可以换个时间？”

“不行。”归宁干脆地拒绝。

陆淮南没吭声，归宁感觉到周身的温度降了不少，但她一点也没表现出害怕的样子，微昂着下巴，一脸倔强的模样。

——看吧，陆总，这就是你宠坏的小姑娘。

如果里邦在场的话心里一定是这样想的。

最后，陆淮南带着归宁来到市里一家很有名的小酒馆。

小酒馆十分有格调，每天只招待十人，超过了，即使出双倍的价钱都闭店不迎客。

据说小酒馆的老板身份神秘，又有大背景，所以小酒馆根本不以盈利为目的，只为老板高兴。

小酒馆虽然只限制十人，但小酒馆的私密性很好，每个座位都有单独的包间，也有开放性的吧台可供享用，随客人的意愿落座。

小酒馆的服务员看见陆淮南来了，终于松了一口气的模样："陆少，您总算来了，再不来，我都不知道该怎么跟您交代了，展小姐一直在灌酒，程只怎么劝都停不下来。"

陆淮南抿着唇，脸色看起来很不好，大步走到里边。

路过大吧台，走到里面第三个隔间，归宁便看见展瑜坐在那里，一杯接着一杯，身边一个个子小小的，五官却十分精致的小姑娘正用软软细细的声音劝她不要再喝了。

这小姑娘大概便是服务员口中说的程只。

程只，归宁听这名字有点耳熟，却始终想不起来在哪里听过。

不过此刻大家的重点都在喝醉的展瑜身上。

展大小姐从小恣意妄为的程度不亚于归宁，对于小姑娘的软言劝阻根本不听，甚至伸手挥开她，不料挥到桌子上的酒瓶，酒瓶倒在桌子上发出"哐当"的声音，里面的液体倾倒而出，程只猝不及防，只来得及站起来。

归宁只觉得耳边一阵旋风刮过，一个少年将程只扯过，酒瓶砸在地上发出清脆的碎裂声，程只吓了一大跳，如果少年晚来片刻，那瓶子砸的便是她。

程只偷偷瞥了一眼少年晦暗的脸色，没敢说话。

倒是另一个服务员叫了一声："老板，你来了！"

少年没什么反应，皱眉看了一眼程只身上被液体淋湿的衣服，十分不悦，扯着她往外走，路过陆淮南的时候，说了一句："管好你的女人！"

"站住！"陆淮南忽然呵斥了那少年一声。

少年停住脚步，归宁这才发现少年眉宇之间与陆淮南有些相似，不过比起陆淮南，少年身上多了几分这个年纪该有的少年感以及倦懒的痞气。

他转过身，和陆淮南有着一张不分上下的脸上透着一股邪气："怎么了？小舅舅，你自己的女人都顾不上了，还来管我啊？"

归宁没想到，这个少年竟然是陆淮南的外甥。

陆淮南的言语里带着警告："陆执，这周我要听到你去 B 大报到的消息，否则你知道后果。"

那个叫陆执的少年哼了一声，带着程只走了。

没想到这家在 B 市出名的小酒馆竟然是陆淮南的小外甥开的，难怪没人敢惹。

归宁看着浑然不知身在何处的展瑜，发生了这一系列的事，展大小姐倒像没事人一般，依旧在灌自己酒。

陆淮南大步走过去，拿过她手里的啤酒瓶，皱着眉；"别喝了！"

归宁挑挑眉，忽然同情起陆淮南来了，他年龄也不大，怎么整天像个家长一样，不仅要替别人管女儿，还要管自己的小外甥，这会儿又要替展家劝疯狂喝酒的展家千金。

归宁瞧他那样也不顾上自己，她环顾四周，发现这个格间很大，在展瑜对面有一个空位，她坐在那儿，跟服务员要了二两小酒。

酒上了之后，归宁便坐在对面喝酒，一边看着陆淮南挡着不给展瑜喝酒。

看了一会儿，才知道展瑜在陆泽漆那受了委屈，跑来陆淮南这里找安慰了。

陆淮南不喜欢展瑜喝酒，这换成是别人，陆淮南早置之不理了。偏偏陆淮南放不下她，又舍不得凶她，只能把酒瓶之类的搁到一边，任由她抱着哭个不停。

这是归宁第一次这么近距离地打量展瑜，之前便发现她有江南女子那样小家碧玉的感觉，此时哭起来，更是梨花带雨，令人好生怜爱。

据说陆淮南和展瑜从小青梅竹马，身边有个这么柔弱惹人疼爱的小姑娘，陆少爷动了凡心也不奇怪。

归宁就这样边喝着小酒边看着他们，待展瑜哭得睡过去之后，陆淮南才发现坐在对面的归宁，以及她桌子上摆着的六七瓶清酒。

清酒这东西味道好，但度数也不低，六七瓶的度数足够让滴酒不沾的归宁醉得自己是谁都不知道。

可归宁看着他的眼神分外清明，一双黑眼珠，一眨不眨地凝视着他。

陆淮南起身，将睡着的展瑜打横抱起，大步走了出去。

归宁坐在位子上一动不动，眼睛又眨了眨。

Part 5 >>>

归宁其实也不是滴酒不沾，归朝来喜欢喝酒，小时候归宁跟着归朝来出去吃饭的时候，一大群大人聚在一块喝着白酒聊天，其他小孩子都聚在一起玩，唯独她坐在归朝来旁边，静静的，看起来有那么一点不合群。

她瞧见归朝来杯子里的白酒，很好奇，酒的味道有什么好？竟能让父亲整天都喝。于是她趁着大家没注意，拿起归朝来的杯子一饮而尽。

结果足足睡了三天三夜，自此，归朝来便不允许归宁喝酒。

此刻，喝了七瓶清酒的归宁感觉自己还是很清醒的，只不过脑袋有点沉。

她清醒地知道陆淮南抱着别的女人走了，把她一个人丢在这儿了……

她眨了眨眼睛，正要起身离开，一个黑影却突然出现在她面前。

归宁抬头，看见陆淮南一脸平静地站在自己面前，看起来是挺平静的，但她能感受到他眼神里强压住的怒火。

归宁舔了舔干涩的唇瓣，歪着头问他："陆淮南，你干吗这么凶神恶煞地看着我？我发现你真的挺偏心的，是不是要我像展瑜那样哭啼啼的，你才会疼我？"说完，她拿起面前的清酒要喝。

陆淮南将归宁手上的清酒抢过，没让她喝。

归宁也不生气，拍拍自己身边的沙发："陆淮南，你坐。"

仰头见陆淮南没动静，归宁用力地拍了拍身边的沙发，语气也变得重起来："你坐啊！"

陆淮南忍了忍，在她身边坐下。

归宁从陆淮南手上拿过清酒，倒了一杯酒放在他面前，自己拿着清酒的小酒瓶："来，陆淮南，跟我喝几杯。"

陆淮南没动，归宁笑了笑，自己仰头喝起来。

喝完之后，她擦了擦嘴巴，看着清酒的瓶子，清花小陶瓷，做工精美："陆淮南，你以为我想喝酒吗？原本今天应该是我们第一次约会的，可是我不得不坐在这里喝酒，你却连陪我喝一杯都不愿意。"

陆淮南看着归宁通红的双眼，格外委屈，不知触动了他的哪根心弦。

他拿起清酒喝了一杯，随后叫来服务员要了一壶解酒茶。

茶上了之后，陆淮南往杯子里倒了一杯："酒也喝了，喝口茶缓解一下，否则明天起来你会头疼。"

归宁看着他，乖乖地"噢"了一声："你喂我啊！陆哥哥。"

那一声“陆哥哥”喊得温柔无比，让人无法抵抗……

陆淮南又开始头痛了，他处理过工作上很多棘手的事情，连展瑜他都能轻易搞定，可偏偏面对眼前这个小姑娘，总是一点办法都没有。

他拿起杯子，喂到她嘴边。

归宁眯了眯眼睛，看着他如葱玉般的手，“吧唧”一声，在他手背上亲了亲，然后傻傻地笑起来：“你的手真好看！”

陆淮南觉得额头疼，耐着性子哄着她：“喝吧……”

“嗯！”归宁对着杯子抿了一口，皱了皱眉，可怜兮兮地看着陆淮南，“烫！”

陆淮南拿到嘴边轻轻吹了吹，再递给她。

归宁抿了一口，然后一口气喝完了，喝完后用舌尖舔了舔唇，一双眼睛湿润润的，剔透玲珑，分外好看。

陆淮南将杯子放在一旁，对她说：“我们该走了。”

“噢。”归宁这次倒是很乖，站了起来，只不过她喝多了，脑袋很晕，整个人都是晃晃悠悠的，刚走第一步，便又重新跌回沙发上。

她揉了揉眼睛，委屈巴巴地看着陆淮南：“陆哥哥，我头晕……”

陆淮南伸手将归宁从沙发上拉起来，她顺势靠在他的怀中，见他没有推开自己，心里很愉快。

陆淮南扶着归宁走出小酒馆，外面已经停好了一辆车，归宁的脚步忽然顿住了，她想起方才陆淮南抱着展瑜出去，展瑜是不是也在这辆车上？

归宁皱了皱鼻子，她不想跟展瑜同坐一辆车！

陆淮南垂眸，见她站在原地不动，便知道她在想什么了：“车上没人。”

归宁因为他破天荒的解释，诧异地抬头，便瞧见他已经松开了她，径自往车里走去，一副她爱上不上的模样。

归宁知道他这是不自在了，毕竟堂堂陆中集团的大少爷，向来都是说一不二，从没向别人解释过什么。

第一次经历这种事情，归宁还是能理解的。她扬了扬嘴角，歪歪扭扭地打开副驾驶座，一头坐了进去。

上车之后，归宁才发现头真的很晕，她靠在座椅上皱着眉很难受的模样。

陆淮南见了，从后排拿出一瓶水给她：“喝点水，靠着睡一会。”

归宁喝了一口，然后乖乖靠在椅背上睡着了。

车子平稳地开在公路上。

回到别墅时已经是半小时之后了，归宁没有睡熟，一直浑浑噩噩的，半睡半醒之间，她还听见陆淮南接了个电话，好像是跟展瑜有关……

Part 6 >>>

车子停在别墅时，归宁睁开了双眼，她的脸上透着粉红，一双眼睛晕乎乎的，水润润的。

陆淮南问她：“好点没？”

归宁迷迷糊糊地摇摇头，又点了点头。

陆淮南觉得归宁彻底没什么意识了，他打开副驾驶座的门，下了车，将归宁打横抱起，往屋里走去。

明明没什么意识的归宁，此时还没忘记占陆淮南的便宜，她双手搂着他的脖子，对着他的锁骨吹气，软糯糯地说：“陆哥哥，我怎么就这么喜欢你呢？”

陆淮南低头看了归宁一眼，她的眼睛本就好看，因为喝醉了，微微眯起，显得特别媚。

归宁也不需要陆淮南的回应，她搂着他的脖子，将脸贴在他的心口。

见她没再捣乱，陆淮南倒是不放心了，问：“你在做什么？”

“听你有没有心跳声啊……”

她听了一会儿，抬起头，手指戳戳他胸前：“原来你也是有心的啊，怎么心就不在我这呢？”

陆淮南垂眸看她：“别乱动。”

“你求我呀！”归宁眯起眼笑，“陆哥哥，你求求我呀！”

她说话的语调软绵绵的，笑意盈盈，双瞳如蒙了一层水雾，婉约可人。

陆淮南低头看她，墨色的双眼幽深。

正要说话，陆淮南忽然抬头。

被陆淮南抱在怀里的归宁明显感觉到他僵直的身体，她眨了眨眼睛，朝他视线的方向看去，便看见站在楼梯口盯着他们看的展瑜。

归宁不知道陆淮南最后是怎么处置展瑜的，只记得他把展瑜抱了出去，没过多久，他便进来被迫与她喝酒。

此刻看着站在楼梯上的展瑜，归宁怎么有一种偷情被抓到的感觉？

陆淮南将归宁从怀里放下来。

归宁颤颤巍巍地靠着陆淮南，一副“我还很醉，陆叔叔你我扶一下”的神情。

奈何陆淮南全身心都在楼上的展瑜身上，他对归宁说：“你先上楼。”

归宁身体一僵，撇了撇嘴，往楼上走去。

归宁觉得自己最近的脾气真是太好了，下午被陆淮南放了鸽子，还对他千依百顺。

她晃晃悠悠地扶着楼梯往上走。

站在楼顶的展瑜也开始往下走，归宁对展瑜倒是不在意，如果不是因为展瑜是陆淮南喜欢的人，她都懒得瞧一眼。

两人在楼梯相遇，这是除了上次陆淮南醉酒两人正面相对之后的第二次遇见。

归宁扶着楼梯，数着台阶往上走，她并没打算跟展瑜打招呼，本身她们就是陌生人，打个招呼，显得太虚情假意。

归宁半眯着眼睛往上走，她会如此乖巧的原因是她现在脑袋真晕，超级想在床上躺着什么都不做，所以即使她想跟陆淮南倔一倔也力不从心，倒不如乖乖听话，或许还能让他对自己产生一点愧疚。

归宁正想着，展瑜已经走到她身边。

归宁没在意，可展瑜路过她身边的时候，不知道怎么回事，觉得她很刺眼，刺眼得让人想要好好教训她一番，

心里边这样想着，展瑜也这样行动了。

当归宁迷迷糊糊往上走时，胸前被狠狠撞了一下，她猝不及防朝后面栽去，她虽然喝了酒，但意识还是很清醒，往后摔去时她护住脑袋，才使关键部位没有受到伤害，但还是从楼梯上滚了下去，浑身的疼痛感立刻传进神经。

见归宁从楼梯上滚下去的那刻，展瑜也愣住了，她就是想撞一下归宁，没想到对方那么不经撞，竟然从楼梯直接滚下去。

此刻展瑜吓得面色苍白。

陆淮南眉头一皱，将归宁抱在怀中。他一手护着她的脑袋，沉着脸看着她身上的擦伤，嘴唇抿成薄薄的一条线。

归宁感觉身体被人打横抱起，她听见展瑜小声地说："对不起。"

以及陆淮南的"没关系"。

什么没关系，她有说没关系吗？

归宁不想跟这两人计较，身体的疼痛大于意识，一直到陆淮南将她抱进卧室，归宁才说："我觉得展瑜是故意的，我不原谅她！"

陆淮南看着她，"嗯"了一声，从医药箱中拿了药水给她消毒擦药。

归宁挑挑眉："陆淮南，你嗯什么嗯？我说我不原谅你的小心肝！"

陆淮南垂着头，帮她擦药："你想怎样？"

"你得补偿我。"归宁刚说完，大腿便传来一股刺痛感，她的腿情

不自禁哆嗦了一下。

陆淮南的动作明显放轻了一点："先忍一忍，你要什么补偿我都可以给你。"

"答应我两个要求。"

"嗯。"

归宁皱了皱眉，对陆淮南这种态度明显不满意，她将腿缩了一下："陆淮南，你这样太敷衍了。"

陆淮南停下手里的动作，认真地看向归宁不满意的脸，耐心地说："有什么要求，等擦完药再说，好吗？"

"不好。"归宁不乐意，"你先答应我第一个要求，亲亲我。"

陆淮南顿了顿，为了满足归宁的要求，弯腰在她脸颊上印上一吻。

谁知归宁并不满足，她纤细的食指指了指自己的唇瓣："我说的是这里。"

陆淮南墨色的双眸看了她一眼，叹息一声，按照她的要求，在她唇上亲了一下。

就在即将离开归宁唇瓣之际，她狠狠在陆淮南唇上咬了一下，这力道是下了狠心的，以至第二天上班，里邦都能看见他家陆总嘴角莫名其妙破了一点皮……

第六章

宁宁很好

Part 1 >>>

归宁楼梯那一跌摔得不轻，陆淮南给她请了几天假，假期这几天不但不能去学校，连门都不让她出。

归宁不知道陆淮南是不是害怕她跟展瑜又起冲突，反正名义上说怕她再受伤。

由于在家里休息太久，归宁感觉自己都要发霉了，所以三天后能去上学了，她一大早便起来，像一直被禁锢久了终于能自由的飞鸟，迫不及待地冲出别墅。

她到达教室的时候，远远地看见教室有两个人。

平时这个点，教室的学生们要么在寝室要么还在家，基本上都踩着点上课。

归宁看了一眼坐在教室后排的一男一女，女孩正低着头看书，男孩的脸朝着女孩这边，趴在桌子上睡着了。

归宁觉得他们有点眼熟，没想到女孩先认出了她："你是那天跟陆叔叔一起来小酒馆的归宁姐姐吧？"

归宁这才发现这小姑娘是那天在小酒馆劝展瑜别喝酒的程只，她说话的声音轻轻的，温言细语，让人的心特容易柔化。

她的长相也十分甜美，像春天盛开的粉色桃花，像夏天融化心间的冰粉，像冰镇的西瓜，像新鲜的草莓……

即使归宁这么冷漠的人都不忍心对她太冷淡，她看向程只身边睡着的男孩，才想起……那是陆淮南的外甥陆执……

她倒退回门口，看了一眼班级号，没走错教室啊……

程只看见归宁的举动明白了她的想法，她解释说："我和陆执是新来的交换生，听说这几天归宁姐姐请病假了，大概还不知道吧……"

“噢。”归宁说，“叫我归宁就行。”

归宁觉得这个小姑娘给她的感觉挺不错，便选了一个后一排的位子坐下。

程只看起来也很喜欢她，说：“好的，归宁，没想到我们会在同一个班。” 程只刚说完，便听见“啧”的一声。

两人望去，见睡着的陆执英挺的眉毛皱了皱，一双墨色的双目渐渐睁开，懒懒地靠在椅子上伸了个懒腰，因为刚睡醒，沙哑的声音里带着一丝懒倦：“好好看书。”

程只鼓了鼓嘴巴，很小声地抗议：“我想跟归宁说几句话。”

陆执很霸道地伸手将程只的小脑袋扳正，修长干净的指尖指了指她的书，懒洋洋地重复了一遍：“看书。”

没办法，程只只能偷偷地转头对归宁表示歉意，然后在陆执监督的目光中，继续安静地看书。

好在其他同学很快就陆续来到教室，大家都各自找好位子坐下，归宁发现他们这一圈周围都没人敢坐。

当他们看见归宁坐在这边时，先是投来诧异的眼神，接着变成了“她应该就坐这里”的神情……

归宁对外人的眼光向来能淡然处之，这种情况持续到第一节课结束。

归宁去了一趟洗手间，洗手间这种地方是最容易听见八卦的地方，这次也不意外，归宁听见了有关新来的两个交换生的八卦。

“我今天一进教室门看见归宁居然跟陆执他们坐在一起，吓了一大跳，不过后来又想想就是应该这样啊，归宁和他们就是一类人。”

“本来以为我们班转来一个大帅哥是好事，结果人家不但是大帅哥还是不能亲近的大人物。”

“话说回来为什么不能亲近啊？”

“难道你还不知道吗？陆执是陆中集团陆家太子爷的外甥。”

“这个我们都知道啊，那也只是辈分的外甥吧？陆家太子爷可没那么老。”

“这是重点吗？重点是陆执从小就是个不良少年，从幼儿园那会儿就是校霸，从小欺负同学，听说程只就是跟他从幼儿园开始同班，顺便被陆执从小欺负到大的！”

“可怜小程只长得柔柔弱弱的，整天被陆执欺负。”

“可我怎么觉得很美好啊？你看陆执都不让其他人碰程只，他们刚转来的那天，我们班那几个男生不就看程只长得好看，说话又温柔，一个个心怀鬼胎的男生找人家说话，结果都被陆执赶跑了。有没有一种‘我的人只有我能欺负，其他人都不能欺负’的感觉？”

“你这样一说，还真的有，不过话说，陆家人是不是都带着高富帅的基因，尤其是颜值，真的很高啊！”

“对对对！如果我有陆执这么帅的男朋友，即使从小被他欺负到大我也愿意！”

三个女生聊着聊着终于走了。

归宁从洗手间走了出来，不急不缓地回到了教室。

教室里，程只依旧专心致志地看书，陆执依旧趴在桌子上睡觉，俊脸朝着程只，窗外秋高气爽。

程只偶尔会偷偷看睡着的陆执一眼，微风吹动陆执额前的小碎刘海，露出一张万分英俊的睡颜，看着看着……程只漂亮的小脸蛋上会划过一丝红晕，像被人发现了小心思般，慌忙移开眼神，女孩那点小心思真真切切地写在脸上。

归宁忽然羡慕起来，喜欢的人恰好在身边。

上午的课程不多，两节课后，一天都没课了。

归宁离开教室刚走出教学楼，发现东西落在教室了，又回教室拿。

此时是下课的高峰期，很多学生往大门口走，归宁也不着急，等学生都走得差不多时，才往教室里走。

学生都走光了，教学楼便显得巨大又空旷。

归宁走到教室门口，正要进去，却看见偌大的教室里两个交缠的身影。

程只乖乖地坐在书桌的椅子上，陆执坐在她的课桌上，居高临下，一手撑在书桌上，微弯着腰，一手勾着程只的下巴……他们在接吻。

归宁顿住脚步，竟然在两三秒之间没有动，就那样看着他们接吻。

其实对于这种事，归宁早已习以为常，可看见他们这样，她心底竟生出一抹不一样的情绪，不想打扰这种美好。

她悄无声息地退了出去。这个世界的爱情总是以各种方式存在着，热烈的、冷淡的。

——有的人嘴上说着你是他的一生一世，转身便找了别人；有的人从没说过我爱你，却一直默默守护在你身边。

——有的人他欺负你可以，别人欺负你就不行。谁说欺负不是另一种喜欢与保护？

Part 2 >>>

归宁没拿遗漏在教室里的东西，她走出教学楼，意外地看见倚在车边的陆淮南。

一个女人正在跟他说话，那是隔壁班的女老师，归宁上过几次她的公开课，是学校里公认的美女老师。

归宁站在原地，看着他们对话，女老师正好面对她，从始至终都满脸笑容，她看不陆淮南的表情，但可以想象，他的表情一定很不耐烦。

不知道陆淮南跟美女老师说了什么，女老师脸上一僵，尴尬地笑了笑，随后走了。

陆淮南回过身，才看见站在不远处的归宁，一脸看戏的模样。

他皱了皱眉，示意她过来。

归宁慢慢走过去，笑着说：“陆哥哥魅力真大，连我们学校的美女老师都中招了。”

陆淮南没理会归宁的调侃，打开副驾驶座的门示意她进去。

对于陆总亲自开车门，归宁并没有领情，她走到车子前排，坐在跑车的引擎盖上，两条长细腿在车边晃啊晃。

“陆哥哥，你过来。”归宁歪着小脑袋，朝陆淮南勾了勾手。

陆淮南并没有动，归宁也不着急，笑盈盈地看着他。

和归宁犟，陆总从来没赢过。

他踱步走了过去。

归宁微笑地看着陆淮南走近，恰巧那没走远的美女老师正转头望过来，归宁倏地一把勾住他的胳膊，仰头便吻上去，对着美女老师的方向投去一个挑衅的眼神。

对归宁在大庭广众之下的这种举动，陆淮南眉头微皱，但并没有推开她。

对女老师挑衅完了的归宁松开了陆淮南，伸手摸了摸陆淮南的嘴角：“陆哥哥，我是在为你拦桃花，你别生气。”

说着朝陆淮南身后抬了抬下巴，陆淮南回头瞥了一眼，看见僵在不远处的女老师脸上的震惊以及失望。

陆淮南并未将自己无意间伤了女老师这件事放在心上，好像看了一眼路过的陌生人。

他揉了揉归宁的脑袋，说了一句：“上车吧！”

归宁看着陆淮南打开驾驶门坐了上去，撇了撇嘴巴，从引擎盖上跳下去，坐上了副驾驶座。

跑车的门自动关闭，驶离学校。

坐在车内的归宁也不老实，歪靠在椅背上，一只手放在扶手箱撑着下巴，眼睛一眨不眨地看着陆淮南，声音甜甜地喊他：“陆哥哥……”

面对归宁撩拨的眼神和语气，陆淮南无动于衷。

归宁撇了撇嘴巴，问："陆哥哥，你怎么这么招蜂引蝶呢？那可是我们学校最漂亮的老师，听说很多人追求，她都看不上的，陆哥哥，你真的一点都不动心？"

陆淮南依旧没理她。

归宁"啧"了一声，嘟囔着："陆哥哥，你怎么总不理我啊？这样很无趣你知不知道？是不是因为你这么无趣，所以展瑜才不喜欢你？"

归宁话音刚落便感觉陆淮南猛地将车停下。

归宁一愣。

陆淮南下了车，绕过车头走到她这边，打开车门，将她从车上拽下来。

此时车子还停在路边，学校附近属于郊区，大马路上十分空旷，没有其他车。

归宁被拽出车后，整个人被陆淮南压在车门上，背后是冰冷的车门，身前是他炽热的胸膛。

归宁有那么一瞬间被陆淮南突如其来的脾气给惊住了。对，没有吓住，只是惊住了。

归宁嘴角勾起一抹嘲讽的笑，果然不能提及他的小宝贝吗？一提这男人就发脾气。

陆淮南看着归宁嘴角浮现的笑，听着她不停地喊"陆哥哥"，他的指尖触碰到她的嘴角，大概归宁自己都不知道，她喊他"陆哥哥"时，声音有多动人，表情有多撩人，让人忍不住想一口吃了她。

陆淮南从来不是一个愿意压制内心想法的人，所以他没有忍，而是直接将车停在马路边"开吃"。

当归宁被陆淮南吻住的瞬间，她漂亮的眸中划过一丝错愕。他不是因为她提起展瑜而生气吗？怎么变成……吻她了？

错愕过后，归宁似乎想通了一些事，莫非是因为……她喊他陆哥哥，他受不了了？

归宁眉眼弯弯，心情很愉悦。她忽然想起在教室门口看见陆执与程只亲吻的模样……她伸手搂住他的脖子，很配合地开始与他接吻。

基本上每天放学，程只和陆执都是最后走的，为了方便上学，陆执直接在学校对面买了一套公寓，最初程只坚持不住，虽然两人谈恋爱是真，但同居……她还没有做好心理准备，陆执见她这么坚持，便把公寓让给她一个人住。

程只也拒绝过，不过陆执说如果不住就空着，程只妥协了。

虽然知道陆执家里很有钱，但从小节俭惯了的程只还是不舍得放着一个偌大的公寓空着。

当陆执送程只去公寓时，正在说话的程只忽然感觉到陆执脚步一顿，眉毛微挑。

程只顺着陆执的方向看去，便见不远处的陆叔叔正压着归宁在亲吻……

程只的脸倏地红了起来，想起刚才在教室里，陆执对她做的那件事……

正在她不知道该如何面对时，一只温暖的大手捂住了她的眼睛，陆执低沉的声音在她耳边响起：“少儿与小姑娘不宜。”

程只咬着嘴唇，刚刚是谁在教室里对他做这种“不宜”的事情啊……

Part 3 >>>

自那以后，归宁没在别墅里见过展瑜，不知道是展瑜自己离开了，还是陆淮南将展瑜和她隔离开了，反正看不见她，归宁的心情格外好。

很快便到了期中考试，到了考场，归宁才发现自己跟程只在同一个考场，经过一段时间的接触，加上那次归宁隐约之间知道了程只和陆执的故事，便对她产生了好感，难得的，不爱交朋友的归宁和程只关系不错。

由于考试时间很紧，上午考完后，归宁和程只在食堂吃饭。

没有看见与程只形影不离，生怕一个没看紧，程只便被人拐跑了的陆执。

归宁觉得很新鲜，不过也没问，毕竟她不是多事的人。

进餐到一半时，忽然有一群年纪相仿的男女生走进食堂，在食堂里巡视一圈后，往归宁这边走来。

“这不是我们的小只吗？在B大的生活挺滋润啊！”其中一个黑色短发女生，语气里充满嘲讽，“怕是已经忘记执哥是怎么为了你被警校开除的吧？”

“肯定不记得了，我就说执哥为了这种女人断了自己的梦想真不值得！”

说这话的是短发女生旁边的男生，体积偏大的胖子。

归宁看向低着头一声不吭的程只，她垂眸吃着盘子里的菜，看上去对他们的到来波澜不惊，唯有握紧筷子的手，泄露了她的情绪。

归宁跟陆淮南在一起，多多少少也知道一点关于陆执的事。

陆淮南这个小侄子从小便有当警察的梦想，高考之后，考上了国内的重点警校，却不知道什么原因，在大一下学期被警校开除了。

开除之后，陆执回到了他那个小酒馆，他家境好，没压力，没事当当小酒馆老板，也挺好。

陆执被开除之后，程只也选择退学，好在被陆执及时阻止了。

谁知脾气很好，性格很软的程只在这方面很坚持，陆执没办法，只能让她先休学，于是，程只便在陆执的小酒馆当兼职服务员。

开小酒馆并不是长久之计，两个人都是高才生，高考分别以第一、第二名的成绩考进了重点大学，陆执又是陆淮南堂姐唯一的儿子，家里怎么也不可能让他天天在小酒馆待着，便找了几层关系，先让他在B大当个插班生。

陆执倒也没拒绝，只提出了一个要求，让程只跟他一起。

虽然陆执没说，但陆家人也知道陆执就是为了程只这个小姑娘被学校开除的，自然对程只没什么好感，最后还是陆淮南从中调解，才让陆执和程只两人成功在B大上课。

至于被警校开出的原因，归宁不知道，也没问。

她看程只垂着头，握着筷子的手轻微颤抖，似乎在极力克制。

再听着身边的男男女女各种冷嘲热讽，她有点不耐烦。

归宁看了一眼隔壁桌刚喝完的汽水瓶，掂量着用这个砸到他们头上能够让他们安静几秒……

“程只，别以为你主动选择退学就能弥补执哥，你就是个祸害，你不是应该主动从执哥身边消失吗？怎么有脸跟他一起来B大？”短发女孩终于忍受不了程只的沉默。

“程只，你说话，别不敢出声，跟个孙子一样！就你这样的，怎么配得上执哥？”

短发女孩说完伸手要扯程只的头发，只不过她的手还没碰到程只就听见了玻璃碎裂的声音，短发女孩愣了片刻后，忽然撕心裂肺地叫起来。

归宁皱了皱眉……怎么比之前更吵了？

警察局。

跟警察交涉完后的里邦头疼地看着坐在大厅里的三个小孩，归宁、陆执和程只。

再看了看自己身边面色十分不好看的陆总……总觉得有种不好的预感。

“陆总，手续已经办好了，可以带归宁小姐他们离开了。”

打架的原因很简单，短发女生喜欢陆执，得知陆执为了程只被警校开除后，带着一帮小弟过来找程只麻烦。

小孩子之间的打闹而已，只不过里邦没想到，一向不爱管闲事的归宁小姐居然为了陆总外甥的小女友出手打人了……

陆淮南走到三个小孩面前，面色阴沉。

这已经不是陆淮南第一次跟警方打交道了，第一次是归宁被绑架，第二次是她带领自己的外甥跟别人打架，她大概是嫌他太闲，挺会给他找事的。

陆淮南居高临下地看着归宁："厉害了，才跟他同班多久，就学会打架了？"

归宁自知理亏，低着头没说话，一副任由大人批评的乖巧态度。

她态度挺好，不过陆执这个外甥就不一样了。

"小舅舅，小舅妈也是为了我们好，你就别说她了。"

归宁因为陆执口中的"小舅妈"一愣，随即脸上露出柔和的笑容，第一次觉得这个痞气十足的大帅哥看起来很顺眼。

陆淮南瞥了陆执一眼："我不说她，说你？你被退学退上瘾了？要我帮你回想一下上一次退学是什么原因？"

陆淮南估计在气头上，对陆执的"小舅妈"称呼居然没有纠正。

归宁心情很微妙。

陆执撇撇嘴巴没说话，面对这个高冷的小舅舅，他还是少惹为妙。

"陆叔叔……对不起。"这时，一道细小的声音传来，"都是因为我，您要骂就骂我吧！"

陆淮南循声望去，是他家那个不成气候的小外甥的小女友。

陆淮南虽然很凶，但对这么柔弱的小姑娘也无法指责，他指了指归宁："你跟我出来。"

随后便转身离开。

归宁乖乖地跟着陆淮南往外走，背后传来陆执的口哨声："小舅舅，你可别对小舅妈家暴啊！”

归宁回头看了看陆执，他正朝她扬了扬嘴角，朝她挥了挥手，一副“你护我女人，我认你做舅妈”的表情。

随后便侧身低头，揉了揉程只沮丧的脑袋，嘴角扬起漫不经心的笑，不知道说些什么安慰程只，一脸“除了你，其他事情都不算事”的张扬。

归宁想起在食堂，她用汽水瓶砸过短发女生的胳膊后，其他人一拥而上。

最后是陆执带着几个男生冲进来，他们原本刚进入食堂的时候说说笑笑，看见这边“战况”时，陆执二话不说就冲上去，将程只护在身后。

不得不说，陆执在打架方面十分有天赋，将短发女生带来的一百六十多斤的胖子揍在地上不停地求饶喊他“爸爸”。

归宁挺喜欢陆执的，尤其是他刚刚喊她“小舅妈”时，虽然知道是因为她出手帮了程只，他才这样喊她的，但她依然十分满意。

归宁抬头看了一眼陆淮南高大的背影，不知道什么时候，陆执的小舅舅能有他这样的觉悟……

大家都姓陆，怎么觉悟差距如此大呢？

在归宁走神时，没留意到她左前方一辆警车飞速开过来，在离她近半米的地方生生地停住了，开车的小警察也吓了满头大汗，好在没出什么问题，他打开车门急匆匆地下了车往局里走去，赶着去跟队长报告。

归宁看着挡在她前面的男人，果真，陆淮南的面色很不好看，如果不是他及时回头拦住她，估摸着那车已经撞上她了。

可……谁让他连背影都那么好看？

归宁心里这样想着，在陆淮南发脾气之前，她脸上已经露出各种“我错了”“我后悔莫及”“你再骂我，我就哭了”的表情。

脾气被生生止住，陆淮南大步往车的方向走去，不管她。

归宁看着他的背影，偷偷笑了笑，跟了上去。

Part 4 >>>

陆淮南是会开到一半赶过来的，处理了警察局的事情，他直接去了公司。

上车之后，归宁便成了空气，陆淮南不管她，里邦也不怎么敢跟她说话。

到公司后，归宁只能坐在陆淮南的办公室发呆，她家陆叔叔一进公司便忙个不停，会议一个接着一个。

最后归宁终于等不住在办公室睡着了。

归宁是被一个巨大的声响吓醒的，她迷迷糊糊地睁开眼，便听见陆淮南的声音，他的办公桌前站着三个主管，一个个垂着头不敢吭声，他正在发脾气。

归宁才发现，警察局里朝她发脾气的陆淮南和工作时发脾气的陆淮南简直是小巫见大巫，这一点，从三个主管大气不敢出一声，冷汗直流的表现便能看出来。

“昨天我是怎么跟你们交代的？现在给我的这个报告是什么？用实际行动告诉我，我们陆中集团的三个市场主管有多没用？”

归宁看着被丢在桌子上的文件夹，刚刚她就是被文件砸在桌子上的声音给惊醒的。

这是归宁第一次看见陆淮南真正意义上地发脾气，想起平日里，他对自己的温和态度，归宁眯了眯眼睛。

三个主管被骂得灰溜溜出去之后，等在外面的人心惊胆战地走进来，小心翼翼地将资料交到陆淮南面前。

这次，陆淮南没发脾气，心平气和地跟他交代了一些事。

一直到陆淮南忙完，已经过了晚饭时间了。

里邦说先带归宁去吃，归宁不肯，生生等到十点多，陆淮南忙完了，才跟他一起去用餐。

这一次，陆淮南没带归宁去太豪华的餐厅，而是去了公司的食堂。

陆中集团十分人性化，食堂除了一日三餐，晚上还持续为员工提供丰富的消夜自助。此时食堂有零散的员工正在取餐，经过陆淮南身边时都礼貌地跟他打招呼："陆总好。"

陆淮南挑了个位子坐下，让归宁去拿自己喜欢的吃的。

归宁的确有些饿了，去自助食物区挑了自己喜欢吃的。

回来的时候，桌子边没人，陆淮南也在自助区，归宁一边坐在椅子上用餐，一边抬眼关注陆淮南挑选食物的背影。

这个男人在挑选食物的时候都像工作一样，很认真，很专注。

他穿着白色的衬衫，深色长裤，这一身搭配大概是他衣柜里最多的搭配，但无论看多少遍，都不会腻，依然那般挺拔英俊，清新自然。

陆淮南回来的时候，归宁已经将盘子里的东西吃完了，她说："你们食堂里的饭菜很好吃啊，尤其是这个……"她指了指碗里的酸菜鱼，"超好吃，我把汤都喝光了，你应该给师傅加工资。"

里邦笑了："归宁小姐，你大概不知道，陆中集团食堂里的师傅都是陆总让人从全国各地高薪请来的当地做得最好的本土菜师傅，就是为了能让在不管来自哪座城市的员工都能在食堂里吃到家的味道。"

归宁没想到陆淮南除了对展瑜之外的人居然也有这么贴心的时候，里邦过来是因为刚接到电话。

"学校那边已经说好了，会在下周一晚上让归宁小姐、陆小少爷和小少爷的女友再单独把今天下午的考试重新考一遍，记录在学期末的分数里。"

陆淮南"嗯"了一声："晚上没事了，你先回去吧。"

"好的，陆总。"

里邦离开后，陆淮南便见坐在对面的归宁撑着下巴认真地望着自己，一双黑瞳如水，润泽透明。

陆淮南淡定地吃着盘子里的食物，平静地问：“看什么？”

“看你啊。”归宁眨眨眼，“没想到陆叔叔发起脾气来那么吓人。”

归宁想了想，又问，“那刚刚在警察局，你明明那么生气，为什么只凶我一下，就不凶了？”

陆淮南放下刀叉，用纸巾擦了擦嘴巴，才抬眼看她，一双眼睛如星空般深邃神秘，沉默片刻，他才缓缓对她说：“怕对你太凶，把你吓哭。”

归宁心一怔，虽然知道陆淮南说的不过是玩笑话，但嘴角依旧止不住地扬起来。

归宁说：“陆哥哥，等我大三实习的时候来陆中集团上班吧？我瞧你这么忙，没准我能帮你分担一些，就算是报答你的……”归宁差一点顺势说了报答你的养育之恩，想了想，不对，便说，“就算是报答在B市这么久你对我的照顾。”

归宁本以为陆淮南不同意，却不想他竟然说：“就这么简单报答我对你的照顾？”

归宁没想到陆淮南会这样说，顿时怔住了，好半晌反应过来，才发现她家陆叔叔不知道什么时候也学会撩小姑娘了……

其实陆淮南不是不会撩，只是愿不愿意。

从前，没有人他看得上眼，看得上眼的展家那姑娘，他也不会撩。

只有面对归宁时……也不知怎么的，她总能勾起他心里被压抑住的那一点不正经。

平日里一本正经的陆总，在她面前总想变成禽兽。

果真，在归宁回过神来之后，她挑了挑眉，黑白分明的眼睛一眨不眨地看着陆淮南：“哥哥，我都以身相许了，你还想我怎么报答你啊？”

Part 5 >>>

归宁反撩她家陆总的后果就是回到家后，归宁在卧室被陆淮南折磨得不停求饶："哥哥，我错了……真的错了……"直到迷迷糊糊睡过去时，还在委屈地认错。

陆淮南眯着眼睛看着归宁身上被自己欺负的各种吻痕，眸色越发暗沉了。

睡着的归宁在梦里不安稳地嘟囔："哥哥……我真的错了……不要了……"

陆淮南起身去浴室冲凉，生生压抑住自己还未完全得到释放的感情。不知为何，每次只要碰到归宁便怎么都停不下来，越是亲密过，越是想要不断地索取。

陆淮南冲完凉后，看着床上沉睡的少女，他还很清醒，去健身室做了一会儿运动后，又冲了一次凉。

冲完凉后去厨房倒了一杯冰水，仰头一口气喝下，滚动的喉结，浑身只围了一条浴巾，健硕的胸膛，无处不透露着男人的性感。

这时，一双柔若无骨的小手环绕在他腰间，归宁从后面抱住这个男人。

也许是因为刚运动完，陆淮南的声音带了丝喑哑："怎么醒了？"

"没看见你在旁边，以为你走了……"归宁的声音轻轻柔柔的，每一句都让陆淮南的心软下来，"下午在你办公室的时候听见里邦说你明天要出差，可不可以带我一起？"

"嗯。"

归宁以为即使自己磨很久，陆淮南也不一定会答应，没想到她才提了一句，他便应了下来。

归宁心底喜悦，不过因为刚刚"运动"太累了，她的身子还是靠在陆淮南背上，声音懒洋洋的："哥哥真好。"

陆淮南因为归宁这一句娇软十足的“哥哥真好”又彻底软化了。

他将杯子放在一旁，转身，低头看着归宁仰头望向自己的迷茫眼神，勾起她的下巴，吻了上去。

陆淮南一向是个有自制力的男人，可遇见她，什么自制力都不存在。女人若是撒起娇来，尤其是对味的女人撒娇……简直要命。

第二天，去往机场的路上，归宁才知道为什么陆淮南会那么爽快地答应带她一起，原来他要出差的地方是她的家乡，这次一起去的除了她和里邦，还有个意想不到的人，陆执。

陆执还是那副浑身无骨的模样，归宁想着，都是陆家人，怎么性格差距那么大？

陆执是被他妈逼迫跟着陆淮南一起出差的，被学校退学他妈可以不计较，他要求程只跟他一起上学，他妈可以照着他的意思办，不过他妈妈也不是没要求的，这个要求就是陆执必须得跟着他的小舅舅陆淮南学会经商，以后要继承陆执他妈妈那边的家产。

陆执的父亲当年是入赘陆家，所以陆执从小跟母亲姓。

归宁见陆执那模样，明显对经商一点兴趣都没有，但在家人的压迫下，不得不跟着陆淮南。

再看她家陆淮南，此刻正在听里邦汇报着会议情况，根本不搭理陆执，没一点教陆执经商的意思。

不难想象，让陆淮南答应带着陆执这个问题小外甥，陆淮南有多头疼。

原本多了归宁这个小孩就够他忙活的了，此刻他跟陆执谁也不搭理谁，这是他们之间最好的相处方式。

从 B 市到归宁的家乡 W 市，飞机一个半小时便落地，接机的是归朝来，许久未见归宁，归朝来这个当父亲的自是很想念，不过他不是一个人来的，身边还跟着一个长相清秀，穿着灰色西装的男人。

众人打了招呼之后，归朝来向陆淮南和归宁介绍：“这是我好兄弟的儿子，刚从加拿大毕业回来，宁宁，你还记得吗？小时候那个经常来我们家陪你玩的周毅哥哥！”

归宁想了想，印象里好像有这么一个人，周毅的爸爸跟她父亲是世交，所以他们小时候经常有来往。

不过归宁对这个周毅哥哥印象不是很深，后来他出国了，更是什么印象都没有了。

一行人寒暄过后，便往机场外走。

周毅走到归宁身边，微笑着说：“宁宁，这么久不见，你比以前更好看了。”

他看了看她手上的行李，说：“我帮你吧……”

其实归宁所谓的“行李”就是一个小挎包。

归宁刚想说不用，便听见另一个痞气十足的声音响起：“哟，宁宁，老相好啊？”

陆执闪到两人跟前，有意无意地将周毅与归宁隔开：“你有老相好这事，我舅他……”

“宁宁，小毅，快来！”

陆执还未说完，就听见不远处归朝来催促他们的声音。

归宁看去，陆淮南正在归朝来身边，视线看向这边，神情淡漠冷傲。

归宁不自觉地跟周毅拉开距离，大步走过去。

周毅的面色沉了下来，非常不友好地瞪了陆执一眼，他已经将陆执当成情敌。

陆执挑了挑眉，瞟了一眼身边的周毅，嘴角勾起一抹淡淡的嘲讽。

虽然他觉得自家小舅舅在喜欢女孩子这方面除了颜值和金钱吸引人，真的没什么能让人家女孩子心甘情愿地待在他身边，小舅舅脾气坏，性格又冷，他如果是妹子，绝对不可能喜欢他小舅舅。

可是……

他家小舅舅再怎么招他嫌弃，也总比眼前这个大块头好，也不知道归宁的老爹什么眼光，居然能看上这种货色当女婿备选。

Part 6 >>>

几个人上了归朝来的房车，房车很大，别说坐这些人，就是在里面举行一个派对都没问题。

车子一路开到W市最好的酒店，下了车之后，归朝来走到归宁身边小声说：“宁宁，你周毅哥哥好不容易回来一趟，知道你今天要来，特意和我一起去接你，你对人家态度好一点，知道吗？”

归宁有点烦，忍不住怼他：“爸爸，我才上大二，你就迫不及待想将我嫁出去？”

归朝来被说中了心思，顿时尴尬无比，又不敢惹她生气，只好尴尬地笑了笑说：“宝贝女儿，你冤枉爸爸了，我这不是为了你好吗？小毅是我从小看着长大的，这孩子品行、长相什么都好，现在这个社会，要找这种知根知底的好孩子不容易啊！”

说着他凑到归宁耳边小声说：“难道要找陆总侄子那样的吗？”

归宁一愣，才反应过来归朝来说的是陆执，她见自己父亲一脸嫌弃的模样，忍不住笑了，问：“爸，你不喜欢陆执吗？”

“怎么可能喜欢？”归朝来小心翼翼地说，“你还不知道吗？他可是陆家的混世小魔王，从小到大除了给陆家招黑，没干过什么好事，高中毕业后考上了警校，结果还没念完大一就被开除了，宁宁啊，你可别跟他这种人走得太近。”

归宁看着归朝来小心翼翼说陆执坏话的模样，觉得有趣。

归朝来说完，看见自家女儿看着自己淡笑的模样，他眼角一跳觉得大事不妙：“宁宁，你不会跟这个陆执在交往吧？你爸爸心脏不好，你别吓我！”

归宁对自己父亲的脑回路表示佩服，不过她如果告诉他，她是在跟混世小魔王的小舅舅交往，他的心脏应该会更受不了吧？

归宁不想伤害老父亲脆弱的心灵，她挽起他的胳膊说：“爸爸，你怎么跟个小女孩似的，脑子里整天都是谈恋爱，我跟陆执什么关系都没有，跟周毅也不会有什么，所以你就别乱点鸳鸯谱了。”

两人往酒店里走去，归朝来只注意到归宁的前一句：“没有关系就好，可千万别跟陆家这个混世小魔王谈恋爱，虽然这小子长得好看，家世背景也好，但是个纨绔子弟，你们想要交往，爸爸是不会支持的。”

归宁心想：爸爸，你真的想多了，人家陆执已经有个捧在手心里的小女友了，即使你同意这门亲事，人家混世小魔王还不答应呢！

饭局上，陆淮南自然跟归朝来坐在一起，归朝来特意安排周毅坐在归宁身边，归宁则坐在归朝来另一侧。

陆执则坐在陆淮南的身侧，一副看戏的表情。

归宁觉得有点烦，明明已经跟父亲说好了，父亲怎么还把周毅跟她凑在一块？

吃饭的时候，周毅也没有辜负归朝来的信任，除了处处关照归宁，简直恨不得什么事情都替归宁做，移椅子、夹菜，就差给她喂饭了。

归宁心烦意乱之间，看见对面的陆执，依旧一副看好戏的眼神，她想了想，拿出手机发了一条短信。

不一会儿陆执桌上的手机响了，他看了一眼来电显示，起身去外面接电话。

归宁嘴角勾起一个得逞的笑，起身，绕了一圈坐到了陆执的位子上。

当陆执回来后，便看见自己的位子被霸占了，他挑了挑眉，露出一个“果然如此”的眼神。

刚才的电话是程只打过来的，电话里，程只说收到了归宁的短信，让她给陆执打一个电话。

程只以为陆执出什么事情了，着急打过来……

陆执多聪明的人，很快便猜到了归宁的目的。

故意让程只打电话将他支开，她则霸占了他的座位，暂时摆脱周毅，也顺便让他知道，他有软肋在她手上，休要只在一旁看戏。

陆执勾了勾唇，在归宁原本的位子上坐下，低头，修长的手指在手机上打出一行字。

很快，归宁便收到了信息：“小舅妈，你这样对待你未来的小外甥真的好吗？”

归宁因为陆执这句“小舅妈”红了脸，很奇怪，像归宁这种处变不惊的性子，连撩拨陆淮南都很少脸红，却因为“小舅妈”三个字，心里划过奇异的感觉。

归宁的目光不禁看向身旁的男人，大概是因为他吧……一个称呼而已，却因为跟他沾染上暧昧的关系，而变得那么好听。

“宁宁，你怎么坐这来了？小毅刚回国，什么都不熟悉，你跟人家好好说说话。”

归朝来见归宁换了座位，忙给她使眼色。

归宁本不想在这么多人面前驳归朝来的面子，但他对撮合她和周毅实在太执着，她的耐心在这一刻已经耗尽了，她直接开门见山：“爸爸，我有喜欢的人了，所以你不用费尽心思把我跟周毅牵线，我们不可能。”

归宁这话一说出口，全场都安静了。

尤其是周毅，表情很尴尬，似乎没想到自己从小看着长大的妹妹会当众拒绝他。

归朝来从不舍得骂归宁，可此刻，他真是气急了，他甚至想是不是因为他从小太宠着她、惯着她，才把她惯成现在这样：“归宁，你这样很没有礼貌，赶紧跟小毅道歉！”

归宁觉得好笑：“我说我有喜欢的人了，有什么错吗？为什么要道歉？”

归朝来说：“你这是强词夺理，你这样有多不礼貌，小毅听了多尴尬，你就这么不知道替别人着想吗？”

“爸爸，如果你也知道替人着想，就不会在没经过我同意的情况下，进行这么尴尬的相亲了。”

要论倔强，陆淮南早已经领教过这小姑娘的犟脾气了，想必作为她亲爹的归朝来更是早已领教过无数次。

这一次，不知道归朝来是真的生气，还是太喜欢周毅了，竟然对归宁的说法和做法特别不理解。

眼看局面越来越失控，周毅站出来圆场：“归伯父，是我太唐突了，毕竟我和归宁这么久没见面，她是个大姑娘了，有自己喜欢的人也是理所当然的事情。”

归朝来敲了敲桌子：“这样，归宁，你陆叔叔现在也在这，你说说，你喜欢的人叫什么名字？他是做什么的？”

归宁看了陆淮南一眼。

——如果我告诉你我喜欢的人就是你口中的“陆叔叔”，你会不会吓倒？

归宁当然不会说那个人就是陆淮南，虽然她很想告诉所有人，陆淮南就是她喜欢的男人，但是她知道陆淮南并不想公开她们之间的关系。

在归宁掂量着该怎么跟归朝来说的时候。放在桌子下的手忽然被人握住，温热的触感传来，她一怔，看向身边的男人，他面色镇定，看起来不过是很正常地与归朝来交谈：“归总，小孩长这么大有喜欢的人也是好事。归总不必逼得太紧，宁宁虽然性子倔，但总归是个好孩子，你放心。”

归朝来被陆淮南这么一说，倒有点不好意思了，毕竟他们的初衷是为了给陆淮南接风，现在不但一场接风宴变成相亲宴不说，还让他看了一场他们父女的争吵。

归朝来似回过神来：“实在抱歉，让陆总见笑了，我就这一个女儿，真是骄纵惯了，才让她这么无法无天。”

本是责怪的话，却不想陆淮南看了归宁一眼，手指摩挲着她的手背，他的拇指略微粗糙，挠得她心痒痒的。

归宁原本如小猫一般炸起来的毛，瞬间被陆淮南安抚得柔和下来。

只听陆淮南说：“女孩就应该骄纵，让她从小为所欲为、无法无天，长大了才不会被别人欺负。”

归宁因为这话忍不住笑出声，她没想到一向正经严肃的陆淮南的“养女心经”居然是这样的，归宁忽然羡慕起来他未来的女儿，谁做了他的女儿应该是天下最幸福的吧？被他宠成为所欲为、无法无天的小公主……

说实话，归宁心里有点酸，有点嫉妒了……

显然，归朝来的思路也跟陆淮南一样，他点点头：“陆总说得有道理，我当时也跟陆总的想法一致，可是你瞧瞧，宁宁现在被我宠成什么样了？！”他的言语之间都是恨铁不成钢。

陆淮南却说：“宁宁很好。”

归宁实在忍不住了，她在桌子底下反握住陆淮南的手，微笑地对归朝来说：“爸爸，看见没？连陆叔叔都说我很好了……”

归朝来完全没办法，叹息一声：“现在你有底气了，有你陆叔叔帮你撑腰了，爸爸说的话都不听了。”

归宁心情好了，跟归朝来说话的语气也柔和了许多：“爸爸，你不会连这醋也吃吧？不是你让陆叔叔在B市照顾我的吗？现在陆叔叔对我好，你不开心吗？

“当然开心了，多了一个人宠我们家宁宁，我怎么会不开心？”

餐桌上的气氛总算得到了缓和。

只是没有人看见，周毅看向归宁和陆淮南的眼神变得复杂起来。

Part 7 >>>

好不容易吃完饭，众人往酒店外走，归朝来和陆淮南谈事走在前面，归宁不急不缓地跟在后面。

她的思绪一直在刚才的饭桌上，陆淮南从始至终都没有松开握着她的手，虽然他什么都没说，但他手上的温度，那柔和的触感坚定了她的信念，平复了她茫然又焦躁的心，让她有足够的勇气去面对归朝来的每一句询问，以及其他人投过来的探究眼神。

“归伯父如果知道这位陆先生把她的女儿照顾到床上去了……不知归伯父心里会有何感想？”

就在归宁跟在陆淮南身后不紧不慢地走时，耳边忽然传来一道声音。

归宁看过去，竟然是归朝来口中一表人才的周毅。

她皱眉，对他话语中的字眼十分厌恶。

周毅浅浅地笑起来，在归宁耳边说：“我不知道原来在我心里纯洁的归宁妹妹居然喜欢比自己大这么多的男人，是因为他比较能满足你吗？”

归宁双手握在身侧，如果不是碍于归朝来在场，她一定会朝周毅脸上狠狠地扇上一巴掌。

周毅似乎看透归宁的隐忍，步步紧逼：“你说，如果让归伯父知道你喜欢的人是所谓的陆叔叔，你觉得以归伯父的性格能承受得了这么巨大的打击吗？估计归伯父这辈子也想不到，自己的女儿竟然会不知廉耻地喜欢上一个比自己大那么多大的老男人吧……”

归宁的拳头握得更紧了，她要努力控制住自己才能不揍面前的男人。

周毅看起来彬彬有礼，可说出的每一句话都让人觉得龌龊恶心。

“男人比你大一点的确会比较宠你，可是你们毕竟年龄上有差距，宁宁，再过十几年，他说不定不能够满足你了，你……”

周毅的话尚未说完，一个拳头便狠狠地砸向周毅的脸。

周毅捂住脸，一个趔趄差点摔倒，却被人给扶住：“我说周先生，你怎么这么不小心，这么大个人走路也能摔着？”

陆执的声音传来。

走在前面的归朝来，回头看见的是陆执好心扶着脚不慎扭到的周毅的场景。

而陆执揍周毅的那拳，除了归宁，没人看见。

“没事吧？”陆执假装很关心地问。

“你！”周毅咬牙，恶狠狠地瞪着陆执。

奈何陆执英俊的脸上满是无辜。

周毅没办法，只能将满肚子怒气往肚子里吞。

归朝来见此情景，以为周毅真是不小心走差路了，忙问：“小毅，没事吧？”

周毅勉强笑了笑：“没事，归伯父。”

虽然陆淮南也没看见陆执的那一拳头，但以他对陆执和归宁这两个不省心的孩子的了解程度，即使没有亲眼看见，他也能猜测出来刚才发生了什么事。

他给陆执投去一个警告的眼神，陆执无辜地耸耸肩膀，一脸“我什么事都没干，分明就是他眼睛长歪了路都不会走”的神情。

但当陆执对上周毅愤恨的眼神时，立刻恢复到“你要再敢对我小舅妈不敬，老子再揍你”的凶狠表情。

周毅用手虚指了指陆执，警告地说：“我不跟小孩计较！”说完，抹了抹嘴角，大步往前面走去。

归宁走到陆执身边，看着这个平日里除了程只，连说话都懒得跟旁人说的陆执，没想到他竟然也有英雄救美的时刻。

“谢谢啊！”虽然有“亲戚”这一层关系，但归宁觉得自己还是要说声谢谢。

陆执挥了挥手：“扯平了。”

归宁一愣，知道他说的是上次她在食堂救了程只那事。没想到这小子挺恩怨分明的啊……

第七章

陆叔叔，好想你现在在我身边

Part 1 >>>

晚上归宁回家睡，出门在外被陆淮南照顾无可厚非，但好不容易回家一趟，自然要与家人聚一聚。

不过这短暂的分开，竟让归宁不适应，晚上赖在陆淮南的酒店将近十点，归宁才依依不舍地动身回家。

开车送归宁回家的路上，陆淮南明显感觉到归宁心情不好，将车停在她家附近，陆淮南偏头，伸手揉了揉她的脑袋，问："怎么了？"

归宁咬了咬唇，看了他一眼后，解开安全带下了车，绕到驾驶座这边打开车门，二话不说，钻了进去。

陆淮南微怔，随后将座椅往后调整，空间这才大了起来。

归宁坐在陆淮南的双腿上，将脸埋在他胸前，听着他沉稳的心跳声，感受着他身体的温度，以及她熟悉的气息。

"不想跟你分开。"归宁闷闷地说，"也不想回家，一直听爸爸说周毅。"

"周毅？"陆淮南语调微扬，"今天一起吃饭跟你从小一起长大的小哥哥？"

归宁听着陆淮南的话，坐直了身体，郁闷地看了他一眼："什么跟我一起长大的小哥哥？我的哥哥只有你。"

陆淮南虽然没有太大的表情，可是抱着归宁的手分明更用力了。

陆淮南不想承认，归宁这话挺受用。

归宁也发现了陆淮南的变化，她慢慢睁大眼睛，说："陆哥哥，该不会在饭局上的时候，也因为周毅，在默默生气吧？所以我爸爸说我的时候，你都不帮我。"

陆淮南："我没帮你？"

“那是我爸问你之后，你才说的。”归宁像发现了什么大新闻般，拉着陆淮南的手说：“陆叔叔，你快告诉我，你是不是吃醋了？因为我爸爸给我介绍相亲对象，所以你不开心了？”

对于一会儿“陆叔叔”，一会儿“陆哥哥”的称呼，陆淮南早已习以为常。

只不过，被归宁发现自己吃醋……

陆淮南轻咳一声，表情有些不自在：“小姑娘，你该回家了。”

归宁何等聪明，看他那表情，心中便有了答案，她笑起来，使坏地说：“早知道你也会吃醋，我早就应该让爸爸给我介绍对象了，我还以为你一点都不在意呢！”

陆淮南有些头疼……怎么明明是送她回家，又绕到这个事情上了？

陆淮南没想过，不知道从什么时候，在归宁面前他已经放松了自己，也许在旁人面前他还是那个难以接近、高高在上的陆中集团大少爷，可在归宁这里，他是照顾她的陆叔叔，是她可以撒娇拥抱的陆哥哥，也是早已经卸下防备，只在归宁面前展现真实自我的陆淮南。

归宁在陆淮南脸上印上一吻：“看在陆叔叔害羞的份儿上，我就不笑话你了，我先回家啦！”

发现陆淮南吃醋这件事后，归宁的心情可以说非常好了，下了车后，她开心地往家里走。

坐在车内的陆淮南透过车窗看着归宁一蹦一跳的背影，终于有了这个年龄段的少女该有的青春活力，他的嘴角轻轻扬起，心情也跟着好起来。

好的爱情真的会令人变得更好。

归宁的好心情并没有持续很久，在回家的路上，忽然从旁边跳出一个人，把归宁吓了一跳，看清来人时，她皱了皱眉：“怎么是你？”

晚上十一点，周毅出现在归宁回家的那条路上，换成任何人都会觉得奇怪。

周毅却微笑地解释："宁宁，你忘记了，我家住你家隔壁。"

周家跟归家的确是邻居，但周毅说这话的时候，归宁总觉得他笑里藏刀，话里有话。

"哦，那请你让开，我要回家了。"

归宁面无表情地说，虽然她对面前这个男人很反感，但她不想因为他影响自己刚刚好起来的心情。

"宁宁，你真无情，小时候还经常喊我'小毅哥哥'，怎么现在变得这么生疏了？"

归宁听着周毅口中的"小毅哥哥"忍不住哆嗦了一下，她说："小时候的事情我已经不记得了，你该不会是言情小说看多了，觉得只要小时候认识就一定是青梅竹马，长大了就一定会在一起吧？"

归宁嘲讽的话，却没让周毅生气，他歪着头想了想说："还真被宁宁妹妹说对了，我就是这么想的，如果早知道我出国留学会弄丢宁宁，当年我一定不会选择出国。"

归宁被他那句"宁宁妹妹"肉麻到了，这话说得好像他曾经拥有过她一样。

归宁虽然对这个周毅印象不深，但也记得小时候她的确有一段时间跟他相处过，那时候年龄小，归朝来夫妇又很忙，所以经常把她寄放在周家，也便跟周毅有了短暂的接触。

"宁宁，小时候你可乖了，我还记得我摸你小脸蛋时，你鸡蛋般润滑的皮肤，你不记得了吗？那时候的你小小的样子，可爱得紧……"

周毅说起这话时，归宁才想起小时候，他经常趁大人不在的时候摸她的脸，牵她的手。

那时候归宁不懂，也不知道他在做什么，总是对他很抗拒，并且也不喜欢去周家。现在听他这样说，归宁只觉一股恶寒在心头。

“宁宁。”周毅朝归宁走近一步，“只要你跟我好，你和陆淮南的事情我就不告诉归伯父怎么样？”

见归宁没吭声，周毅的眼神里划过一丝贪婪：“宁宁，小时候你就长得好看，没想到长大竟然美成这样，我在机场见到你第一眼就完全被你迷住了，我不在意你跟陆淮南在一起过，只要你肯跟我好……未来我会一辈子对你好的……”

说着，周毅的手便朝归宁伸过去。

归宁抓着周毅伸过来的手迅速转身，将他手臂往肩膀上用力一摔。

看见归宁伸手过来，周毅满心喜悦，想着果然女人就是好哄，他不过说几句威胁的话，她就妥协了。

下一秒，他却感觉手臂吃痛，整个身子瞬间天旋地转，背部被狠狠地砸在坚硬的水泥地上，归宁这一招跟陆淮南学来的过肩摔，摔得毫不留情。

周毅被摔在水泥地上痛苦地呻吟着，归宁冷漠地看着他，居高临下的姿态像个女王：“你是第一个让我觉得恶心的人，以后别出现在我面前，否则，见一次我揍一次！”

周毅一愣，笑着从地上爬了起来，高大的身影踉跄了一下，他抹了一把脸，笑着说：“怎么办？宁宁，你越是对我没好脸色，我越喜欢你，别人都说打是亲骂是爱，你打我是让我更亲近你吗？”

归宁被周毅的厚颜无耻噎得无话可说。

更让归宁错愕的是，周毅居然当着她的面开始脱衣服：“既然你想让我更亲近你，那我就义不容辞，来吧，宝贝！”

周毅解开了衬衫扣子，将上衣直接脱掉之后，又开始解裤腰带。

归宁简直无语，虽然她性格高冷又倔强，遇事也算冷静，但总归还是个念大学的小姑娘，第一次遇见这种变态，她怔怔地站在原地，不知该怎么办。

这时，一只温热的手捂住了归宁的眼睛，另一只手将她整个人掰过来，将她的脸埋进他的胸膛。

归宁僵直的身子，在感受到那抹熟悉的气息后，渐渐放松。

耳边传来一阵脚步声，接着便是周毅挣扎的声音，以及一个陌生的男声："陆先生，我们需要你和受害者一起跟我们回警局做笔录。"

他指了指归宁，问："请问你跟这位女士是什么关系？"

被陆淮南摁在怀里的归宁感觉到他沉默片刻，然后平静地说："她是我的女朋友。"

归宁心跳加速，一股无法言喻的喜悦感涌上心头，她条件反射地想从陆淮南怀里抬起头。

不过小脑袋刚抬起，又被他摁了下去。

Part 2 >>>

警察局里，录完口供后的归宁眼巴巴地看着陆淮南："陆叔叔，刚刚你跟警察叔叔说的话，能再说一遍吗？"

陆淮南低头看着归宁，眼中如藏了繁星，熠熠生辉，前一秒还不屑说这种小孩子之间才说的情话，下一秒心便柔软得一塌糊涂。

"我说，她是我的女朋友。"

归宁睁大眼睛，眼睛明亮无比，渐渐的……有泪水在她眼中流淌。

陆淮南皱眉，正是因为他知道这句话归宁期待了多久，所以他才一直没开过口，就怕归宁听了之后，会是现在这种状况。

他正想说"你别哭"的时候……

归宁忽然眨了眨眼睛，下巴微扬，又变成了平日里那傲娇的小模样。

陆淮南黑眸微眯，知道归宁露出这小傲娇的表情，一定又有坏心思了。

果然，他见归宁清了清嗓子，下巴稍稍抬起，对他说："我还没答应当你的女朋友呢，陆叔叔，你怎么可以没经过我的同意就对别人说我是你的女朋友？”

归宁本想跟陆淮南开个玩笑，却不想陆淮南定定地看了她一眼，正经地：“那么，你愿意当我的女朋友吗？小姑娘。”

以前，归宁总幻想自己什么时候能光明正大地站在陆淮南身边，也不是没有想过也许他哪天想不开就承认了他们的关系。

在归宁心里，始终觉得陆淮南并不是那么喜欢自己。大家都知道他有个从小就喜欢的女孩叫展瑜。她来得那么晚那么迟，用什么去跟展瑜比？

归宁没有想比过，甚至他们一直保持这种暧昧的关系，她都心甘情愿。

可她没有想过，有一天陆淮南会亲口对她说：“你愿意当我的女朋友吗？”

还是在警察局这种地方……归宁真是哭笑不得。

回家的路上，归宁问陆淮南：“为什么会忽然想让我当你的女朋友？”

正在开车的陆淮南对她问这个问题觉得很奇怪：“难道我们不是男女朋友的关系？”

归宁才恍然大悟，原来她所担心的，陆淮南并不想公开和她的关系只是她认为的。

她以为以陆淮南现在的身份和地位，加上他心里有一个展瑜，是万万不会跟别人公开她是谁。可陆淮南从始至终都没这么想。

似乎知道她心里所想，陆淮南叹了一口气，借着等红灯的工夫，对她说：“归宁，是我主动要你，我就要对你负责。”

归宁看向陆淮南，窗外的光晕正好落在他握着方向盘的手背上，他的五官在黑暗中看着不是那么真实，可归宁还是心猿意马起来。

这时，手机忽然响起来，是归朝来的来电。

归宁接起，归朝来见她这么晚还没回家，便打电话来询问，言语之间似乎不知道周毅那事。

既然归朝来不知道，归宁也不会提，跟他说了一会儿便挂了电话。

原本好心情的归宁想起周毅，浑身一个激灵，那种心底油然而生的恐惧侵入心间，她不想将这种恐惧感传达给陆淮南，双手紧紧握在一起，控制自己的战栗。

好在绿灯亮起，陆淮南并没有看见归宁的反常，直接驱车离开。

这一次，陆淮南直接将归宁送到家门口才离开。

看着陆淮南转身离开的背影，归宁忽然忍不住跑过去，从背后紧紧抱住他。

正要上车的陆淮南被归宁猛地抱住，原本站直的身体因为惯性往前稍跨了一步，他回头，看见紧紧抱着自己的少女。

他低头，声音清润温柔："宁宁，怎么了？"

同样是"宁宁"，从他口中喊出来却那般动听，如一缕清泉在她心中淌过。

Part 3 >>>

归宁抱着陆淮南，像下了很大决心才放开，她吸了吸鼻子，说："没什么……就是有一点舍不得你，你明天忙完要记得第一时间来接我。"

陆淮南用低沉暗哑的声音答应她："好。"

"我会在家里一直等你，如果你不来接我，我就不吃饭。"

"好。"他的嗓音中带着一丝宠溺，一丝无奈。

"那，晚安了啊，男朋友。"

"晚安，小姑娘。"

归宁望着月光下的陆淮南，他清凉柔和，神情淡漠倦懒，一双黑眸看着她，如这月光一般，让人看了一眼便想抬手触摸。

归宁咬了咬唇，狠下心，扭头回家了。

虽然很想时时刻刻都跟陆淮南在一起，黏着他，缠着他，但她知道现在不是好时候，她要找个时间跟家人说清楚后，堂堂正正地跟她的陆叔叔在一起。

归宁回到家后，很意外，归朝来夫妇都没睡觉。

意外之后，归宁便感觉有不好的事情发生，她正想上楼的时候，徐耀青喊住她：“宁宁啊，来，这么久没见了，跟爸爸妈妈说说话。”

没办法，归宁只好在客厅坐下。

归朝来和徐耀青对视了一眼，徐耀青才说：“今天听你爸爸说你跟隔壁家的小毅见面了，感觉怎么样？”

归宁一听见周毅这个名字便浑身难受，但又不能将今天发生的事情告诉他们，只能忍着难受说：“不怎么样。”

徐耀青叹了一口气：“宁宁啊……小时候你最喜欢小毅哥哥，你不记得了吗？那个时候你可是经常跟他一起玩，小毅哥哥经常牵着你到处跑，你忘了吗？”

说起这个，归宁便心烦，联想到周毅晚上对她的所作所为，她一阵恶心，不耐烦地说：“谁说他是我小时候最喜欢的人了？我拜托你们能不能别提他了……人家从海外回来，你们这么高兴做什么？难道他是你们瞒着我在外面的私生子？”

归宁这话说得有点重，归朝来和徐耀青的脸色都变了。

归朝来难得说重话：“宁宁，你这话是怎么说的？”

归宁的心情特别烦躁，尤其是跟周毅牵扯不清，明明跟他没任何关系，偏偏父母把他当亲生儿子般推销，无时无刻不在提醒归宁这人的存在。

“不是我这话怎么说的，是你们没完没了，从回来后就一直提这个周毅，饭局上我已经跟爸爸表明我的态度了，现在又提他做什么？”

“提提怎么了……”徐耀青表示不理解，“还有啊，你爸爸说你有喜欢的人了？这男孩是做什么的？跟你一个大学的？什么家庭背景？”

归宁：“妈，你这是调查户口吗？”

徐耀青说：“宁宁，你从小就优秀，长得也好看，你是我唯一的女儿，你的另一半我怎么能不紧张？谁知道这男孩是什么人呢，是不是对你有什么企图？”

归宁无语：“人家对我能有什么企图？”

“当然能了，图你的美貌、图你的家庭、你的财产。宁宁，你要知道，我们只有你一个女儿，未来归家的一切都是你的，你是归家唯一的继承人，这周围有多少人窥探着……你上大学之后，每天有多少人上门来提亲，你根本不知道，你说我能不在意吗？”

归宁冷笑：“所以您就在这么多上门提亲的人里选中了周毅？爸、妈，你们知不知道那周毅是什么人？我连说起他的名字都反胃！”

归朝来和徐耀青根本不知道发生了什么事，周毅在他们心目中的形象是家境好、有学识、有气度、长相还好看的乖孩子，跟他们家归宁简直是天造地设的一对。

他们觉得归宁不喜欢周毅可能只是暂时的，只要周毅那孩子肯努力，他们家长之间再撮合撮合，这事也就成了。

可他们怎么也没想到，归宁对周毅居然用“反胃”来形容了。

归朝来和徐耀青觉得女儿没礼貌，居然说出这种没教养的话。

“宁宁，你太让我失望了！”

归宁觉得很好笑：“怎么？我就讨厌一个隔壁家的人，就让你们这么失望了？到底我是你们亲生的，还是他是你们亲生的？”

徐耀青说：“我只是觉得周毅这孩子好，没你说的那么不堪。”

“你要觉得他那么好，你嫁给他好了，你……”

归宁的话未说完，便被归朝来狠狠地打了一巴掌："归宁！你怎么跟你妈说话的？！"

这一巴掌下去，不仅归宁愣住了，归朝来和徐耀青也愣住了。要知道，从小到大，归朝来夫妇连骂都不舍得骂归宁，别说打了。

归宁怔在原地，好半天才回神，她什么都没说，转身上楼了。

归朝来僵硬地看着自己的手掌，捂着心口倒在沙发上。

徐耀青赶紧扶着他："老归，没事吧？"

归朝来深吸一口气，摆了摆手，长长地叹息了一声。

Part 4 >>>

归宁回到房间后，将脸埋在被子里。

她很难过，难过的不是脸上火辣辣地疼痛，而是自己的父亲居然为了一个外人打她……

而且，对于这件事，她认为自己一点错都没有。

归宁在床上翻了个身，怔怔地看着天花板。

从小到大，父母都对她很好，把她捧在手心里怕摔着，含在嘴里怕化了，她承认自己的性格在这样的宠溺下变得清高、冷傲。

那是因为她总感觉他们不是那么了解她，好像把世界上他们认为最好的东西统统给她，就是对她好。

他们从来不会问她是不是喜欢，她为了不伤他们的心，也从未拒绝过。所以这么多年她唯一的一次拒绝，在他们眼里就成了叛逆、不听话。

如果没有遇见陆淮南，也许这一生她会按部就班，按着父母的意思和他们挑选的觉得合适的人结婚。

不是因为她的顺从，而是在没有遇见陆淮南之前，在她眼里，世上没有任何男人能让她动心。所以跟谁结婚都只是一种形式，一种生命的延续而已，对象是谁，对她来讲都一样，不具备任何意义。

可谁让她遇见了陆淮南，那个第一次见面就让她多看了一眼的男人。

“陆叔叔……好想你现在在身边。”

归宁喃喃自语，显露了少有的脆弱。

在被周毅那个暴露狂做的一系列匪夷所思的事情吓坏后，归宁回到家，没有感觉到家的温暖，反而被父亲狠狠地扇了一巴掌……任由谁心里都是脆弱不安。

她看着一旁的手机，即使见不到他，能听听他的声音也好啊……

陆淮南回到酒店后，去洗了个澡。正披着睡袍出来时，手机响了。

他不急不缓地将睡袍带子系上，才将电话拿起：“宁宁？”

他接起电话后，那边并没有声音。

归宁在听见陆淮南喊她“宁宁”的那一刻，心里的委屈和酸楚刹那间涌出，鼻子下意识地酸起来，眼泪不听话地掉落了下来。

归宁不想让陆淮南知道她这么狼狈脆弱的样子，所以她只能选择沉默，不想让他在电话里听见她哽咽的声音。

电话那头的陆淮南没听见她说话，但手机一直保持在通话中，他问：“可以出来吗？我接你到我这来？”

一句话让归宁卸下了所有的防备，她带着浓浓的鼻音应了一声：“好。”

一个人心灵最脆弱的时候，如果想念的那个人在身边，就不会感觉到孤单了吧？

归宁下楼的时候，客厅里已经没人了。她打开大门便看见等在外面的陆淮南，他没多问什么，带着她往车内走去。

陆淮南将归宁送进副驾驶座后，刚要关上车门。这时，忽然传来熟悉的女声：“归宁，这么晚，你要去哪？”

归宁一颤，看见不知什么时候从家里走出来的徐耀青。她的身后还跟着家里的保姆，可想而知，是归宁偷跑出来被保姆看见了，去跟徐耀青汇报的。

徐耀青知道陆淮南是归朝来生意上重要的合作伙伴，加上在B市，陆淮南又一直照顾她的女儿，所以徐耀青对陆淮南一直很客气。

但从现在他们的所作所为中，徐耀青感觉，陆淮南对她的女儿，好像并非只有照顾那么简单。

“陆先生，很感谢你在B市对宁宁的照顾，不过现在宁宁回家了，你三更半夜没经过我们家长的同意，私自带她出去，这种做法应该不对吧？”

“妈妈。”归宁从车上下去，对她说：“是我打电话叫他过来接我的，你如果要骂就骂我，别牵连其他人。”

徐耀青拉着归宁：“好，我也不说其他什么了，你现在就跟我回家。”

谁知道归宁竟甩开徐耀青的手，说：“我不回去。”

徐耀青觉得不可思议：“你不回去是什么意思？三更半夜你要跟别人去哪儿？”

归宁皱了皱眉：“妈妈，你别把话说得那么难听，我只是不想回家而已。”

“不想回家？你一年才回几次家？怎么，现在你长大了，翅膀硬了，连家也不认识了？”

这一天归宁已经吵烦了，她说：“妈妈，你就不能让我静一静吗？非得曲解我的意思，既然你认为是这样，那就随你所想，对，我现在翅膀硬了，不想回家，可以吗？”

归宁是个吃软不吃硬的姑娘，在徐耀青强硬的口吻之下，她半点想退让的意思都没有。

眼看局面越来越不受控制，一旁沉默的陆淮南最终开口：“归宁长这么大，有自己的想法，归夫人不如等双方都冷静下来，再让归宁给你说说她的想法如何？”

徐耀青冷笑了一声：“我就奇怪，怎么上大学前的宁宁那么懂事那么乖，上了大学之后就像变了一个人，陆先生，你难道不觉得你需要给我一个解释吗？”

面对徐耀青的责问，陆淮南面色平静：“归夫人需要我解释什么？”

这样的反问，让徐耀青面色沉了下来，她看向眼前的男人，明明比她小一轮，浑身上下却透露出一股气场，归朝来曾说过，别看这个陆中集团的大少爷年纪轻轻，在商界的地位却很高，他手段极高，擅长运筹帷幄，陆中集团经他手之后在原有的基础上愈加壮大，所以他在社会上十分受人尊重，人脉也异常广阔。

这样的男人，即使无法成为合作伙伴，也最好不要与他为敌。

徐耀青没吭声，态度明显软化了。

陆淮南对一旁的归宁说：“宁宁，先上车。”

归宁没有上车，因为不知道自己母亲会如何刁难陆淮南，她不害怕，却不舍得。

陆淮南轻轻揉了揉她的小脑袋，柔声对她说：“去吧……”

不用说太多，两个轻轻柔柔的字眼便能安抚她的心，让她知道，没事，一切都有他在。

最终，归宁上了车。

归宁看见陆淮南又跟母亲说了几句之后，便转身朝她这边走过来。母亲的脸色看起来不大好，却没有再为难他了。

归宁看着陆淮南上了车，驱车离开之后，归宁将车窗摇下，迎面吹着窗外的风，想将烦闷一起吹跑。

车子一路开到了酒店，下车后，陆淮南带着归宁上楼。

也许是风真的吹散了心中的郁闷，也许是因为有陆淮南在身边，归宁的心总算稍微平静下来。

回到酒店后，陆淮南什么都没说，只让归宁去洗了个澡。

归宁大概洗了十来分钟，穿着浴袍出来了。

客厅里没看见陆淮南的身影，归宁看着这安静又十分陌生的环境，心里有那么一点慌乱。

就在归宁茫然时，陆淮南拿着盘子从厨房走出来，看见她愣愣地站在墙角，表情有一丝迷茫和恐惧。

“宁宁？”陆淮南喊了她一声。

她才像回过神一般，看过去，轻轻地“嗯”了一声。

“过来。“陆淮南朝她招招手。

归宁听话地走过去。

“吃点东西。”在归宁洗澡的时候，陆淮南煮了她最喜欢吃的面条。

归宁看着碗里冒着热气的面条，感觉到十分温暖，她吸了吸鼻子：“陆淮南，谢谢你。”

归宁客气的话，让陆淮南眉梢微扬：“宁宁，忽然变得这么客气，我会不习惯。”

归宁的脸红了，说实话，这样的她，连她自己都不习惯。她瞪了陆淮南一眼，坐在椅子上，拿起筷子埋头吃面。

归宁吃面条的时候，陆淮南什么也没做，就坐在旁边陪着她。

归宁第一次安分守己，乖得不行地将面条吃完。

吃完之后，陆淮南说：“好好睡个觉，今天的不开心都会过去。”

归宁点点头。

陆淮南拿着归宁吃完的碗起身正要去厨房，衣角突然被扯了扯，他回头，见归宁的双眸望向他：“你怎么不问我回去之后发生了什么？”

陆淮南倒了两杯白开水，一杯递给归宁，一杯自己喝：“你想说的时候自然会说，不想说的话……可能会适得其反。”

归宁知道陆淮南指的是她和父母之间的事，她叹了一口气：“以前不是这样的，我也不知道为什么这次回来，他们那么执着地想把我和那个姓周的凑到一块。”

陆淮南说：“也许他们有自己的打算。”

“就算有，也不可以把我跟我一点都不喜欢的人凑在一起吧？何况你也看见了，那个周毅有多变态。”

归宁说这话的时候还联想到周毅脱衣服时的样子，忍不住皱了皱眉头。

幸好当时陆淮南及时捂住了她的眼睛，否则那一幕会成为她一辈子的心里阴影吧？

陆淮南见了，伸手在她眉心上揉了揉：“小姑娘年纪轻轻，皱什么眉？”

陆淮南指尖温柔的触感抚平了她的眉心，也仿佛在她躁动不安的心里打了一针镇静剂。

“是我疏忽了，以后不会再让这种事情发生。”陆淮南沉默片刻，这样对她说。

归宁知道这事跟陆淮南一点关系都没有，人是家里介绍的，谁也不知道仪表堂堂的周毅私底下是那么人面兽心的人。

“陆叔叔，我不想回家。”归宁坐着，陆淮南立着靠在桌边，归宁顺势将脸靠在他的腰间，“不想再跟家人吵架了，也不想让他们知道，他们喜欢的周毅是那种人。”

“嗯，那就不回去。”陆叔叔很好说话，归宁不想回家就不回家，反正陆叔叔房子多，她想住哪住哪。

归宁双手搂着陆淮南，抬起脑袋，水墨般的双眸望向他，灯光散落在她的脸上，照得她的肌肤白皙水嫩，双唇粉粉的，莹润无比。

她微微笑起来，娇软着声音对他说："哥哥真好。"

"去睡觉吧……"陆淮南别开眼睛，声音暗哑，"明天我们回B市。"

"好。"大概是真的有点累了，归宁没有追究为什么陆淮南忽然别开了眼睛。

在归宁看不见的侧面，陆淮南的双手握成拳，方才她望着他时，他差一点控住不住想吻她，她那种眼神，明明无意，却勾人心魂，令人神摇意夺。

尤其是当归宁的眼神里都是纯真与无辜时，他恨不得一口将她吃了。

陆淮南发现……他对她越来越上瘾。

酒店的套房，房间有三个，归宁躺在陌生的房间里，开着灯，眼睛盯着天花板。

她感觉很累，可刚刚闭眼睡过去之后，就做了个噩梦，梦里是周毅张牙舞爪的脸，扯着他的衬衫邀请归宁："快来看我呀！快来看我呀！"

归宁被这个可怕的梦生生吓醒了，满头大汗地从床上坐起来，周围静谧的空气增添了她的紧张与恐惧，她下了床，走出卧室。

陆淮南每天都睡得很晚，加上他有轻微的洁癖，虽然出门之前洗了个澡，但如果又出去，他回来后照旧要冲洗一番。

他洗完澡不久，从酒柜里拿出一瓶红酒倒了一点，喝了几口后，卧室门外传来敲门的声音。

他放下酒杯走到门口，打开门，归宁站在门口，低声对他说："陆叔叔，我们一起睡好吗？"

她的眼神弱小可怜又无助……如果说这种眼神第一次他可以拒绝，第二次他就不打算拒绝。

陆淮南退开两步，让她进来。

卧室里只有一张大床，归宁想了想，目光移到旁边的沙发上，她伸手指了指："我睡这里好了。"说着她便往沙发的方向走去。

陆淮南拧眉，又开始头痛了。

这种头痛是因为他发现平时吃了熊胆撩他的归宁变得正经起来。

就在归宁刚要在沙发上躺下的时候，忽然被人从背后拦腰抱起。

陆淮南直接将归宁抱到床上。

归宁躺在床上，看着抱着她的男人。

虽然两人确定了关系，但毕竟还没像现在这样什么都不做，睡在一张床上，所以归宁很不知所措。

陆淮南将她放在床上后，在她身边躺下，摁灭了床头的灯。

归宁只听见他在黑暗中低哑着声音说："睡吧。"

归宁在黑暗中睁大了眼睛，一两秒后，侧身，猛地抱住了陆淮南，将脸埋在他的怀里："晚安，陆叔叔。"

陆淮南耳边是归宁紧张的声音，估摸着是怕他会推开她。

经过今晚这事，陆淮南发现归宁变得脆弱敏感，从心底而言，他还是希望她能回到从前，像他第一次见她那般，冷傲、自信、不可一世。

陆淮南长叹一声，伸手将归宁搂在怀里，低沉悦耳的声音轻轻哄着她："嗯，睡吧，晚安。"

Part 6 >>>

陆淮南就是有这种魔力，归宁自己睡的时候会噩梦连连，可只要在他身边，什么噩梦都统统消失不见，像有魔法，能保她酣然入睡，一夜无梦。

归宁这一觉睡得十分好，醒来的时候已经天亮了。

也许是怕她一早醒来害怕，所以陆淮南没有出门，而是在卧室里办公，让归宁一醒来便能看见坐在沙发上办公的他。

大概是因为今天不用出门处理公事，他穿了一套米色的家居运动套装，双腿交叠，指尖飞快地在键盘上敲击，从侧面看，他的五官立体饱满，黑眸专注，睫毛又长又密。

归宁从床上翻了个身，就这样静静地看着陆淮南。

“醒了就起来，洗漱吃早餐，我们准备回B市了。”

“噢。”归宁应了却没有行动，依旧趴在床上撑着脑袋盯着陆淮南瞧，瞧了还不够，生怕他不知道似的，还“啧啧”称赞：“哥哥，你怎么长得这么帅？怎么看都看不腻。”

陆淮南忽然发现昨天晚上柔柔弱弱的归宁也蛮好的，怎么睡了一觉起来，又变成不安分的小妖女，开始撩拨他了？

清晨。

归家来了一位不速之客。

徐耀青站在门口，打量着眼前这位气质不凡，一看便出身不错的女孩，问：“小姑娘，你找我？”

“是的。”展瑜笑了笑，“您好，我先自我介绍，我是陆淮南的未婚妻展瑜，有些话，我觉得有必要跟您说一下。我怀了淮南的孩子，所以能不能麻烦您，让您女儿离淮南远一点？”

归宁是在机场的时候接到家里的电话的，电话里说徐耀青早上见了一个人，受刺激昏迷了，情况危急，希望她赶紧回家。

这边广播里已经开始了登机提醒，陆淮南需要回到B市签一个重要的合同，没办法陪归宁一起。

归宁告诉他没关系，她自己去就行。

陆淮南看了陆执一眼，陆执顿悟：“行行行，我陪小舅妈一起。”

对于自己小外甥的觉悟，陆舅舅表示很满意。

虽然昨天刚跟家里人吵完，但听见自己母亲晕倒了，归宁心里还是百感交集。

当车子停在归家门口时，归宁迫不及待地下车，朝家里跑去。

刚进家门，便看见客厅里，徐耀青坐在沙发上，面色正常。

她疑惑："妈……你不是……"话说到一半，她便明白过来，没有什么昏倒，只不过是徐耀青骗她回家的手段。

她面色一变，转身便往外走。

"站住！"徐耀青厉声喝住她。

归宁转身，不理解地看着她："妈妈，你这是为什么？为什么装病骗我回家？"

徐耀青年轻的时候也是个强势的女人，只不过嫁给归朝来之后，收敛了过去的强势。

不过在平日里她跟归朝来相处的过程中还是能看出她要强的性格，所以她怎么能容忍自己的女儿破坏别人的感情？

她看向一旁的用人："先带这位陆小少爷下去休息。"

"是的，夫人。"

用人说完，对陆执说："您这边请。"

陆执望着归宁眉梢微挑，没说什么，很配合地跟着用人走了。

客厅里只剩下徐耀青和归宁，徐耀青说："如果不是有人告诉我，我还不知道你跟陆中集团的大少爷已经确定关系了！归宁，你知不知道自己做的这种事有多让别人看不起？"

归宁不懂，她不过就是跟陆淮南谈个恋爱，怎么就让别人看不起了？

陆淮南比她大几岁就被别人看不起了？现在都是什么年代了？为什么妈妈还活在原始社会？

归宁深呼一口气，也许是电话里，她的确被徐耀青"昏倒"这事吓住了，所以她没像昨天一样与徐耀青发生争执，只是心平气和地说："妈妈，我不想跟你吵架，不管你怎么想我，我都无所谓。既然你没事，我回学校去了。"

“我决定让你暂时休学一学期。”徐耀青的声音不紧不慢地响起。

归宁不可思议地看着她：“为什么？”

“让你重新变回以前我认识的宁宁。”徐耀青说，“这两年，你在外面变得我都快不认识了，宁宁，你需要静一静，想一想你这两年的所作所为。如果你依旧忘不了B市的生活，大学我可以给你换另一个，反正你以后是要继承归家的，你爸爸会为你安排好未来的路。”

归宁摇摇头：“不，妈妈，我觉得你才是我不认识的妈妈。我不会休学，也不会退学，我的人生是我自己的，不需要任何人安排。”

说完，归宁便做了决定，不再听徐耀青说什么，大步往门外走去。

“今天早上，陆大少爷的未婚妻来找我了，她说她马上要跟陆大少爷订婚了。”

徐耀青的话，成功让归宁止住了脚步。

徐耀青一步一步地走到僵住的归宁身边：“这个女孩的名字叫展瑜，她说她是陆大少爷的未婚妻，希望你不要再缠着她未来的丈夫，并且告诉我，她已经怀有身孕了。”

第八章

陆淮南，你要跟我分手吗

Part 1 >>>

见归宁站在原处没有再动弹，徐耀青对身边的人示意了一下："带小姐先回卧室休息。"

"是的，夫人。"

归宁确实被徐耀青的话惊呆了，任由用人将她带回卧室。

她没有怀疑徐耀青的话，是因为徐耀青说出了展瑜的名字，并且将早上那一段监控放在手机里，手机画面里是展瑜站在她家门前，对徐耀青说："归宁这个小姑娘长得好看，我和淮南都很喜欢，淮南也一直将她当成小孩子一样照顾，可是归宁对淮南有了男女之间的感情，这让淮南很为难。他不好开口，只能我来说。"

视频里的展瑜面带笑容，看起来毫无攻击性："因为我怀孕了，有了我们自己的宝宝，淮南也无法空出精力来照顾归宁，所以夫人，我没有当面跟归宁说，是怕不小心伤害了她的自尊，只能当面来跟您说了……"

把她当成小孩子一样照顾，可是她对他有了男女之间的感情？

归宁冷笑，这些话是展瑜臆想出来的还是陆淮南跟亲口跟她说的？

归宁站在卧室的窗口，拿出手机，给陆淮南拨打电话。电话里传来机械的女声："对不起，您拨打的号码已关机……"

她忘了，他现在应该在飞往 B 市的航班上。

归宁转身去开门，刚打开卧室门便看见两个陌生的黑衣男人站在门外。

见她出来，两人转头面向她："小姐，您有什么需要可以跟我们说，夫人有交代，您暂时不能出门。"

归宁已经料到此结果，没说什么，重新关上门回到卧室。

刚进门，便看见窗口有黑影晃动，不一会儿窗子竟然被人从外面撬开，一个头发蓬松的黑脑袋钻了进来。

黑脑袋一抬头，露出一张痞气十足又英俊万分的脸，对着她说：“看什么看？还不帮一把？”

归宁因为陆执这副模样忍不住笑起来，她帮他从窗户外爬进来。

陆执喘了一口气，说：“你们家的窗户看起来不高，倒是挺难爬的。”

归宁说：“装修的时候都做了保护措施，你能爬上来已经很厉害了。”

陆执环顾归宁的卧室，在沙发上坐下：“听说你妈想把你监禁一个学期这事你知道吧？”

归宁点了点头。

“我舅舅他肯定不知道，不然他肯定不会放你回来。”

归宁听他说到了陆淮南，面无表情：“那你知道你舅舅马上就要订婚的事情吗？”

陆执：“嗯？”

归宁：“哼。”

陆执：“跟谁订婚？你？”

归宁：“你觉得可能吗？”

“那就是展瑜了。”陆执说，“虽然我小舅舅很受欢迎，但跟他传过绯闻的也只有你们两位了。”

“你有什么想法？”归宁问。

陆执反问：“应该是我问你有什么想法吧？”

陆家人普遍有高冷的血统，高冷的陆小少爷遇见了同样高冷的归宁小姐，心事这种事便无法分享了。

归宁看着眼前跟她喜欢的男人同姓的陆执，可能是因为那声“小舅妈”，让她对他并不排斥。

虽然以前她觉得向别人诉说心事这件事很愚蠢，但这两天所经历的事，已经让她觉得疲惫。

在以前，或许归宁能想到办法去解决目前的困境，但现在她迫切需要一个人来替她分担一些事。

“你觉得陆淮南真的要跟展瑜订婚，还是展瑜瞎说的？”

“一半一半。”陆执说，“展瑜骗人的话估计连她自己都不记得有多少了，但这件事，你大概不知道，很早的时候，小舅舅跟展瑜的确有过婚约，不过因为展瑜喜欢的人是小舅舅那位弟弟，小舅舅不想逼展瑜，所以一直拖着，只等展瑜什么时候想订婚，再订。”

“你的意思是……现在展瑜想订婚了？”

陆执摇摇头：“所以我说可能性一半一半，我对小舅舅的事情知道得不多，只能把我所知道的跟你分析。”

“嗯。”归宁知道，陆执的分析很理性，只是她不知道，展瑜跟陆淮南竟然真的有婚约。

陆执见归宁那表情，便知道她在想什么，他说：“你别怪小舅舅没跟你说，当年展瑜死活不同意，小舅舅又什么事情都顺着展瑜，所以这件事很多人都忘记了，那个订婚也跟不存在一般。我想小舅舅他自己也没曾想过有一天展瑜会同意吧……”

陆执的解释不无道理，归宁看了一眼时间说：“没事，还有半个小时飞机就落地了，到时候给陆淮南打个电话，就什么都知道了。”

陆执“噢”了一声表示知道了：“小舅妈，你们家有水喝不？刚刚爬了一路，有点渴。”

归宁看着这个和自己年龄相仿，又是自己同学的少年喊她“小舅妈”喊得特别顺口，笑了起来：“只有我们两人的时候就不用喊我小舅妈吧……挺奇怪的，叫我归宁就行。”

“噢。”陆执淡淡地应了一声，懒懒地掀了掀眼皮。

归宁打开卧室的门，外面站着的黑衣人立刻回过头来。

归宁将门掩住，说：“我想喝水，能帮我倒一杯水吗？”

黑衣人听见归宁这么客气，忙应了一声：“可以的，归宁小姐。”

很快归宁便拿了一杯白开水进来，递给沙发上的陆执。

陆执浑身无骨般地躺在沙发上，看上去快睡着了。

归宁将水杯递给他，他接过一口喝完，清润的嗓音低低地说了句“谢谢”。

接着，头一歪，当真睡了过去。

Part 2 >>>

还有半个小时的时间，归宁的心情慢慢平复下来了。

不管最后结果如何，只要等待这个电话就行。

归宁不知道的是，她和陆执刚从机场离开，陆淮南和里邦正要登机，后面便传来一道清脆的女声：“淮南哥哥。”

对于这个声音，陆淮南再熟悉不过。一向没什么表情的他，也露出了诧异的神情。

回过身，展瑜站在他身后，笑得温柔。

这一对养眼的俊男美女在机场里分外引人注意，更何况他们眼里只有彼此。

陆淮南走到展瑜面前问：“你怎么在这？”

展瑜仰着头看着他，问：“淮南哥哥，你之前说的订婚时间由我定，现在还算数吗？”

陆淮南显然没料到她会问这个，沉默片刻才说：“算。”

展瑜笑起来，嘴角露出浅浅的梨涡，甜美、毫无攻击性：“那，淮南哥哥，我们订婚吧！”

陆淮南足足顿了半分钟，才说：“好。”

展瑜的笑容更明艳了，她走上前轻轻地拥住陆淮南：“淮南哥哥……我只剩下你了，你不要离开我。”

按道理说，这样的展瑜一直是陆淮南想要的，可当展瑜说要订婚的那一刻、拥抱他的那一刻、说不要离开她的那一刻，他脑海里浮现的竟然是归宁的面孔……

归宁在半个小时后打通了陆淮南的电话。

电话那头响起了一个女声：“喂？”

“归宁是吗？”归宁没说话，对方已经说出了她的身份。

归宁：“这是陆淮南的手机？”

“对啊。”展瑜的声音听起来轻轻柔柔的，“抱歉了，归宁，淮南哥哥大概不想伤害你，所以让我跟你说，他要跟我订婚了，你以后不要再找他了。”

展瑜隔着电话听见那边一片沉默，随后说：“好啦，先不跟你说了，淮南哥哥在叫我，挂啦！”

挂完电话后，展瑜删除了这条通话记录，随后走出房车的洗手间，将手机递给陆淮南：“淮南哥哥，给你，我有点困了，不玩了，睡一会儿。”

“好。”陆淮南接过手机，从车后拿了条毛毯，帮展瑜轻轻盖上。

他下意识地打开手机，看了一眼通话记录。

撇过头发现展瑜在看着他，四目对视，展瑜眉眼弯弯：“到了记得叫醒我哦，淮南哥哥。”

“好。”陆淮南迟疑片刻后，关上了手机。

展瑜睡觉的时候不能有一点响动，她容易被惊醒，这是她从小到大的习惯。

把归宁的卧室当成自己卧室，毫不客气地趴在沙发上睡觉的陆执，懒懒地掀开了眼皮，看着不远处刚打完电话的归宁，光看她的表情就知道结果了。

他从沙发上站起来，伸了个懒腰，走到窗边：“如果你想去B市弄清楚情况，现在还来得及，前提是我们得从这个窗口爬下去。”

说完后，陆执倚在窗边，双手环抱，懒洋洋地看着坐在床边的归宁，不紧不慢地等待她的回答。

大概一两分钟后，归宁起身，走到窗口，看了眼外面：“还好小时候我爸怕我有危险，让我练过几招，不过从这么高的地方爬下去还是有点难度。”

陆执说：“我先下去接你？”

归宁也不是矫情的人，听他这样说，点点头：“小心点。外面都是摄像头……”

“没事，我刚上来的时候顺手打碎了。”陆执说得轻松，好像不过只是打碎了一块玻璃那么简单。

归宁的嘴角抽了抽，看来家里的安全措施要再加强一点了。

由于刚才陆执爬上来过，所以下去的时候轻车熟路，很快便到了楼底下。

他仰头，对她做了一个“OK”的手势。

归宁按照陆执标记好的路线慢慢往下爬，刚爬到一半的时候，窗口忽然探出一个脑袋，把归宁吓了一大跳，原来是家里的用人进来送餐时发现归宁不在房间，窗户是开着的。

双方对视了一眼，归宁反应极快地往下爬，用人先是愣了一会儿，才叫了起来：“快来人！归宁小姐爬窗逃跑了！”

在这短暂的一两秒钟里，归宁爬到离地面一米多的时候直接跳了下去。

好在陆执稳稳地接住了她：“你胆子挺大，这么高都敢直接跳。”

归宁看了一眼楼上，对他说：“赶紧跑吧，我们被发现了。”

两人往院子外跑去，归宁看见院子外来了个人开着一辆敞篷跑车：“执哥，这边，快上车！”

归宁和陆执对视一眼，两人直接上车。

在他们上车的后一秒，几个黑衣人从院子里跑出来。

陆执背对着他们挥了挥手，以示告别。

Part 3 >>>

风自由地在耳边吹，喊着“执哥”的男人吹了个口哨：“执哥，没想到你一来W市就这么惊心动魄。我们多久没像现在这样张扬了，甚是怀念啊！”

男人说完对归宁介绍自己：“对了，美女，自我介绍一下，我是执哥的好兄弟之一，雨涵，你可以叫我雨涵哥哥。”

“行了，别撩妹了，人家名花有主了。”陆执说，“让你打听的事情怎么样了？”

“这都不用打听，各种头条都是你要打听的事。”赵雨涵说，“现在大街小巷都在议论你小舅舅跟展家千金订婚的事……不过话说回来，执哥，你小舅舅订婚你怎么一点都不知情？难道他没邀请你吗？”

“滚！”陆执给了他一个嫌弃的眼神，“就你话多。”

赵雨涵嘿嘿一笑：“执哥，我们现在是直接去机场吗？我定的是晚上八点的飞机，现在过去有点早。”

赵雨涵说完，陆执没有回答，而是看向归宁：“你怎么看？”

归宁说：“既然都逃出来了，就去看看吧……”

她看着陆执问：“你会参加你小舅舅的订婚宴吧？介意带个家属吗？”

陆执一愣，随即痞痞地笑了起来：“当然不介意，你本来就是我的小舅妈啊……”

归宁扯了扯嘴角：“估计参加完订婚宴你就得改口了。”

“改口叫展瑜小舅妈？”陆执摇摇头，“还是叫你比较顺口。”

归宁笑：“谢谢你的肯定。”

陆执又摇了摇头：“我只是习惯了第一次叫谁就是谁，懒得改口。”

这小孩，真不讨喜。

归宁不理他了，闭上眼睛靠在椅背上：“到了机场喊我。”

W市不大，加上现在不是堵车高峰期，跑车一路走高速，半小时便到了机场。

到机场后，归宁去商务休息室休息。

陆执和赵雨涵坐在她对面，她听见赵雨涵跟陆执的对话，基本上都是赵雨涵在说。

“你离开这么长时间，小只只肯定很想你了。

“不过你放心，我都听执哥你的，有安排人保护小只只。

“刚上高中那会儿，我第一眼看小只只这姑娘就觉得不错，我感觉小只只应该是跟我们八竿子打不到一起的人，现在居然成为我的小嫂子，执哥，这就是缘分啊！”

正在低头发信息的陆执抬头瞥了他一眼：“你在缅怀过去吗？”

“不是，我就是想表达校园时的爱情有多美好，我有多么羡慕执哥你。”赵雨涵顿了顿，说，“好吧，说实话，我又失恋了，这已经是第九次恋爱了，为什么我就不能跟执哥你一样，谈一场持久的恋爱呢？”

陆执瞥了他一眼：“你在跟我比持久性？”

怎么聊着聊着话题就开起车了？

“没啊，怎么敢跟执哥你比啊？！”雨涵心有余悸地说。

两个人的说话声传进耳中，归宁有心事也睡不着，便也加入了聊天队伍：“你们执哥很厉害吗？”

赵雨涵说：“当然了，执哥在哪个方面都厉害。”

这兄弟明显是陆执的终极粉丝，听归宁这么问，迫不及待地开始宣传他的执哥：“执哥颜值高、身材好、打架特厉害，是我们高中时候的校霸，人人见了都得喊一声‘执哥’，我这样说，你肯定觉得我们执哥学习成绩不好吧？错！我们执哥不仅会打架，而且学习成绩在我们学校排名第一！我这样说，你肯定觉得我们高中不怎么样吧？错！我们高中可是省重点高中！”

归宁默默听着赵雨涵的“我这样说，你肯定……”的造句，觉得这兄弟不去讲相声太可惜了。

“我个人觉得执哥做得最骚的事就是，自从我们小嫂子程只转学过来他就不考第一名了，众所周知，小嫂子的学习成绩也很好，但每次都差执哥几分，硬生生被他压在第二名。最后我们执哥为了追小嫂子，竟然在某次考试考了个年级第二名，成绩公布的时候，全校都惊呆了，因为执哥的语文考了零分，数学和英语满分，其他基本满分，就跟小嫂子的总分数差一分，实力放水追妻啊！搞得语文老师很郁闷，每天放学都跟执哥探讨人生——这位同学，你是不是对我有什么意见和想法？老师是个虚心接受批评的好老师，我们可以坐下来慢慢聊！”

归宁看了陆执一眼：“你是不是就是传说中的闷骚少年？”

正在玩手机的闷骚少年抬头看着归宁：“说起来，这一招，我还是跟小舅舅学的。”

归宁挑了挑眉：“怎么说？”

“你真的要我说？”陆执笑得不正经，“我怕你会酸。”

归宁翻了个白眼：“说。”

“小舅舅跟展瑜上学那会儿同班啊，展瑜每次都考不赢小舅舅，有一次直接气哭了。自那以后，小舅舅每次都给展瑜放水，展瑜第一名，小舅舅第二名，每次的分数差距都不超过一两分。”

听完后，归宁没说话。

陆执问：“酸了？”

归宁摇摇头：“我只是遗憾自己没早出生几年，如果我跟陆淮南早认识，一定没展瑜什么事了。如果我跟陆淮南同班，一定不需要他让我，我会跟他公平竞争。”

“我赞成你前面那句，不过后面的做法……”赵雨涵插了一嘴，“归宁小姐姐，这你就不懂了，男人都不喜欢太强势的女人，你偶尔像展瑜小姐姐那样示软，撒娇，才会让男人心软，才能打动他的心。”

归宁一愣，虽然觉得赵雨涵这兄弟是个嘴炮，但这句话说得还真有几分道理。

归宁想了想：“你说得对，刚刚是我想错了。”

赵雨涵嘿嘿笑了起来："归宁小姐姐，如果有什么感情方面的问题不懂可以问我，在讨好男人这方面，没人比我更懂了！"

聊天的时间总是过得非常快，很快广播里便传来提示登机的语音。

登机后，陆执和赵雨涵两人靠得比较近，归宁在他们后一排。

赵雨涵说："没办法，临时买的机票，只剩下这三个位子了，不然我跟你换，你跟执哥坐一起吧！"

归宁哪里是那么娇气的人，挥了挥手："不用了，又没人会吃了我。"

结果，原本想在飞机上睡一觉的归宁一语成谶，身边坐着的是一个戴眼镜的男人，上飞机之后看见她便眼睛一亮，随后一直跟她说话。

"小姐一个人？"

"是去B市上学的吗？"

"什么大学啊？"

"啊！B大，高才生啊，我家恰好住在B大附近，可以约你一起吃个饭吗？大家难得有缘坐在一起，交个朋友吧？"

归宁终于忍受不了了，直接对他说："先生，能不能请你安静一会儿？我想睡觉。"

男人尴尬地看了她一眼，笑着说："好的，你睡你睡。"

结果，归宁在睡觉的时候总能感受到一道视线落在自己身上。

睁开眼，果然与男人的视线相撞。

男人竟然没一点不好意思，看着归宁的眼睛赞美道："小姐姐，你真的长得好漂亮，我是真心想跟你做朋友，能不能给我一个联系方式？"

归宁闭了闭眼睛，当她准备发怒时："宁宁，你没告诉别人，你已经有个优秀的男朋友了吗？"

这时，一个熟悉的声音在耳畔响起，她回头便看见倚在她座位边的陆执，嘴角勾着一抹浅浅的笑，那笑十分野性，归宁发现他跟陆淮南都是那种很欲的男人，让人看了一眼，便想跟他做有颜色的事情。

那男人见到陆执时一愣，明显被陆执的气场镇住了，随即大概是不想放弃，便说：“男朋友？都说了还是男朋友，又没有结婚，优秀的人都有权选择被追求者。我光明正大地求偶怎么了？”

归宁被“求偶”二字给镇住了。

“喂，你是动物吗？还求偶？”男人头顶又传来一道声音，赵雨涵敲了敲男人的椅背，“你都说优秀的人有权选择被追求者了，请问阁下浑身上下有哪一点优秀？像动物这一点？”

男人没想到又有一个人蹦了出来，顿时怒了：“怎么？你们想怎么样？乘务员！乘务员！我要投诉，有人骚扰我！”

归宁顿时无语，投诉被骚扰的人应该是她吧？她真是第一次见到这么极品的人。

男人摁下头顶的服务铃之后，很快有空乘走了过来：“请问您有什么需求？”

“我要投诉！”他指了指陆执和赵雨涵：“他们两个人骚扰我！”

男人的声音很大，很快头等舱里其他人的注意力都被吸引了过来。

空乘看了一眼赵雨涵，再看了一眼陆执，愣了愣，说：“小陆总？”

她随即对男人说：“客人，我想您可能有些误会，这是我们陆中集团的小陆总……”

“我管你什么总，现在我投诉他了，你就要给我一个交代！”

“怎么回事？”这时，另一名年龄看起来稍为大点的空乘走过来。

“徐姐，这位客人要投诉小陆总，说小陆总骚扰他……”

徐姐看了男人一眼，再看向陆执：“小陆总有这事吗？”

“当然没有了！”赵雨涵说，“小姐姐，你觉得你们陆中集团的小陆总会骚扰这种人吗？他浑身上下哪一点值得骚扰？再说了，我们还要投诉他骚扰我们归宁小姐姐呢，一上飞机就不停找小姐姐说话，打扰她休息，在小姐姐拒绝的情况下，还要小姐姐的联系方式要追求人家，这才是真正的骚扰吧？”

徐姐看向男人：“请问这位乘客，您真的这样做了吗？”

男人摇头：“当然没有，我一上飞机就坐在自己的位子上，怎么可能骚扰她？我又不认识她！”

“是吗？”赵雨涵冷笑一声，将在手里把玩的手机打开，“那真不好意思，刚刚我不小心拍到的一段视频里，你一直在跟我们小姐姐说话，要不要我放出来，让大家听听你都说了些什么？”

那男人一听，面色立刻变了：“放什么放？！放什么放？！算了！我不跟你们这些人一般见识！”

徐姐微笑地说：“所以先生您不打算投诉了？”

男人烦躁地挥了挥手：“不投诉了，让他们从我位子上走开，我不想看见他们！”

赵雨涵挥了挥手，朝归宁做了一个胜利的手势。

为了防止男人再有什么动静，赵雨涵直接跟归宁换了座位。

坐在归宁位子上的赵雨涵贱兮兮地瞅着面色难看的男人：“我家小姐姐走了，你要是觉得空虚寂寞冷，可以骚扰我，我随时欢迎。”

男人朝他翻了个白眼，别过头去。

归宁在赵雨涵的位子上坐下之后，才看见飞机的座椅上印着陆中集团的标志，她拿起前排的杂志翻了翻，上面详细地介绍了陆中航空相关的信息。

“陆中集团居然还涉及航空？”归宁指了指杂志上面，“这家航空公司是陆中集团旗下的？”

“嗯。”陆执应了一声，“你不知道也正常，这条航线新开没多久，陆中集团做了很多年的准备，去年下半年才开始正式飞行的。”

归宁看了一眼空姐：“他们怎么都认识你？连空姐都知道你的身份？”

“你不知道我的第二志愿吗？”

归宁一脸疑惑。

陆执说：“机长。暑假的时候有来这边实习过一段时间。”

“你想当机长？”

陆执勾勾唇：“警察当不了，就当机长，在天上飞来飞去多自由。”

“你家人同意吗？”

“这不也算是在为陆中集团服务。”陆执说，“我始终觉得陆中集团有我小舅舅就够了，根本不用我凑什么热闹。而且……如果我告诉你，是因为我想当机长，小舅舅才有想法弄个陆中航空公司的，你信吗？”

归宁没想到陆执的第二志愿居然是当机长，而陆中航空公司居然是因为陆执想当机长，陆淮南才有这方面的想法。

归宁：“你小舅舅真牛，改天能不能告诉他我的愿望是想去月球上看一下，让他成立一个制造火箭的公司？”

陆执瞥了归宁一眼：“想得挺美。”

两人贫了一会，归宁便躺着睡着了，醒过来的时候天已经黑了。

归宁看着飞机缓缓降落，从窗口可以看见整个 B 市的夜景，蜿蜒的灯火，点点灯光犹如无数条星星汇成的银河，有的相交有的平行，星星点点，亦真亦幻。

归宁忽然觉得这就像她跟陆淮南的感情，明明曾经相交过，现在却要渐渐走向平行，那一段甜蜜的时光明明真的存在过，又似乎一切都是她的梦，因为太甜，所以显得那么不真实。

他们下飞机后已经是晚上十点多了，归宁直接去了陆淮南的别墅。

因为陆执提前通知人来接，所以是他们送她过去的。

结果到了 × 酒店的别墅，那里一片黑暗，接待他们的是酒店的服务员，他告诉归宁，陆总已经很久没过来住了，并且酒店顶层的套房也是空着的。

归宁试图打陆淮南的电话，但想起白天展瑜说的那番话，又放弃了。

那晚，她一个人在别墅里待了一晚上。

她上了楼，去了卧室。卧室每天都有人打扫，还是那个模样。鲜花每天都有人换，只是摆放着合欢花的那个位子，被换成了百合。

陆执他们已经回家了，归宁不可能让他们一直陪着自己。

在来的路上，归宁一直问自己，这样迫不及待地来B市是为了什么？阻止陆淮南跟展瑜的订婚吗？

不是。她只是想要跟陆淮南确认清楚，想听他本人亲自、明明白白地跟她说，他想跟展瑜订婚。

知道了能怎样？不能怎样，只不过……至少可以让她折了奢望，断了念想。

Part 5 >>>

归宁心里有事，睡得很不踏实。

梦里她看见陆淮南和展瑜的订婚宴现场，她看见陆淮南望着展瑜，黑眸中都是宠溺，他对她说："小瑜，这辈子我只会爱你一人……"

"那归宁呢？"展瑜问，"她是什么？"

"她只是商场上一个合作伙伴的女儿。"

归宁在这样的梦中被惊醒了，她从床上猛然坐起，才发现自己身处卧室，外面天色还未亮，她闭了会儿眼睛，抹去额间的冷汗。

在床上平复了一会儿后，归宁起床，洗了个澡，冲散了梦中的一切。

她下了楼，别墅虽然没人住，但还有管家二十四小时提供服务。

归宁对管家说了早餐的需求，便独自去外面晨跑。以前她知道陆淮南每天早上都会独自一人去晨跑，她原本也想跟着，不过她懒，早上起不来，所以也不强求自己。

此刻，她呼吸着清晨清新的空气，看着空旷的大道，绿树林和鸟鸣声，清晨的一切看起来都是那么安宁与美好，她想，如果之前每天她能早起跟陆淮南一起晨练，便又多出一点时间与他相处，他是不是会在这多出的一点时间里，更多地喜欢上自己？

归宁不喜欢“后悔”这个词，总觉得说出后悔的那一刻等于无望，一切都晚了。

跑了三公里后，归宁开始往回跑。清晨耗费掉的体力，仿佛能将体内的浊气消耗出去，减少身体里的负能量。

当她跑回别墅门口时，已经累得气喘吁吁了。

这时，忽然有人喊她：“小姐姐？归宁小姐姐？”

归宁回过头，便看见隔壁别墅的老奶奶一脸慈爱地望着她。

归宁见过这个老奶奶，是个可爱又慈祥的老人，尽管已经八十高寿了，但看到年轻的帅哥美女，都喜欢小哥哥、小姐姐地喊。

老奶奶走过去，对她说：“小陆呢？怎么好久没见他了？”

归宁说：“他最近可能有点忙，奶奶有什么事情吗？”

老奶奶将手上的东西递给归宁：“他好久没来我这里拿面条啦，以前他每周都会在固定时间来我家拿面条，说我亲手做的面好，有韧劲，你特别喜欢吃。”

归宁接过老奶奶的面条，看着袋子里白嫩宽度恰好的面条。

其实归宁并不喜欢吃面条，因为陆淮南第一次给她做的是这个，她便默认这种食物是自己喜欢的。只因为是他做的啊……

“小陆真是个好男朋友，如果奶奶年轻个好几十岁，肯定会跟你一起追求小陆，到时候你可别怪奶奶心狠手辣啊！”老奶奶笑道，“好啦，年轻人好好享受人生吧！我走啦！”

归宁看着老奶奶蹒跚的步伐，沉默地回到别墅里，将面条放在桌子上，她记得一开始，陆淮南给她做的就是在超市买的那种挂面，直到有一次吃到这种口味，她不经意间称赞了这面好吃，比之前买的都好吃，却不知道他一直放在心上。

后来归宁每次吃的面条都是这种熟悉的味道。

在归宁的认知里，陆淮南对她的态度，她其实很茫然。有时候她觉得陆淮南是爱她的，有时候又觉得他的心都在展瑜那里。

这种飘忽不定的感觉很难受，所以大部分时间里她都不去想，只要他一直在她身边就好。

归宁坐在餐桌边的椅子上，以往那些美好的早晨，她坐在这里跟陆淮南一起吃早餐，有时候她会故意穿很性感的睡衣撩他，看见他一本正经的样子，像个古板的老教授，她觉得很有趣。

归宁闭上眼睛，深吸了一口气，上楼去卧室拿了手机。

手机里只有一个陆淮南的电话，上次打过去是展瑜接的之后，她便没有再打过了。

她看着手机上的备注，咬牙，又拨了过去。

“嘟……嘟……”

不多久，那边便被接起：“喂？”

是一个女声，又是展瑜。

归宁没说话，觉得很烦躁。

展瑜看了一眼手机，笑着问：“归宁？你怎么又打电话了？我上次说得不够清楚吗？”

归宁：“这个号码是陆淮南的，我打电话的对象是他，好像跟你没什么关系。”

那边明显愣了一下，随后又笑着说：“归宁，你难道忘记了，我马上就要跟淮南哥哥订婚了，我们的关系是，我是她的未婚妻。”

“嗯，只是未婚妻而已，这跟我请他接个电话有什么关系吗？”

展瑜收起了笑容：“你什么意思？”

“没什么意思，我只是打电话问陆叔叔几个问题。”归宁强调，“问他本人几个问题，请让他接电话吧，陆叔叔未婚妻。”

展瑜盯着手机半晌，最后咬牙：“等着！”之后便没了声音，但手机并没有挂断。

归宁安安静静地等着。

没多久，手机里传来一抹熟悉的男声：“宁宁？”

归宁不想承认，在听见陆淮南声音的那一刻，她居然有点想落泪：“陆淮南，你还记得我啊……我还以为你已经忘记有我这个人了。”

电话那头沉默了。

归宁调整了自己的情绪：“陆叔叔，你忘记在我家的时候，你说过我是你的女朋友吗？现在你要跟别人订婚了，你的女朋友却是通过别人才知道的，你觉得这样合适吗？”

“宁宁，对不起，我……”

“陆淮南。”他的话没说完，便被归宁打断，她轻轻地问，“你要跟我分手吗？”

那边沉默良久，对她说：“对不起……”

对这个答案，归宁心里早有准备，可真的听见他亲口说，她的心仍剧烈地痛起来，像被一双手无情地撕扯，令她难以呼吸。

“你……真的要跟她订婚吗？”归宁在电话里的声音听着那么不真实，“你只需要回答是与不是。”

“是。”

“好，陆淮南，祝你幸福。”归宁没有多说，挂了电话。

她走出卧室，看着外面晴空万里，艳阳高照，院子里的合欢花再也没有开过了。

归宁在阳台上站了一会儿后，便看见楼下花园里慢慢走近的一个身影，她转身下了楼。

陆执是一个人过来的，见她下来了，问：“今天去找小舅舅吗？”

归宁摇摇头："不去了，我给他打过电话了。"

陆执眉梢微扬，没有多问，说："好。"

"陆执。"归宁问，"我想散散心，你有适合的地方推荐吗？"

Part 6 >>>

陆执带归宁去的是他那个人气爆棚，每天只接待十人的小酒馆。去的时候，里面的位子已经坐满了。

今天没课，程只正在小酒馆帮忙，见陆执带着归宁过来，稍有诧异。

她每天都有跟陆执联系，多多少少有了解最近陆执在做什么，所以没有多问。

陆执一进门便揉揉她的小脑袋，问："考试考完了？"

像家长询问自己小孩的学习情况。

程只点了点头："都补考完了。"

"嗯。"陆执说，"乖，我先带她进去。"

程只点头，看着陆执带着归宁进去了，虽然刚进来的时候，归宁微笑地和她打招呼，但她觉得归宁的脸色看起来不是很好，也不知道归宁跟陆叔叔那边到底怎么样了……

陆执带归宁径自往里走，在拐角处，有一扇门，推开门，门后是一个空中的花园，是陆执和他的朋友们平时没事时喝喝小酒、品品茶的地方。

"随便坐。"

陆执喊服务员上一些清酒，便将空间单独留给归宁。

陆执的这个空中花园朝向非常好，四面八方都是玻璃，坐在里面能够看见外面的车水马龙，以及周围人的烟火气息。

归宁在这一坐了一下午，没有人打扰她。她和陆执都是同类人，知道什么时候对方需要独处，需要安静。

陆执出来的时候，看见程只一脸担忧地站在门外。

他勾了勾唇，问：“小家伙担心什么？”

程只的眉头都拧在了一起：“归宁没事吧？她跟陆叔叔怎么样了？”

“过来。”陆执靠在墙边朝她懒懒地招招手。

程只乖巧地走过去，陆执的指尖在程只的唇瓣上轻轻抚了抚，原本只是想摸摸她粉嫩的唇，解下手瘾的，但那柔嫩的触感，在触碰过后，让他不满足于只是触碰。

陆执歪着头，勾起她的下巴，弯腰，给了她一个吻以解这么多天的相思之苦。

程只被吻得迷迷糊糊的，她其实很担心归宁，但陆执不肯说，她也不好再问。她了解陆执，他不肯说的事情，肯定很棘手了，即使她问了，除了增添烦恼，也没有任何解决办法。

好在这边偏静，除了陆执和程只，没人敢随意过来。

好半天，陆执才放开程只，看着她被自己吻肿的红唇，满意地勾起嘴角，像是说给程只听，又像说给自己听：“我们谈个恋爱可别像小舅舅他们那样，别扭又自虐。”

归宁是晚上七点多左右离开小酒馆的。

陆执送她回去的时候，问她去哪。

她想了想：“回学校吧。”

“不去别墅了？”

“去啊，等补考完了去别墅收拾东西。”归宁说，“也没什么好收拾的，就是拿一件东西。到时候你有空吗？”

“可以。”陆执说，“电话联系。”

“嗯。”

第九章

宁宁，我没有订婚

Part 1 >>>

接下来的一周，归宁都很忙，忙着补考，忙着大三实习的事情，好像将自己变得繁忙，便不会想那么多不开心的事。每天忙得筋疲力尽回到寝室后，洗完澡就蒙头大睡。

归宁本以为不会再想起陆淮南，谁知道他日日夜夜都出现在自己的梦中，日日夜夜都在梦中和别的女人在一起，让她心痛。

好不容易熬过一周之后，归宁和陆执约好周末去别墅拿东西。

那天半夜就开始下雨，一直到早晨，天还是灰蒙蒙的，雨水滴滴答答落个没完。

车子到了别墅后，归宁打开雨伞下了车。

“我很快就出来。”

归宁让陆执在车里等着就行，她独自撑伞走进去。

她直接去了卧室，拿的是一颗纽扣，那是上次她被绑架，陆淮南抱她出去的时候，落在她身上的。她用细线穿成了一条项链，偶尔会戴在脖子上。

有段时间被陆淮南看见了，还问过她怎么把一颗纽扣戴在脖子上。

没过一天，他便让里邦带她去买项链，里邦说：“陆总说了，只要是归宁小姐喜欢的都买。”

归宁觉得很暖心，也觉得很有趣。不过陆叔叔舍得花钱，她也没有替他省钱，挑了一条自己喜欢的项链后回家，顺便买了一个男士戒指。

怕陆淮南拒绝，归宁用的是他的卡。

果然，说明了只是觉得戒指好看，并且是用他的卡时，他没有拒绝。

偶尔在归宁的强烈要求下，还会戴着去上班。

归宁看着抽屉里的一条项链和一枚纽扣，她没有拿走项链，而是将纽扣拿走了。

下楼时，原本空荡的楼下似乎很热闹。

归宁觉得真不巧，居然在最后一次来的时候遇见了陆淮南和展瑜。

人生不就是这样，越想见到一个人的时候，越见不到，决定放弃的时候，却随处可见。

展瑜也没想到能在这里遇见归宁，感觉很惊讶。

她看着归宁从二楼神态自若地走下来，她挽着陆淮南的手，笑了起来："归宁，你怎么在这？"

归宁："我不能在这？"

话中带炮，展瑜却一点都不生气，依旧好脾气地笑着说："当然不是了，我只是想说，刚好碰见你太好了，我和淮南哥哥的订婚宴，你记得要来参加噢！"

归宁："没空。"她毫不掩饰地表示自己心情不好，不想说话。

归宁没想过会在这里遇见陆淮南，之前想，就算遇见，那也是在未来很多年以后吧……

归宁的性子倔而直，尤其对不喜欢的人和事，连装一会儿都嫌麻烦，面对展瑜的虚伪，她连翻白眼都觉得是在夸奖展瑜。

陆淮南从始至终都沉默着，只是归宁出现后，他的视线一直在她身上。

归宁没看他，径自往门口走去。

"等等。"展瑜喊住了归宁。

归宁停在门口没有回头，浑身上下的气质都在说"有事快说，有屁快放"。

展瑜说："说句祝福的话吧……我想淮南哥哥最想得到的肯定是你的亲口祝福，毕竟这么长时间，你是淮南哥哥唯一耐心照顾过的小孩。"

展瑜说完这话后，归宁有片刻没有动静。

展瑜心里很开心，自从归宁回答她的第一句话里透露着浓浓的不耐和烦躁，她就很满意。

不知道从什么时候开始，看见与她敌对的人过得不好，她便顺心。

她觉得自己是有心理疾病的，可有就有呗，谁让这姑娘敢跟她抢淮南哥哥，即使她不爱淮南哥哥，但淮南哥哥也是她的，旁人没有资格享受到他的好。

展瑜的心理，归宁不知道，也不想知道。

但面对她的话，归宁扯了扯嘴角，冷笑着转过身："谁跟你说我和陆淮南只是照顾和被照顾的关系？陆叔叔，难道你没告诉她我们是成年人了，该做的事情做了，不该做的事情也做了？"

看见展瑜面色一变，归宁心情很不错，她看着展瑜的眼睛，说："想要我的祝福啊？跪下来求我啊！"

归宁说完后，慢慢欣赏了一下展瑜难看的脸色之后，转身撑开伞，走进雨中。

就这样吧……最后一次见面，不管被伤得有多深，也要潇洒离开。

被伤害是归宁给陆淮南的权力，可是如果旁人再来添油加醋，别怪她不留情面。她给他欺负，给他伤害的权力，是因为她爱他。

可她展瑜，算什么东西？

"归宁……"

这时，背后传来一抹低沉的男声。

尽管归宁做好了全副武装，也因为这个声音，轰然瓦解。

"对不起，是我愧对你，以后你遇到什么困难，可以和以前一样，随时来找我。"

归宁停住脚步，转过身，撑着伞平静地看着站在对面，淋在雨中的陆淮南。

"你不用跟我说对不起，陆叔叔。"归宁的声音很平静，连她自己都奇怪，再见到他，她竟能如此平静地站在他面前，没有哭没有闹，大概因为该难过的在早几天都难过完了吧……

“是我无能，只做得到喜欢你，却做不到让你喜欢。”归宁平静的声音到了最后变成妥协，变成无奈，“我认输了，陆淮南，我放过你。从此，我们两不相欠了，以后我们最好就……不要再见面了……”

归宁说完后，深深地看了陆淮南一眼，当成是最后的留念，然后她撑着伞转身离开了。

不远处，陆执倚靠在车门边等着归宁，见她走过来，立起身体，将她撑的伞接过，带着她走了。

车上，不知道什么时候来的赵雨涵坐在驾驶座上，看见归宁，跟她了个招呼：“我是过来当司机的！”

赵雨涵最喜欢缠着陆执，这次好不容易跟他一起干了一件大事，回到B市后，赵雨涵便一直缠着陆执。

没想到这次跟着陆执来，遇上这么忧伤又尴尬的一幕。

归宁没理他，直接坐进后座。

陆执坐在副驾驶座上，看着赵雨涵一脸尴尬的神情，说：“开车。”

“噢。”

车子在公路上飞驰，雨越下越大，落在车顶上哗啦直响。

赵雨涵没敢说话，连呼吸重一点都觉得自己有罪。他注意到执哥自上车后也没吭声，不过执哥的话向来很少。

车里几乎沉默了半路，陆执才忽然开口：“我觉得小舅舅会后悔。”

“可能因为他一直接触的只有展瑜一位女性，所以连他自己都分不清对展瑜的喜欢是爱情还是亲情。”

“放心吧！”最后陆执补充，“他一定会后悔的。”

陆执说这话挺认真的，看得出是想安慰归宁，可赵雨涵总觉得执哥说这话很奇怪，就像从小出身贵族，一举一动都很绅士、很有教养，但骨子里还是有痞气。

陆淮南后不后悔不重要，他对展瑜究竟是爱情居多还是亲情居多也不重要。

此刻对于归宁而言，唯一重要的就是回去好好睡一个觉。做个好梦，梦里没陆淮南，最好醒来后也别再想他了……

Part 2 >>>

之后的时间里，归宁都把精力放在学习上，陆执和程只在B大并没有待多久，大三便离开了，归宁连一个说得上话的朋友都没有了。

不过好在，大四时归宁跟寝室里的室友于苏木和七彩的关系缓和了不少，也算是大学里比较交心的朋友了。

大学毕业后，于苏木去了男朋友开的公司帮忙，七彩也成了一名翻译员，大家都留在了B市，唯独归宁偶尔回B市，大部分时间都是一个人出去，环游了世界一趟，那天从英国回B市在机场等候的时候，看见机场里招聘空乘的信息，不知道为何，她居然想试一试。

她回国之后随便挑了一家航空公司面试，没有抱太大的希望，没想到竟然面试成功了，面试主管对她异常热情，生怕她不去他们公司似的，迫不及待地让她去上班。

七彩听完之后怀疑："是不是不是正规的航空公司啊？归宁，你可别被骗了！"

于苏木用手机查了一下，说："是正规的航空公司，不过是一家廉价航空公司。"

廉价航空又称低成本航空公司或者低价航空公司，主要是通过取消一切传统航空客服务，将运营成本控制得比一般航空公司低，从而可以长期大量地提供便宜票价的航空公司。

他们经营客流量大的短程航线，多在二级机场起降，有时不提供免费的餐点等，用来减少不必要的开支。

对于工作人员而言，可能只是公司的名字听起来没有其他航空公司有名声和威望，其他倒没有太大的区别。

“哇，以后我们归宁就是空姐了啊？是不是可以满世界飞啊？”七彩羡慕地说，“听起来就很棒！”

“这种小公司大多都在国内飞。”归宁掀了掀眼皮，“又不是国际航班。”

七彩：“那你为什么忽然想当空姐啊？”

七彩这个问题，归宁还真没想过。

就像她的人生一样，从来没有提前规划，都是想到一出，是一出，顺其自然。

次日，归宁按照上班要求去了航空公司，录取她的这家航空公司叫SJ，规模不大，飞的航线也很少，基本上都是国内的。

到了公司之后，负责接待归宁的是前台，前台让她在会客厅稍等片刻。

此刻的会客厅已经有五个女孩了，归宁是最后一个，也就是说这一批空姐一共六人。

大家都是第一次见面，来得早便聊上了，组成了二人团，像归宁最后一个到的，刚进门，便引起了所有人的注目。

归宁倒是没太在意，只不过在这些人当中，她的颜值和气质等各方面太出色了，出色得让其他人觉得……为什么她肯待在这么小的一家航空公司？

在大家各自揣着小心思时，不一会儿，昨天最终面试归宁的那位主管亲自接见了她，当着所有人的面毫不掩饰地表达了对归宁的喜欢。

那是一位中年胖嘟嘟的男人，留着络腮胡子，笑起来眼睛眯眯的，很和蔼的样子。

他看见归宁，一如既往地热情："小宁来了啊！"

非但热情，还格外自来熟。

好在他身旁还跟着一位女助理和前台，又是当着这么多人的面对她表现出热情，否则别人还以为他对归宁有什么企图。

不过，没什么企图，其他五个新人也难免会想，这归宁是不是主管的亲戚？毕竟 SJ 是个小公司，有裙带关系不足为奇。

对于主管的热情，归宁表现得不冷不淡，朝他点头示意了一下。

主管说："我叫郑大鹏，是 SJ 航空的主管，负责你们这批新职员。你们可以叫我郑主管，不过我更希望你们叫我老郑，因为我想跟大家一起做朋友，没有公司阶级之分。"

"嗯，老郑。"归宁照着他的要求喊了一声。

郑大鹏倒吸了一口气，瞪着归宁。

归宁皱了皱眉……不满意？不是他让她这样叫他的吗？

没想到郑大鹏瞪完之后，露出了欣慰的笑容："果然是我精心挑选出来的，态度就是不一样，之前也有一批新入职的，我让他们喊我老郑，她们非得'郑主任、郑主任'地喊，多生疏啊！"说完看向身边的助理和前台，"看见没？多像人家小宁学习学习，大家在同一个地方上班，就应该像自家人一样随意。"

归宁没吭声，其他五个新人也不敢说话。

归宁没吭声是因为觉得这位主管的情商似乎不太高，他这种捧人的做法太容易让她被针对，虽然她并不放在心上。

其他五个新人则是碍于领导的关系，不敢说什么，但内心都对归宁起了意见。

郑大鹏清了清嗓子："是这样的，新人入职都需要经过三个月的培训……"

说完，他观察了一下归宁的脸色。

新人入职培训，归宁是知道的，不过她还是下意识地皱了皱眉，原本应聘这个只是一时兴起，凭她的耐心，不知道能不能坚持到三个月，何况还有三个月的培训，就当是玩玩吧……

归宁的心态挺随心所欲的，并没有太长远的打算，只觉得没到三个月她就离开了，大概会令这位对她太过热情的主管伤心吧……

郑大鹏见她皱眉，下意识地认为她不喜欢为期三个月的培训，忙说："当然了，优秀的人是有特别待遇的，像小宁你，只培训一个月就行了！"

归宁基本可以确定这个主任要么情商过低，要么是在故意针对她，希望她被其他同事排挤。不过不管哪种原因，归宁都没放在心上，因为思考太累，她懒。

对于归宁来讲只有一个月的培训今天正式开始，大家先跟着主任的助理去领培训服。

经过主任这一番介绍，归宁成功地被其他五人排挤了。

领完培训服后，便是正式的培训了。培训的内容千篇一律，对归宁而言没什么难度。

午饭是在公司餐厅吃的，她们每个人都发了一张员工卡，可以在食堂刷卡吃饭。

大概是为了调和大家的口味，食堂里有刷卡区也有自助付费区，大概是用另一种方式招商，付费区不归公司管，不过味道和食物自然是比刷卡区要好得许多，也贵许多。

公司内部聚餐的时候会去自助付费区，或者公司员工家境富裕的会去吃，大部分人都在用员工卡可以刷的范围内点餐。

"今天是我们第一天上班，要不要去吃个大餐庆祝一下？"

说话的是五个新人里的王欣，经过一个上午的培训，每个人的性格都多多少少互相了解到了一点。大家也从最初的拘谨变得活跃起来，王欣尤为明显。

当然，归宁除外。

“第一天就吃大餐是不是不太好？而且训练员说我们最好得保持五十五公斤的体重，我觉得我再吃就快要超过了……”金六福吐槽。

“我没钱……”说话的是一直循规蹈矩、说话做事都特别乖巧的易小小，“我还是去吃刷卡的吧……”

在大家都犹豫的时候，已经有人神色泰然自若地往自助付费区走去。

女人跟女人之间的战争有时候就是没有来源的妒忌。

五个人分别刷卡领了餐后，看着远处在自助付费区吃着西餐、用iPad的归宁。

“你说她到底跟郑主管什么关系？”有人问。

王欣吃了一口米饭，说：“能有什么关系？长得这么好看，又有钱，你说是什么关系？”说完自己邪恶地笑起来。

“也不能这么说啊，也许就是郑主管比较喜欢她而已，归宁看上去本来就很优秀，优秀的人总是很讨喜的。”易小小一本正经地解释。

王欣嗤笑了一下：“小朋友，刚从学校毕业的吧？社会太复杂了，不适合你。”

易小小皱了皱眉：“你的意思就是偏要把我们往坏事带，你有什么证据，能证明郑主管跟归宁有什么不正当的关系吗？”

王欣呵呵一声：“这还用证据吗？美貌不就是最好的证据？”

易小小轻吐出了一口气：“你这样说是因为你长得不够美吗？如果

你长得足够美，就会跟领导发生关系？”

王欣一愣，随即一拍桌子：“你这是什么意思？”

易小小特别平静：“是你说的啊，美貌是最好的证据，如果你长得好看，别人就认为你不是凭自己的实力而是靠男人上位的，你会怎么想？”

王欣将饭盆直接摔到地上：“我看你是故意找碴吧？”

易小小没动，看上去一点也不害怕王欣的威胁，但她握着筷子不断颤抖的手暴露了她的紧张。

这一幕让归宁觉得有点熟悉，大二时，程只就是这样被外校的人欺负的，场景几乎一模一样，只不过易小小身边没有那个维护她、爱护她的陆执。

像这种女孩子多的地方，就像大学寝室一样，很容易分成两派，如果最开始站派不对，之后的工作和生活都容易受到影响。

剩余的三人没敢说话，她们审时度势，不看清楚目前的状况，谁也不敢出头站边。

“怎么，第一天培训就想打架？”这时，归宁走过去。

五人看去，便见归宁不知道什么时候从自助付费区走过来，更不知道听去了多少，只见她此刻正面无表情地看着王欣。

王欣虽说性格外向，但刚在背后说完人家的坏话心还是有些虚的。

加上她骨子里看不起归宁这种攀关系上位的人，所以心虚归心虚，表面上还是挺不服气的。

她抬着下巴看着归宁，说：“靠关系上位的人，有什么资格在我这指手画脚？”

Part 4 >>>

B 市海淀区公安分局。

归宁坐在审讯室和对面的男人大眼瞪小眼。

过了一会儿，男人没个正行地靠在椅背上，看着手上的口供和资料，再抬头看着归宁，削薄的唇慢条斯理地问："小舅妈，你又跟人家打架进警察局这件事，我小舅舅知道吗？"

归宁没想到会在这里遇见陆执，陆执的身份是海淀区公安分局队长……

自陆执和程只大三离开后，归宁与他们联系得不多，只听里邦跟陆淮南汇报工作的时候提到过，那家开除陆执的学校最后为陆执证明了清白，陆执和程只顺利地回到了学校。

和喜欢的人有同一个理想，并且能彼此共同努力，也是幸事。

不过，归宁到底还是不冷不热地扬了扬唇："真巧。"

算是旧识打招呼了。

毕竟，在警察局见面大家也不怎么高兴得起来。

这时门忽然从外面打开，程只走了进来，和归宁以前认识的程只不一样，她穿着警察制服，多了几分英姿飒爽。

不过她说话还是柔柔的，大概是听见局子里来了认识的人，担心地跑过来，没想到是归宁。

"归宁，你没事吧？"

归宁还没回答，陆大队长便闲悠地搭了一句话："她能有什么事？你要问跟她一起进来的那人有没有事才对。"

程只有些莫名其妙，她拿过陆大队长手中的笔录看了一下。

原来是打架……

程只显然对于这个很淡定，她看了一眼描述。

地点在某航空公司的食堂里，因为听见有人说自己坏话，对方还十分嚣张地抬着下巴，对她说："靠关系上位的人，有什么资格在我这指手画脚？"

换成别人，应该是气得跟对方争执，争执了一段时间才动手。

而面前这位归大小姐的反应是，淡淡地看了对方一眼，二话没说，走上去拿着桌子上的餐盘扣在了对方的脑袋上。

当时王欣都蒙了……

现在坐在局子另一边的王欣也很蒙，但茫然中还带着一丝缓过来的愤怒："我要告她！告她到坐牢！"

她头顶还有几片菜叶子，身上还有饭菜的味道。

坐在她对面的女警官看起来脾气很好，说话的声音细细软软的："可是按照监控里看到是你先说对方坏话的……如果对方想告你诽谤，你也有责任，你确定不和解吗？"

其实不是一件特别大的事，不过是小打小闹，并没有上升到坐牢的问题。

王欣表面上看起来天不怕地不怕，其实不过是要面子，觉得当着那么多人的面被归宁揍了一顿很没有面子，所以要告归宁，让她坐牢，挽回自己的面子。

但听见女警官这样说，她立刻退缩了，她说："那，那要看她的态度了，反正如果她的态度不好，我是不会和解的。"

程只见王欣的态度软下来了，笑了笑，安慰她说："只是同事之间的吵架，没有那么严重，大家都放宽心，多一事不如少一事，毕竟以后在同一个地方上班，抬头不见低头见，还是和平相处，对大家都好一点不是？"

程只软糯的声音大概有迷惑人心的魅力，王欣没吭声。

程只将王欣交给身边的小警官，自己开门出去了。

只要王欣这边不纠结，归宁就可以回家了，她正要出去跟归宁说这个好消息时，刚出门，便被一股力道摁在拐角，不由分说便是一个吻落下来。

程只靠在墙边，用墙撑着自己的体重，努力承受陆执的吻。

这么久以来，程只还和第一次接吻一般，陆执的吻总让她觉得有一股魔力，立刻能让她双腿虚软，身体柔软似无骨，陆执已经习惯了她这个对于他来讲，更好占便宜的“优点”，他一手揽着她的腰，支撑着她一半的重量。

刚才程只在里面跟王欣讲话的时候，陆执就在外面看着，听着她用软糯的声音跟对方谈条件，怎么说呢……光是她那细细甜甜的声音，就让人想都答应她。

她的声音，她的整个人每时每刻都好像在勾引他……

Part 5 >>>

最后，是程只柔柔地喊停的，她红着一张脸说：“归宁还在里面……”

“嗯，不急。”陆执摸摸她被吻肿了的唇，“保释她的人很快就来了。”

“啊？”程只说，“不是说归宁的家人都不在这里吗？于苏木出差了，七彩在国外……”

“嗯。”陆执说，“还有一个人……”

“谁啊……”程只问完，才慢慢睁大了眼睛，不可思议地说出自己心里想的那个人，“难道是……”

“嘘……”陆执修长的手指轻轻搭在程只的唇上，“留个惊喜。”

归宁在监控室坐了一会儿后，门被打开：“就是这里。”

小警官带着里邦走过来：“归宁，是吧？有人来保释你了！”

归宁淡漠地看着里邦。

许久没见，一看见归宁小姐，里邦本能地害怕了。

他清了清嗓子：“归宁小姐，我是来保释你的。”

归宁走出监控室时看见了走廊上那抹熟悉的背影，他站在走廊的末端，正在接电话，声音缓缓传进她耳中，音色低而淡，依旧是她梦里的声音。

走廊上的光晕照在陆淮南身上，让他的背影看起来更加高大了一些。

此时是夏天，陆淮南不是印象中的正装，而是穿着一件黑色的短袖T恤，从她的角度可以看见他结实的手臂，漂亮的喉结，微微侧过的脸，他比她印象中更加精悍英俊，比之前的冷漠，多了几分野性里不被征服的桀骜，是个令女人看了很想征服的男人。

有多久没见了？

归宁没数过，可她的眼睛此刻无比酸胀，没想过他们时隔多年再次相见，又是在警察局，相似的场景，仿佛回到很多年前的那一天。

也是这样的场景，她和陆执为了程只跟别人打架被抓进警察局，公务繁忙的陆先生接到电话亲自过来站到三个小孩面前，面色看起来很沉。

明明他的外甥陆执也跟人打架了，可他第一个责问的对象是她："厉害了，才跟他同班了多久，就学会打架了？"

那时她心里没有害怕，相反，竟生出了一丝开心，因为他一进来，第一眼的注意力在她身上。

过去的自己真的很卑微啊……

归宁回过神，不想让自己陷进奇怪的回忆里，她转身往与陆淮南相反的方向快步走。

"归宁……"直到后面传来陆淮南熟悉的声音。

归宁想走，双脚却像灌了铅般沉重。

直到陆淮南走到她面前，一双墨色的双眸望着她："好久不见。"

归宁扯了扯嘴角："好久不见啊，陆叔叔，你怎么还这么喜欢多管闲事？"

归宁喊出"陆叔叔"三个字时，她感到很恍惚，仿佛上一次喊这个称呼的时候已经是很遥远很遥远的事了。

陆淮南看着她的眼睛，倒也没生气，像惯着孩子的家长，温和地说：“还好，你的事不算闲事。”

归宁顿时语塞，不知道说什么好。

“走吧，送你回家。”说完，他转身便走，似乎料定她会跟着。

归宁不得不跟着，分局的出口只有正门，在出去的时候遇见了王欣，王欣心里不想这么简单和解，但从别人口中知道来保释归宁的人来头不小，只有忍气吞声，现在见归宁一个人出来了，刚要奚落她几句，便感觉一道视线看过来。

她看过去，站在门口的是一位非常英俊的男人，他的视线仅仅只是在她身上瞟了一眼，便让她浑身寒毛直竖。

可是……王欣的少女心思怎么都藏不住，她从小到大从来没见过长得这么英俊的男人，浑身上下都是清贵的气质，他向这边看的时候，王欣下意识地拢了拢她的短发，本能地想在他面前留下一个好印象。

然而，男人的视线根本没在她身上多停留，而是对身边的男助理说了几句话。

很快，那男助理走到她面前，说：“你好，请问是王欣女士吗？”

王欣拘谨地点点头。

男助理说：“我是陆总的助理里邦，我们陆总对归宁小姐对你做的一切表示抱歉，如果有什么事情，可以打这张名片上的电话，我们会尽可能地帮助你，当作是这次你损失。希望在今后的工作中，你能跟我们归宁小姐好好相处，归宁小姐有做得不好的地方，也希望你们能多担待一些。”说完，里邦将手上的名片递了过去。

王欣接过，男助理便走了。

归宁看着里邦将名片递给王欣，并且说出了那段话，漂亮的眼睛翻了个白眼，虽然知道这是陆淮南怕她在工作上遇到同事的刁难，但他未免也太小瞧她了，从小到大，只有她欺负别人的份儿，能有别人欺负她的？

“宁宁，走了。”

被翻白眼的陆总喊了她一句，对她不客气的白眼并没有生气。

归宁却被陆淮南一句“宁宁”怔住了，那种对他很无奈，完全没有抵抗力的情绪又从心底钻了出来，思想没反应，脚已经本能地跟着他走出了分局。

王欣看着他们离开的背影，再看了看手上的那张名片，那是一张黑色的名片，质地金贵，低调奢华，上面只有一个简单的“LU”以及一连串的电话号码。

等到归宁他们离开了，身边的金六福才敢惊呼：“天啊，刚刚那个男人是陆中集团的大少爷陆淮南吧？我以前经常在电视和杂志上才能看见的人啊……他比电视上还要帅啊！”

王欣抿了抿唇，金六福又指着她手中的黑卡，问：“这上面是陆淮南的私人电话吗？欣欣，我怎么觉得你发了？”

王欣将黑卡宝贝地收起来。

金六福看着王欣那么宝贝的动作，笑了起来：“欣欣，你现在什么感觉啊？是不是觉得自己遇见王子了？”

王欣被她说中了心思，想到陆大少爷让人给黑卡她又很骄傲，她故意叹息一声：“就算是又怎么样，人家可是王子……我只是一平民。”

“你现在不是已经有了跟王子联系的通行证吗？”金六福说，“而且平民才好呢！灰姑娘不就是平民吗？”

“人家陆总助理说了，让我有事的时候找他们。”

“那人家也没说没事的时候不能找啊……”金六福怂恿她，“也可以是一不小心打错了电话啊，反正只要有联系方式，还怕联系不上你的王子？”

被金六福这么一说，王欣还真憧憬了一番她变成灰姑娘的情景。光是想着手中的黑卡就是那双水晶鞋，她就忍不住偷偷地笑起来。

Part 6 >>>

坐在陆淮南的车里，归宁看着这不是去她家的方向，说："方向错了。"

里邦从后视镜里看了她一眼，说："归宁小姐，现在快到中午了，我们是去饭店的路上。"

归宁冷漠地说："我不想吃饭。"

这句话藏着的意思是——我不想跟你家陆总吃饭。

里邦选择性装聋，听不见。

直到陆淮南的声音响起："宁宁，我从警局把你保释出来，你不应该请我吃一顿饭表示感谢吗？"

归宁震惊地看着陆淮南，很讶异这话居然能从陆中集团的一把手陆大少爷的口中说出来。

归宁当然知道陆淮南不是真的想让她请吃饭，陆大少爷的饭局排着队别人都够不着，多少人想请他吃饭，连邀请的资格都没有。

归宁沉默片刻，说："好啊，我请你吃饭，地方我挑？"

陆淮南："好。"

当里邦好不容易找到停车位，看见归宁小姐将陆总带到她家附近的路边摊时，里邦心里很崩溃。

倒不是说看不起路边摊，只是里邦深知陆总从小到大没吃过这种东西，胃早已被养娇气了，吃这些根本就适应不了。

可是陆淮南不发话，里邦也不敢多嘴，只是安安静静地站在不远处看着归宁点餐。

毕业之后，归宁留在了 B 市，她本不想留在这里的，毕竟这座城市有她伤心的记忆和令她伤心的人，但一想到回去后，又得面对父母把她跟隔壁周毅硬凑在一块的恐怖情景，所以自己在B市买了一套小公寓。

之前徐耀青给归宁的生活费和零花钱很多，她几乎都没怎么用过，这么些年积累在一起付个首付完全没有问题。

归宁不愿自己做饭的时候就会来这家摊位上吃饭，摆摊的老板是一位四十多岁的女人，话不多，对谁也不会表现得太热情的样子，顾客来去随意，从不勉强，这很适合归宁需要安静的性格，加上女老板的手艺确实好，虽然她接待都不热情，但这里的客人仍然络绎不绝。

归宁点完菜后，坐在凳子上低头玩手机。

她不想去看对面坐着的男人，只想吃完饭赶紧散场。

归宁拿着手机还没看到一分钟，一只手伸过来将她的手机抽走。

她莫名其妙地抬头。

陆先生一本正经地说："吃饭的时候少看手机。"

归宁想说"你是我的谁啊？要你管"，但看着陆先生没太多表情的脸，她生生地将这句话咽进肚子里。

对其他人都十分冷漠，十分狠心，一言不合就一个菜盘子扣在对方脑袋上的归宁，唯独在陆先生面前才知道柔和是什么。

不看手机就不看手机，归宁撇过头，看着远处发呆，就是不跟他讲话。

直到陆淮南率先开口："宁宁，我没有订婚。"

第十章

他只捧着她一人

Part 1 >>>

陆淮南没有订婚这事，归宁早就知道了。也许应该说凡是关心的、不关心这件事的人，在那段时间都知道。

因为他们热热闹闹地满世界宣布订婚，各种“陆中集团大少爷与展家千金即将喜结连理”“陆淮南、展瑜”等关键词上了好几天热搜。

直到他们取消订婚这件事，也伴随着各种“陆中集团大少爷与展家千金即将喜结连理又临时取消”“陆淮南和展瑜取消订婚”等关键词又上了好几天热搜。

想不知道都不容易。

可知道又怎么样？

那时，归宁离开陆淮南三个月了。

三个月说长不长，说短不短，直到现在归宁都不太想回忆那三个月她是怎么熬过来的。

她没谈过恋爱，从小到大连一个极其喜欢的东西都没有。

可第一次喜欢一个人，便倾尽了她所有的热情和感情，以致最后想要收回，想要转身的时候也只留下了潇洒。

潇洒完之后，便是独自一人舔伤口，痛苦也好、无所谓也罢，那都是她一个人的事了……

归宁不想抓着往事不松手，否则要跟他算起来，那三个月她行尸走肉般的生活，他该怎么弥补？用什么弥补？

所以当陆淮南说出那句话后，归宁无动于衷，没有回答。

好在此时还不是吃饭高峰期，饭菜很快上来了。

归宁低头开始吃，一副不愿交谈的模样。

里邦看着上来的饭菜，清一色鲜红的辣椒，不用尝便知道有多辣，他悄悄替自家陆总抹了一把汗。

归宁是故意的，她知道陆淮南不吃辣，所以点的都是菜单上特辣的菜。

本以为这样能把陆淮南给吓跑，没想到非但没吓跑，他还拆了一次性筷子静静地陪她吃起来。

吃饭的过程中，陆淮南没说话，他虽然吃不习惯，但也吃了一点，相对的，他吃米饭吃得比较多，大概是被辣的。

归宁看着陆淮南明明很怕辣，还一声不吭的样子，居然觉得自己这样欺负他有点过分。

——归宁，收起你无聊的同情心吧！

有个声音在脑海里不停地提醒着归宁。

——你忘记过去他是怎么伤害你的吗？现在你居然觉得他可怜，你疯了吧？

归宁握紧筷子，将这抹莫名其妙的同情心强压下去。

好在接下来的时间，陆淮南并没有其他举动，一直到吃完饭后送她回家都没再说过话。

归宁独自回家后，在门口倚了一会儿，忍不住走到落地窗边向下面看去，方才陆淮南站的位置已经是一片空地，楼下偶尔有来往的住户，却早已经没了他的身影。

归宁的心有片刻的孤寂。

这些年，陆淮南没有出现也就算了，归宁也不是没有关注过他，新闻里有他的消息，她也会看看，只不过，现实生活中再也见不着他，便不会再多想能跟他在一起之类的梦话。

坐在车内，里邦看着后视镜中，正靠在椅背上闭目养神的陆总。

其实来之前，陆总准备在家里休息，因为公司那边出了点状况，陆总已经三天三夜没好好睡了，可中途陆执一个电话，陆总便亲自过来了。

原本处理这种小事，只要他过来就行，但是关于归宁小姐的……

虽然这么多年，陆总跟归宁小姐看似没什么联系，但陆总一直在背后关注着归宁小姐，从未变过。

里邦知道陆总没有再找归宁小姐，是因为觉得跟展瑜小姐那场闹剧似的婚礼愧对她，所以一直没有在她面前出现过。

里邦觉得很可惜，如果没有展瑜小姐，陆总和归宁小姐应该早在一起了吧？

里邦在陆总身边这么多年，陆总从来是一个人，孑然一身，身边连个关心他的人都没有。

陆总对展瑜小姐那么好，可展瑜小姐仗着陆总对她的好，总是为所欲为，利用陆总的时候柔弱地出现在他面前。不需要他的时候，绝情得十匹马都拉不回。

里邦没有谈过恋爱，不知道陆总究竟是喜欢展瑜小姐，还是只将这段感情当成亲情。

在里邦眼里，归宁小姐要比展瑜好多了。

那时候归宁小姐和陆总一起住在别墅时，有一次陆总工作忙，发着烧还在书房里处理公务。

归宁小姐便软硬兼施，让陆总回房间休息，里邦来的时候，归宁小姐正在帮陆总煎药，说她专门打电话问家人，中药比西药恢复得快还没有副作用。

那天夜里，归宁小姐一直守在陆总的身边，直到他醒过来。

里邦虽然是陆淮南的特助，但毕竟是个大男人，不可能事事都能做得那么细致。

身边有人知他冷暖，懂他悲喜，往后令他不再孤单，里邦觉得，归宁小姐才是那个值得他爱的女人。

就在里邦在内心深处为归宁打抱不平时，陆淮南的声音忽然传来：“归宁去应聘了 SJ？”

里邦："是的，陆总，现在是SJ航空公司的培训生。"

陆淮南"嗯"了一声，问："之前SJ航空公司是不是需要融资？"

"是的。"里邦说，"但是考虑到SJ航空公司实在太小，并没有特别大的发展前景，所以我们当时拒绝了。"

里邦说完，便有一种预感。

果然，陆淮南沉默了片刻，淡淡地说："找个时间，同意他们的融资，另外把消息放出去，陆中集团旗下的航空公司有考虑买下他们公司的倾向。"

——陆总您这是归宁小姐去哪家公司上班，您就要买下哪家公司的节奏吗？

里邦也只敢在心里吐槽他家领导，对于领导的要求，他只能说："好的，陆总。"

Part 2 >>>

接下来归宁在SJ航空培训的日子过得还算平坦，那几个新人自从见识过归宁的"凶狠"，便没人敢轻易招惹她了。

至于有没有在背后说她的坏话，反正只要她没听见，说就说了，说了也不会少块肉。

一周之后，郑主管又出现了。

新人是中午吃完午饭后被叫到办公室的，五个人整齐地站成了一排，郑大鹏看了一眼，问："哎？小宁呢？"

询问之间，归宁已经敲门走了进来，相对于其他五人的规规矩矩站直着，归宁靠在墙边，看上去很慵懒。

郑大鹏见她来了，眼睛一亮，丝毫不觉得她迟到的态度和倚靠在墙边的闲散模样有任何不对。

"好了，大家都到齐了。"郑大鹏说，"是这样的，明天对于我们公司来讲是非常重要的一天。大家都知道，一家公司的兴盛离不开大佬的支持，现在有家著名公司想要买下我们，在这之前，他们需要对我们公司进行巡察，这就需要你们的支持。我决定让小宁作为我们公司的代表，现场向对方公司介绍我们公司的业务。”

说完郑大鹏转头对归宁说：“这一周，关于公司的基本业务你应该都了解了吧？小宁啊！明天我们公司的命运就掌握在你手上了！你一定要帮助 SJ 渡过这个难关！”

归宁很无辜，她不过是刚来的一个新人，怎么就被赋予了这么艰巨的重任？

郑大鹏说完便让她们都散了。郑大鹏的助理陈云交给归宁一大堆资料，并告诉她，这些都必须在今晚全部看完。

归宁深受郑大鹏的喜爱，这让陈云也看不惯，虽然平时没有刻意刁难她，但每次跟她说话的语气都特别不友善。

郑大鹏其实在刚得到这个通知的时候就已经告诉她让归宁当公司的代表，并且让她说服归宁将这些资料看完。

但她故意没给归宁，而是等到最后一天，郑大鹏亲自宣布这个消息后，再将这么多根本不可能一个晚上看完的资料交给归宁。

而郑大鹏那边，由于她工作以来确实从未犯过错误，所以这一次，她找了个借口敷衍过去，郑大鹏也没责怪她。

她倒是想看看，这么多资料，归宁该怎么处理。

就在陈云心里得意时，归宁懒懒地掀了掀眼皮，瞟都没瞟一眼桌子上的资料，转身离开了办公室。

“站住！”陈云怒喊。

归宁停住脚步，转过身看着她，眉毛微挑，一副“你有事”的神情。

明明归宁什么都没说，但陈云感觉自己被呛了一下，脸色十分不好：“归宁，我跟你说话，你没听见？”

“说什么？”

“这些，让你带回去看！别明天对方领导来巡视，一问三不知，丢的可不只是你的脸，而是整个 SJ 的脸！”

“你指的那一堆？”归宁眉宇和唇间都是嘲讽，“你能看完？”

陈云成功地被噎到了：“看得完看不完都是你的事。”

归宁“噢”了一声：“带不带走也是我的事，有什么问题？”

“你！”陈云生气地指着她，“你是不是不想干了？”

“想不想干也是我的事。”归宁慢悠悠地说，“不满意的话可以开了我，我不反对。”

说完，归宁头也不回地走了。

陈云咬牙，一把将桌子上的资料掀翻在地：“我看你明天怎么回答对方的问题！”

结果到了第二天，为了迎接陆中集团的领导们，SJ 航空所有人都整装待发。

唯独……

“小宁呢？”郑大鹏在人群中巡视一圈，居然没有看见最主要的人在。

陈云说：“郑主任，我看要不换人吧？昨天归宁连资料都没拿回家，就算她来了也没什么用，不如我来吧？”

郑大鹏摇摇头：“你不知道，这是陆中集团那边特别要求的。”

说完他看了陈云一眼，“不然，你真以为我会让一个什么都不懂的新人当主角？”

说完，他又补充：“虽然我真的觉得小宁来我们公司可惜了，她这么优秀的条件，应该能去更高级的航空公司。不过没关系，等陆中集团买下我们的公司，我们公司也就配得上小宁这么优秀的人才了。”

陈云知道郑大鹏是个特别惜才的人，他一直觉得公司没有很好的发展是因为没有好老板和优秀的员工，所以归宁来到 SJ，郑大鹏很惊喜。

加上也不知道最近SJ中了什么头彩，连一向根本正眼都不瞧他们的陆中集团居然考虑要买下这家只能勉强维持生计的航空公司。

要知道陆中集团旗下的航空公司虽然成立不久，但就在这不久的时间里，迅速发展起来，成为全国排名前五的优质航空公司。

能被这么一家大公司收购，是其他人做梦都没有想到的。

虽然陈云知道郑大鹏喜欢归宁，完全是因为惜才，但这也不妨碍她不喜欢归宁这个人。

听郑大鹏说，陆中集团指定要归宁当这一次的主角，她在心里冷笑，就看归宁怎么现场发挥吧，希望不是一个只能看不中用的花瓶！

Part 3 >>>

归宁的确来晚了，当她知道，今天想买下SJ航空公司的人是陆淮南时，她犹豫了很久，心想要不干脆不来，放弃这份工作算了。

但想起郑大鹏期待的眼神，她又不忍心看见老头失望的样子。

虽然郑老头每次捧她，都将她推捧成公司所有女人眼中的敌人，但在培训的这一周，归宁看得出郑老头心思不坏，只是空有一身抱负，无法实现。

归宁觉得自己很好笑，不知道什么时候，她竟然这么有同情心了。大概是年龄大了，看见什么事都容易被感动吧？

年龄大得只有二十四岁的归宁小姐到达公司门口时，便看见一大堆公司的人在门口踮脚仰望，见到她来，忙走上去："归宁，你可算来了，快跟我们去换衣服吧！大家都等着你呢！"

这大概是归宁来到SJ之后，第一次感受到大家如此热情——

"归宁，你一路过来热不热？"

归宁："开车有什么热不热的？"

"那累不累？"

“归宁，刚来公司，你一直在进行新人培训，我们都没怎么接触过，以后大家都是同事了，可要好好相处呀！你有什么困难尽管找我们！”

走到员工换衣室，归宁无语地看着一群人，平静地说：“我要换衣服了，你们要一直跟着我？”

众人这才如梦初醒，止住脚步，但一个个都等在更衣室外面。

所以归宁能够清楚地听到他们自以为的悄声说话。

“真没想到，归宁居然跟陆中集团的领导有关系！”

“你们一定不知道，我今天特意上网查了，据说陆中集团的大少爷陆淮南在两三年前养了一小孩……在B大上学，具体名字叫什么没有透露，但光是在B大上学就能猜出这人就是归宁了！”

“所以说，归宁是陆中集团的大小姐？那她怎么不直接去陆中集团旗下的航空公司？陆中集团旗下的航空公司可比SJ强多了。”

“何止强多了？简直是超越一百个SJ航空。”

被赋予“陆淮南养的小孩”“陆中集团的大小姐”的归宁换好衣服出来了。

被众人簇拥着到公司大厅，才发现这里更夸张，所有SJ的领导和员工都到齐了，员工们排成队站在一边，领导们点头哈腰，一直在跟大厅沙发上的男人说话。

男人很沉默，漆黑的双眸看着门口不知道在想什么，似在端详着SJ的大门，又似乎在等什么人。

站成一排的女空姐们忍不住打量着他，他英俊的容貌和强大的气场一进SJ便席卷了所有人的神经，这些人里，王欣最为致命。

因为金六福对她说：“欣欣，你觉不觉得，陆大少爷买下SJ是有目的的？你有没有想过是为了你？”

金六福如数家珍般地对她说：“你想想，在警局里，他没有针对你，而是给了你一张有什么需要便找他的名片。按道理说，如果归宁真的是陆中集团的大小姐，你得罪了她，大少爷不找你麻烦就万事大吉了，怎么还会给你名片？”

见王欣没吭声，金六福继续自己的大胆猜测：“这种情况，除了陆大少爷看上你了，绝无其他。我一开始在警局的时候就想跟你说这件事，但那时候又不大确定，直到听说陆中集团准备买下我们公司，这次所谓的巡视只是一个形式，一种过场，陆中集团一定已经决定买下我们公司了……”

在王欣发呆时，金六福的声音轻轻传来：“你看，我们领导在说话，陆大少爷根本就没在听，如果真的是想给公司带来利润，怎么也会了解一下 SJ 现在的运营状况吧？”

王欣看着不远处的陆淮南，这是她第二次如此近距离地看他，他穿着灰色的 T 恤，深色长裤，看起来和传闻中每天装扮都十分正式、一丝不苟的陆大少爷完全不一样。

外面都传言陆中集团的大少爷性子冷，从不在不重要的事情上浪费时间，可此刻，他明明是在等谁的模样，已经等了一个小时，大家什么都没做，就这样陪着他在大厅里坐着。

他靠在沙发上，长腿交叠，手上拿着手机，姿势慵懒，黑眸淡漠，他什么都没做，却能给人一种肃杀冷淡的气质，拒人于千里之外。

偏偏他看起来又有几分心不在焉。

王欣居然有片刻觉得陆大少爷的这抹心不在焉是不是为了她？

这种想法在脑海里浮现后，王欣觉得自己简直疯了。可……为什么不能是因为她？

就像金六福说的，在警局，陆大少爷对她做的一切，不足以证明吗？至少，她跟普通人是不一样的吧……也没见陆大少爷随便将一张黑卡给路人啊……

这样一想，王欣顿时对自己充满信心。

就在这时候，归宁出现了。

归宁的出现让在场所有人都松了一口气，尤其是SJ的高层们，他们简直无法想象，如果今天归宁不来公司，他们要怎么跟陆大少爷交代。

连郑大鹏都没想到，他偶然录取并且看中的优秀人才归宁居然是陆中集团的大小姐，在等待归宁来的这一个小时里，他都在消化这个刚知道的新消息。

至于为什么归宁忽然成为陆中集团的大小姐，全是SJ员工们的猜测。

就像归宁在更衣室听到的一样，有人在网上挖到了当年陆淮南和归宁的一些八卦。

虽然很隐晦，但凭借着他们发达的脑补，当年陆淮南一直养着一个正在上大学的女孩，那段时间又正巧陆淮南跟展瑜热恋期，而陆淮南当年的未婚妻展瑜能够忍耐一个上大学的女孩跟陆大少爷住在一起，除了妹妹的身份，别无其他。

所以大家很快就脑补出，归宁是陆淮南的妹妹这一身份。

这脑补不知道被哪位员工告诉了SJ的领导，于是，大家都知道了……归宁是陆家大少爷的妹妹，陆中集团的大小姐。

至于为什么大小姐会来SJ这么个小公司上班，从归宁平日里的高冷性子和对工作无所谓的态度，就能知道，大小姐是来SJ品味人生的。

大家看着归宁走进来，SJ的总领导走上前，特别热情地说："归宁，你来啦！快来快来！陆总等你很久啦！"

说着亲自领着归宁走到陆淮南面前："陆总……这是……"

总领导话还没说完，归宁就先对陆淮南说："你找我？"

语气不善，和SJ各个高层对陆淮南卑躬屈膝、战战兢兢的模样完全不同。

归宁站在陆淮南面前，可以说是居高临下地睥睨他。

SJ 总领导冷汗不止，其他高层捂着心脏，也好不到哪里去。

大家的视线都不约而同地聚在陆淮南身上，生怕下一秒陆总一生气，直接闪人。

就在每个人都心惊胆战的时候，他们看见陆淮南站起来，他比归宁高一个头，平日里在各种谣言的版本中都是不苟言笑、令人畏惧的陆总，此时轻轻揉了揉绷着一张脸的归宁的脑袋，嘴角甚至勾起一抹浅笑，墨色的双眸看着她，声音柔和地对她说："带我逛逛？"

归宁咬咬唇，看着眼前的男人，他的声音很低，音色很柔，归宁甚至有一种错觉，他的语气里竟有几分服软，几分祈求她的意思……

归宁觉得太不可思议了，最近她真是越来越奇怪了，眼前的人是谁？陆淮南！从来只有别人求他的份儿，哪有他求别人的道理？

可……对上陆淮南夜空般的双眸，深沉、温柔而绵长……

归宁妥协了。她尽量让自己看起来没什么表情，会答应他完全是因为工作需要。

"走吧。"

没想到陆淮南嘴角的弧度更大了，看归宁的眼神越发柔和了。

归宁的心又开始狂跳，她慌忙转移眼神，生怕被他看出什么，顺便在心里腹诽，一个大男人没事长那么好看做什么？

眼看着陆淮南跟着归宁走了，其他人才松了一口气，尤其是 SJ 的高层们，早上陆中集团的人来了之后，他们的心就跟着忐忑不安，一直到归宁答应陪陆淮南"逛逛"之前，他们的心情都犹如坐过山车，刺激得不得了！

本以为终于可以松一口气，没想到归宁答应带陆总的"逛逛"，真的只是逛逛而已……

Part 5 >>>

归宁走马观花般地带着陆淮南从一楼逛到四楼，从东区逛到西区，众人跟在他们身后也不敢太向前，听着大部分时间都是陆总在说话，归宁偶尔回一个字“嗯”“哦”……众人又捏了一把冷汗。

好在陆总并不介意归宁的态度不好，很耐心，有一搭没一搭地跟她聊天，那绝无仅有的耐心，简直跟众人心中的陆总有天壤之别。

别说这群SJ的人，连跟在身后的里邦也从未见过这么话多的陆总。

不过……里邦仔细想想这几年归宁小姐离开之后，陆总背后的所作所为也能理解了。

很多时候，虽然归宁小姐不在身边，但陆总依然保持着归宁小姐在身边时的生活习惯。

比如，归宁小姐离开之后，没认识归宁小姐之前，都住在×酒店楼区顶层的陆总一直生活在别墅里。

比如，归宁小姐的房间即使没人住了，但陆总依然每天让人打扫干净，房间里摆放着归宁小姐喜欢的合欢花。

对了，说起合欢花，陆总又特意让人运来一棵巨大的合欢树，与院子里的那棵合欢树成为一对。

有一次里邦在院子里看见园丁在浇水，园丁看见他来了，跟他打了一声招呼，顺便聊了几句：“陆总把这棵合欢树搬来之后，之前那棵长得更加茂盛了。”

里邦觉得园丁是在奉承陆总，却不想，他又感慨道：“像不像有了一个伴，从此以后感觉不到孤单，所以每天都很快乐？”

被他这么一说，里邦似乎有点知道为什么陆总要再养一棵合欢树了。

里邦看着不远处，陆总依旧不紧不慢地跟归宁小姐聊着天，大概碍于其他人在场，归宁小姐并没有上次单独跟陆总在一起时冷漠，至少会回个“嗯”字。

陆总本不是个话多的人，但对归宁特别有耐心。

里邦很早就说过，陆总这辈子所有的耐心大抵都用在了归宁小姐身上……

原本需要一上午参观完的 SJ，一个小时就结束了。

结束的时候，郑大鹏碍于领导的压力偷偷跟归宁说：“小宁啊！你一定要好好招待陆总啊，我们公司未来的希望就在你身上了……”

归宁看着郑老头一脸期待地望着自己，再看了看陆淮南，其实她是真的没什么可说的，昨天陈云给她的资料，她一个字都没看。

虽然培训的时候也有了解过公司的文化制度，但这些表面上的东西，上网随便一搜都有，她根本不愿浪费口舌跟陆淮南背一遍。

所以最后便成了陆淮南一直在说话，她象征性地应几句。

归宁听郑大鹏说完，下意识地看了身后一眼，这一看，才发现后面黑压压一群人的眼神都在自己身上，那眼神中毫不掩饰的祈求让她无语……

到了最后，大家终于听见归大小姐直喊陆总的名字了：“陆淮南，昨天我们人事给了我一叠资料让我准备准备，今天好跟你介绍公司情况……”

归宁话说到这的时候，在人群中的陈云心一紧。

本以为归宁要当着这么多人面告她一状，没想到归宁只是云淡风轻地说：“可我太懒了，根本没看，所以无法跟你过多地介绍公司的情况，如果你实在想知道，可以直接将那些资料拿回去看……”

SJ 高层满头大汗。

估计他们这辈子流过最多的汗，就是今天吧……

有让领导直接拿着员工的资料回去看的先例吗？

先让他们冷静冷静。

就在大家以为陆总再也忍受不了面前这个任性的小姑娘时，陆总却对不远处的里邦说："找人把资料都带走。"

里邦："好的，陆总。"

归宁说："既然你都把资料带走了，那就是买下公司有戏了？"

陆淮南望着归宁，眉眼带笑，眸中犹如藏着星辉，他问："你希望有戏吗？"

归宁着实被陆淮南这抹眼神惊艳了。

其实在分别这么多年后在警局见面时，归宁便发现陆淮南与往常有所不同，以往的陆淮南野心很重，并且从未刻意收敛，所有人都可以看出他是个锋芒毕露的男人，哪怕他周身都是黑暗的，他的一举一动，都能被人看到。

而这一次看见他时，归宁才发现他变得比以往……该怎么形容？

归宁想了很久，像一个已经达到巅峰的人，再无所求，剩下的只是随性、倦懒与沉静。

还有……

归宁看着陆淮南随性的穿着……见过两次面，两次他都是日常的服装，再也不是印象中笔挺的正装。

归宁的思绪不由得回到了多年前，上大学那会儿，她每次逛商场的时候，除了给自己买衣服，还特别喜欢给他买。

明知道他衣柜中最多的就是正装，她还偏偏喜欢买一些T恤、毛衣之类的日常服装塞进他的衣柜。

虽然陆淮南从来没穿过，但丝毫不能减少她买的热情。

归宁总是旁敲侧击地对他说："陆叔叔，年纪轻轻不要总穿得那么正式，会给人距离感，觉得你是个不容易亲近的人……你可以试试我给你买的日常服装啊，这样你公司的员工都会觉得你亲近很多。"

有时候她也会柔软地对他说："陆叔叔，你可不可以穿我给你买的衣服？宁宁想看。"

尽管归宁说了很多次，软硬皆施，陆淮南也没穿。

归宁不是没有失望过，只不过对他依然有期待，觉得总有一天，他会回头看见她，觉得归宁这个小姑娘其实也有那么一点重要，要不要听她一次话哄哄她开心？

但直到离开别墅，她都没等到。

归宁离开别墅后，每次去逛商场时都会下意识地去男装区。

那些奢侈品的男装经理对归宁已经很熟悉了，她还记得有一次她情不自禁走到那边，女经理很热情地迎她进门，给她指了新到的一款日常卫衣。

那是一套白色的卫衣套装，款式很简单，但很挑人，如果跟这卫衣不搭的人穿会显得很土气，但是……那时候，她看着那套卫衣，脑海中想的是陆淮南穿这套衣服的样子，一定很好看。

他是天生的衣架子。

就算套个塑料袋在他身上，他也能穿出奢侈品的感觉。

鬼使神差之间，归宁买下了那套衣服，拿回家的时候才发现他早已不在身边，她也不能像以前那样偷偷将衣服塞进他的柜子里，期待他有一天能穿上。

人就是很奇怪……明明那时候，只要他穿一次她买的衣服，哪怕只有一次，她都会很开心。

可现在，他站在她面前，身上穿着的是她之前买的衣服，如果在警察局那次是个意外，那么这次呢？

归宁不傻，她知道这不是意外，当年她买的衣服，他现在一件一件地穿给她看了。

即便现在陆淮南穿上了，归宁也一点都开心不起来。过去她想要的，他不给，现在她不想要了，他给她有什么用？

归宁狠下心，忍住对陆淮南的痴迷："想不想买下全看你，我个人无所谓。我会站在这里，完全是因为公司，你看你一来，全公司的人一大早就在这里候着，我只是不希望让他们太失望，毕竟大家都不容易。”

归宁其实不知道自己在说些什么，她只是想说话来转移自己的注意力，不知不觉竟然说了这么多平常根本不可能说的话。

归宁说话的时候，陆淮南没有打断，静静地听她说。

聪明如陆总，怎么会不知道归宁怎么突然话变得这么多，但他很有耐心，听着她说着也许连她自己都不知道在说什么的话，好像他并非在听她说什么，而是在听她轻柔的声音。

归宁气性大，只有在这个时候，才会对他说这么多话。

Part 6 >>>

待归宁说完，才发现陆淮南浅淡的双眸一直凝视着自己，明明什么都没说，却让她的心狂跳不已。

归宁丢下一句“爱买不买”，转身便要走。

陆淮南扯住了她，刚想说什么，郑大鹏的哥哥郑庆贺非常会看眼色，走上来说：“陆总，是这样的，您看也到中午了，要不我们先去吃个饭？下午再继续看看？”

郑庆贺这话说得丝毫没有底气，能跟陆淮南吃饭的人都是他平时高攀不上的人。

同理，能让陆淮南答应一起吃午饭的人，都是大人物，如果不是归宁，估计他连见上陆淮南一面都难。

但再难也得试一试，毕竟这关系到整个 SJ 的未来。

在大家都紧张地等陆淮南的回复时，他拉着归宁的手，神情淡漠又慵懒：“好啊……”

这句“好啊”答应得十分轻松，仿佛陆淮南是一个特别好说话的人。

如此直接地应下，让郑庆贺好半天才回过神，忙对身后的人说：“还愣着做什么？还不快去准备！”

接着便对陆淮南说：“陆总，这边请，这边请。”

陆淮南松开归宁的手，示意她先走。

归宁却说：“我不去了，我习惯在食堂吃。”

众人一听，这是直接拒绝了陆总的邀请啊……

看了这么久，大家也知道陆总这么好说话，完全是看归宁的面子。

——陆总好不容易答应一起吃个午饭，归宁大小姐啊……能不能不让我们的心情像坐过山车一样刺激啊？我们的小心脏就快要承受不住了啊……

在大家都愣在当场，不知道该怎么办的时候，陆淮南看着归宁，五官的轮廓被阳光衬得更加深刻，他不急不缓地说：“好啊，请我一起吧？”

堂堂陆总要在食堂吃饭？

收到这个消息之后，SJ 的工作人员迅速将食堂其他人都清理了，但还是没吃成。

归宁接收到来自 SJ 领导们祈求的眼神，那眼神里虽然都是祈求，但归宁能从那祈求的眼神中看见一句话——求求你别作弄我们了！

归宁想这么多人一起去食堂吃饭也不像话，最终还是妥协了：“我跟你一起去，可以了吧？”

陆淮南眉眼含笑，却只是对着她一人：“好啊。”

眼眸清湛，撩人心扉。

郑庆贺一听，立刻上前说：“陆总，这边请，我们已经专门为您定制了午餐！”

陆淮南对归宁说：“走吧。”

陆淮南本是众星捧月的人，而归宁则成了陆淮南搁在手心里怕化了的人。

众人都捧着他，而他只捧她一人。

第十一章

还有我在等你

Part 1 >>>

不知道是不是为了拍马屁，B 市那么多餐厅，郑庆贺订的餐厅却在陆中集团旗下 × 酒店的三十六层。

上电梯的时候，郑庆贺很懂审时度势，让陆淮南和归宁两人先上楼，里邦跟在身后。

再次来到 × 酒店，归宁恍如梦中。

离开这几年，她不是没有回过这里。

自陆淮南和展瑜订婚的那段日子，归宁与陆淮南也并非完全没有联系，只不过也是偶尔有事见一面。

要说彻底断了联系，是在大四那年，寝室的于苏木去了曼彻斯特做交换生，她在七彩每天絮絮叨叨的劝说中，和七彩一起去了曼彻斯特旅行。

那时，她跟寝室其他人的关系已经缓和了很多，会答应去曼彻斯特也是想放松心情。

但没想到到曼彻斯特后，于苏木的公寓发生了大爆炸。

归宁还记得，那天，她和于苏木、七彩两人刚从于苏木的公寓出来没多久，便出事了。

于苏木的公寓浓烟滚滚，归宁的第一反应是，是不是一直针对陆泽漆的陆淮南做的？

毕竟这些年，归宁虽然没问过陆淮南其他事，但多多少少都知道陆淮南与陆泽漆的关系非常差，差得可以将对方视为敌人的地步。

对于陆淮南的家庭情况，归宁没有过多地了解，因为陆淮南不愿意提，她知道，他不想让她知道太多。

归宁不是个多事的人，可她觉得，如果把对一个人的仇恨牵扯到他身边的人，这样做是不是很不妥？

这个问题，归宁很早就跟陆淮南提到过，但陆淮南并没有听进去……

是啊……

归宁嘲讽地想，毕竟她不是展瑜，说的那些话，他能听进去多少？

陆淮南针对陆泽漆的原因不就是因为展瑜吗？

因为陆泽漆拒绝了展瑜跟于苏木在一起，所以展瑜恨他，更恨无辜的于苏木。

于是疼爱展瑜，为了展瑜什么事都可以做的陆淮南，成了展瑜最好的帮手。

归宁甚至想，如果那时候她和于苏木、七彩都在公寓，这场爆炸是不是还会发生？陆淮南是不是连她也算进了被炸名单里？

那天归宁给陆淮南发了一条信息：“是你做的吗？”

没有回音。

当归宁从曼彻斯特回到B市后，去别墅找过陆淮南。

那时候他正在客厅与里邦讨论事情，听见门口的声响，两人同时看去，里邦见是她，便很有自知之明地退下了。

对归宁的到来，陆淮南并不意外，他起身，去酒柜倒了一杯红酒，回到沙发上坐下。

归宁倚在门口，平静地问：“是不是我不找你，你就不会给我一个解释？”

她的手机屏幕上显示的一条短信，正是那天在曼彻斯特的酒店里发出去的短信。

“是你做的吗？”

她就站在他面前，拿着手机问他，他依然一脸平静，没有打算要解释的模样。

归宁倚在原地看了陆淮南许久，陆淮南一直垂头看着桌子上的电脑屏幕，对她视而不见。

归宁在心里数到“五”的时候，看着一点反应都没有的陆淮南，她抬起手将手机慢慢松开。

只听“啪”的一声，手机砸在笔记本电脑的键盘上，随之落在地上，屏幕被砸碎。

归宁立在原地，居高临下地看着那个不动声色的男人，她说：“陆淮南，从今天开始，我再也不要喜欢你，过往对你的爱就像这个屏幕一样碎了，我拼好了，碎碎拼拼很多次，这一次，我再也不会拼回来了。”

在陆淮南没有回答之前，归宁便转身离开了。

这一砸，不但砸碎了她的心，也砸碎了她所有的期盼。

在这之前，归宁对陆淮南的期待便渐渐落空，曼彻斯特的那条短信，是她给的最后一个期限。

在等陆淮南回信息的那段时间，她在所有人面前一如既往的淡漠，仿佛什么事都没有。

可随着时间一点一点地流逝，她逐渐彻底绝望。

这是归宁第一次爱上一个人，不管心里再难受，她决定放手便是彻底放手。

她追求过、爱过，但从未得到过任何回应。她不是一个不求回报的人，既然得不到，便不要。

归宁时常会想起刚上大学时，第一次见到陆淮南，父亲给她介绍：“宁宁，你叫陆叔叔，以后在 B 市，陆叔叔会照顾你。”

后来，他真的在照顾她，生活上、私事上……她想要的一应俱全，她没想要的，他都能想到，像一个长辈一样对她关照。

因为陆淮南经常照顾她，学校一度有传言说她被陆中集团的大少爷陆淮南包养了。

归宁几次三番对他表明他们在别人眼中的关系，可他总是轻描淡写地转移话题。

他那么聪明，早已看穿两人之间的暧昧，却不说破，也不推开她。

在归宁面前，陆淮南从来没有掩饰过对展瑜的爱，也从未拒绝她的暧昧。这样的模棱两可，让归宁在这一段感情中饱受折磨。

归宁不是为了爱情就没有脑子的女人，她知道，一个爱她的男人绝对不舍得与她暧昧。

所以她一直在等，等陆淮南爱上她的那一天，没想到，等到的是他要跟别的女人订婚。

她等了这么久，失望过无数次，终究没有等到。

罢了，等不到，她就不等了吧……

Part 2 >>>

“宁宁？”在归宁回忆过去的时候，忽然听见有人在喊她。

她回神，才发现电梯已经到了，电梯门外的服务员一只手挡着电梯的感应器，怕他们被夹着。

里邦和陆淮南都看着她。

那一声是陆淮南喊的，他垂眸望着她，那目光直视她心底，似乎知道她在想什么。

归宁回头，不想让陆淮南看见自己眼底的慌乱。

商业饭局，应酬都是一个样。

酒过三巡，归宁趁着上洗手间的工夫，出去放松一下。

一放松，她便想着逃跑。反正也没她什么事了，虽然在饭局上，她什么都不用做，只管吃就行……但她就是不习惯跟陆淮南在一起。

要不，直接回家好了……

归宁从洗手间出来。

这一层每个包厢都设立了洗手间，所以外面走廊的洗手间人不多。

归宁是故意趁包厢里的洗手间有人才出来的，否则找什么借口，陆淮南都会发现。

在她经过洗手间的转角时，忽然被一股力道扯过去，她整个人被摁在墙壁上，尚未看见是谁，便感受到熟悉而强势的气息。

归宁双手抵在陆淮南健硕的胸前，还没说话，便被他吻住了。

他的吻有一点强势、有一点深情，带了点思念和酒精的味道，令人迷醉。

归宁抵在他怀中的手臂被他紧紧制住，她无法动弹。

他另一只手强势地搂着她的腰，唇瓣死死地抵着她的唇，令她无法抗拒。

那一点强势渐渐加深，归宁的反抗变得软弱无力，渐渐的……她不再动了，任由他抵死缠绵。

如此近的距离，她看着他的眉眼、他的鼻梁、他炽热的唇……她心里很酸……

反复被他伤害后，她再也不敢轻易交出自己的心，害怕最后破碎的是她，受伤的还是她，而他转过身，什么都不在乎。

爱情里，最怕被人撩拨心弦，那个人却转身装作什么都没发生过。

陆淮南的唇瓣感受到湿润，他松开了归宁。

退开后，陆淮南眼睛里划过一丝迷茫，他看着归宁红着一双眼睛望着他，眼里都是谴责和委屈，那一刻，他的心钝痛无比。

“对不起……”向来高高在上的陆淮南，在归宁面前总是能够打破规则，他双手捧着她的脸，轻轻亲吻，柔声安慰。

他轻薄的唇吻着她哭得通红的眼睛，小心翼翼的，像对待一件易碎的珍宝。

归宁委屈地责问他：“陆淮南，你这样到底算什么？”

算什么……他也不知道，在商场上运筹帷幄，无所不能的他在这一刻是茫然的。

他唯一知道的是，他对归宁明明近在眼前，却如同隔着人山人海般遥远的距离与生疏的态度十分不满意。

他想要亲近一点，就像以前她每天缠着他，调皮的时候会喊他“陆叔叔”，撩人的时候会喊他“陆哥哥”，生气的时候会喊他“陆淮南”……他想要过去那个灵动的姑娘。

可陆淮南没想过，当初是他不要归宁，这么多年过去了，他伤过她，丢弃过她，又怎能要求他再回来的时候，她还能跟以前一模一样？

他低哑的声音在她耳边轻轻请求：“宁宁，我们可不可以回到以前？”

归宁有那么一瞬间居然想笑：“陆淮南，你凭什么？

“从你对我说你要跟展瑜订婚后，这些年你都围在展瑜身边转，偶尔我们见面也有展瑜在其中搅和，你明知道展瑜不是真心想跟你订婚，只是见不得你身边有我的存在，可你还是什么都依着她。你明知道我能够忍受展瑜，是因为你喜欢她，可你把我对你的好，当成是理所当然，只要展瑜一有事，你眼里就没有我。这么多年，我难过的时候，伤心的时候，都是我自己挺过来的，那个时候你在哪？现在你有什么资格跟我说回到以前？陆淮南，你把我当什么了？”

归宁说完这话后，负气地将脸转到一边不看他。

陆淮南沉默了很久，才听见他低低的声音：“归宁，我和展瑜不是你想的那样……”

归宁没吭声，脑海里自动浮现怼人的话：“不是我想的哪样？就算不是我想的那样，你早干吗去了？现在跟我解释是不是太晚了？”脑袋里想了，没想到嘴巴一快就说了出来。

她没看见陆淮南眼底的痛苦，只听见他的声音，轻得仿佛听不见：“对不起……”

归宁一怔，本能地看向陆淮南，他已经将脸埋在她的颈项之间，她看不见他的表情，但从他低哑的嗓音中便能分辨出他的歉意。

归宁靠在墙边，眼睛看着前方，没有焦距。

或许这个道歉对于她而言太迟了，再多的委屈和难受也会在漫长的时间里渐渐变淡。

陆淮南的对不起，来得太晚了……

归宁能感受到他的歉意，却无法对他说“没关系”。

好在陆淮南并没有流露出过多的情绪，他立起身，将一个手机塞进归宁手里。

归宁握着手机没说话。

不用他说，她便知道他什么意思。

她拉黑了他的电话，他给了她一部新手机，也不用她将他从黑名单里拉出来，希望他们可以从头开始。

“归宁？”

就在这时，归宁忽然听见有人喊自己的名字，她抬头，看向站在身后的周哲，顿时像遇见了救命稻草，她忙与陆淮南拉开了一段距离。

周哲问：“我准备回去了，一起吗？”

归宁怔了怔，见陆淮南背对着他们，并没有动，她说：“好。”便跟着周哲一起离开。

她没有再去看那个男人，大概是无法再面对。

Part 3 >>>

归宁没想到会在这里遇见周哲，周哲是上B大时，跟陆泽漆一届的学长。

归宁跟周哲接触的时间并不多，在她眼里，他只是一个见过一次面就喜欢缠着她的学长。

大学时，他们认识了之后，归宁每天都能收到一束花，上面是“周哲”两个大字。

周哲送的花束，归宁并没有随手丢掉，而是每天都有耐心地拿花瓶插好摆在寝室中，甚至买了花架摆放。一周后，整个寝室变成了五彩缤纷的花园。

归宁对周哲的印象不算太差，所以算得上是普通朋友。

跟着周哲走出 × 酒店后，归宁停住脚步：“学长，谢谢你刚刚帮我解围，我先回去了。”

“我送你。”

“不用……”

似乎知道她会拒绝，周哲懒洋洋地挑挑眉：“当作你的谢礼。”

哪有人把送对方回家当作谢礼的？不过归宁不愿意折腾，便上了他的车。

报了地址后，周哲开车行驶在马路上。

车内有片刻的安静，归宁靠在椅背上，看着窗外，思绪还停留在方才在洗手间外发生的意外。

她手中是陆淮南给她的手机，因为走得急，害怕自己在他面前露出更多的情绪，所以她没在手机上过多纠缠。

手机上是陆淮南刚刚发过来的信息：“以后换我找话题哄你。”

归宁静静地看着这句话，几秒后，放下手机，没回复。她想起以前他们刚在一起那会儿，有一段时间，她经常用手机给陆淮南发信息。

陆淮南管理偌大的一家企业，根本没有闲情逸致跟人发信息，可那时候的归宁嚣张又任性，总想陆淮南心里能给她一个不一样的位置，比如从不跟别人发信息，但她除外。

渐渐的，次数多了，他会在闲下来的时候回她短信，回复的字数不多，但已经足够让她开心了。

有段时间，归宁放假回家，和他分开一两天，每天早上最期待的事，便是醒来看见手机屏幕上显示他昨晚回复的、她未来得及看到的信息。

可陆淮南每次都很省字，归宁甚至觉得，如果不是他陆中集团大少爷的身份，他这辈子可能都撩不到妹……

归宁发一句："陆叔叔，吃饭了吗？"

他会回一句："嗯。"

归宁："昨晚的青蔬炒虾仁好吃吗？我第一次做，如果好吃，今晚还做。"

他："好。"

陆淮南简直是个没有灵魂的话题终结者，所以有很长一段时间，归宁都在绞尽脑汁地找话题。

那是归宁第一次讨厌自己不爱说话。

后来分开的时候，她说："陆淮南，你知道吗？其实我也不喜欢发短信，可你每天那么忙，我要怎么才能跟你保持沟通？喜欢你的那段时间，每天想着怎么找话题给你发短信，可你只有寥寥几个字，我很怕你觉得无趣，更怕你觉得我无趣，你本来就不够喜欢我，这样下去会不会一点都不喜欢我了啊？所以我什么甜话、撩话都学了一遍，在你面前不知道害臊怎么写，只想让你觉得我是个不错的人，偶尔也会回头看看我……"

她不记得那时候陆淮南是怎么回复她的，她只知道，他刚刚的那条短信，是想将她以前想做的和他没陪她做的，都陪她做了……

可他怎么能不知道，那是她以前想做的，不是现在。

归宁望着窗外发呆的时候，周哲偶尔会转头看她，但不打扰。

归宁和陆淮南之间的纠结过往，周哲知道。

周哲记得第一次见到归宁，是在医院门口。

周哲从医院出来时，看见被陆淮南遗弃的归宁正坐在医院门口的台阶上，不知在想些什么，脸上也没有任何悲伤的表情，甚至一脸生人勿近的模样。

周哲只觉得有趣，他走过去半蹲在归宁面前，笑容中颇有几分玩世不恭：“你叫什么名字？”

归宁没理他。

“你告诉我，我便带你去找陆淮南如何？”

归宁看了他一眼，淡淡地说了两个字：“归宁。”

“哦。”周哲问，“归宁啊，哪个 gui ？小乌龟的龟吗？”

归宁一怔，望着周哲不语。

印象中，陆淮南也这样说过她。那次她与他有约，却因为路上出了点事故去晚了。他那天心情似乎很好，便打趣她：“宁宁，你是小乌龟吗？姗姗来迟，我已经等了你一个小时了。”

归宁望着眼前的男人，他有一张与陆淮南同样俊朗的脸，却比陆淮南多了几分放荡不羁。她忽然笑了，眉梢上扬，鲜明夺目，自成一股媚态。

她说：“周哲学长，名字你也问了，可以带我去见我想见的人了吗？”

周哲一愣，随即笑道：“原来是学妹，哪个系的？”

归宁指了指朝这边走过来的于苏木：“不巧，正是于苏木同寝室的同学。”

就在这时，已经驶离的车又重新开了回来，在医院门口停住，陆淮南面无表情地从车上走下来，盯着对周哲笑得妩媚的归宁，直接走过去将她拽上车，力气大到让她根本没有反抗的余地。

归宁根本没有反抗，嘴角甚至扬起浅浅的笑意。

周哲才知道，归宁对他露出那么撩人的表情，根本不是在回应他的话，也不是真的要他带她去找陆淮南，而是知道陆淮南没有走远，故意在陆淮南看得见的地方撩拨其他男人，成功让陆淮南生气，回来带她离开。

可她不知道，她只是轻轻一撩，他的心就陷进去了。

很久之前，朋友曾经问过周哲：“阿哲，你这辈子还没遇见过喜欢的人吧？等你遇见喜欢的女孩，你就会知道，没办法，遇见喜欢的，就得主动犯个贱。”

在见到归宁的那一刻，周哲仿佛找到了让他主动犯贱的人……

Part 4 >>>

一路无话，周哲送归宁到了小区楼下，归宁说了声“谢谢”，准备下车。

“等等。”周哲喊住她，侧身探过来。

归宁一怔，本能地屏住呼吸，身体僵直，靠在椅背上，便见周哲替她解开了安全带。

他侧头，嘴角勾起一抹痞笑：“小学妹，你以为我要干什么？”

归宁打开车门下车。

“周哲学长，专心开车，别撩妹了。”

刚要关上门，便听见周哲的声音：“小学妹，如果陆淮南不合适，就别再回头，如果真的要回头，可以看看我。”

归宁知道周哲对她的意思，只不过她没那个心思，也跟周哲说得很明白了。

所以他现在的表白，让归宁挺无措，她想了想，说：“学长，好的姑娘千千万，别等我。”

周哲没回答，而是朝她做了个再见的手势，嘴角依旧挂着懒洋洋的笑，似乎对她的拒绝不以为然。

归宁看着周哲驱车离开，才松了一口气。

往家里走去时，归宁想，一定要好好睡一觉，今天真是让人头疼的一天。

× 酒店。

王欣站在走廊拐角，将陆淮南和归宁方才的举动都看得清清楚楚。

归宁不是陆淮南的妹妹吗？为什么他们之间的举动看起来一点都不像兄妹，更像恋人？

王欣顿觉自己好像知道了什么不得了的事情。她正震惊的时候，便见陆淮南转身朝这边走来。

在他转身而来的那一刻，王欣感觉四周所有的东西都静止了，连呼吸都变轻了……

她的手无意识地撩了撩头发，然后紧张地抓紧自己的裙摆，看着陆淮南朝她走来，她觉得自己整个人都紧张得抖起来。她该对他说什么？他是来找她的吗？他真的喜欢她吗？都说有钱的大少爷花心，她一点都不介意，只要他心里有一丁点她的位置就行。

当王欣脑海里乱七八糟地想着各种没谱的事情时，陆淮南直接从她身边走过，半点没有停下脚步的意思。

王欣一怔，下意识地叫住了他："陆先生……"

陆淮南停住脚步，似乎才看见她一般。

陆淮南没有说话，眼神清冷，与面对归宁时的柔和与耐心完全不同，他的眼底是陌生、冷漠、不耐烦。

王欣被陆淮南的眼神吓住了，好半天才说："陆先生，我，我刚刚不是有意看到您跟归宁……我发誓我一定会保密，不会告诉任何人的！"

王欣以为是她不小心撞见他与归宁的事情令他恼火，所以他才如此冷漠，便急着向他解释。

而陆淮南则像看奇葩一样，瞟了她一眼后，转身离开。

这眼神落在王欣眼里却意味着……陆少爷对她另眼相看，至少，他的目光是投射在她身上的不是吗？

想到这里，她控制不住地脸红心跳，看着陆淮南渐远的背影，她越发痴迷，幻想着有一天她能站在陆大少爷的身边，被他当众介绍给别人：“这是我的女朋友，王欣。”

呵……到那时，就算是归宁也只能靠边站！

在归宁的“撮合”下，SJ 被陆中集团成功收购，收购当天成了各个热搜的头条。

吃瓜群众都想不通强大的陆中集团为什么要收购 SJ，陆中集团旗下的航空都是高端航空公司，为什么会收购只能维持生计的廉价航空公司？

在各种猜测以及说法中，SJ 航空公司低调了这么多年，终于以这种方式被大家悉知。

郑庆贺甚至让官博发了一条微博：“欢迎大家乘坐 SJ 航空，我们将为您竭诚服务。”

“这简直就是免费的宣传。”

郑庆贺的心情十分好，他拍了拍亲弟弟郑大鹏的肩膀：“老弟，你可真给我招来了个大财宝！以后归宁那边有什么需求，你尽管满足她！”

“我寻思着要不给她安排一个好岗位？”郑大鹏还没有回复，郑庆贺就摸了摸下巴，自言自语，“这个让我好好想一想。”

归宁经过一个月的培训之后，成功上岗。不过由于培训时间太少，她主动申请作为实习空姐上岗。

郑庆贺最后想了一个轻松的挂职，行政副主任，没什么事，但听起来很厉害的样子。

这件事，郑庆贺是在群里宣布的。

SJ 被收购之后新建了一个工作群，将 SJ 的所有员工都拉进去，群的名字叫“为了 SJ，为了更好的明天”。

这个名字很傻，不过没人敢说。

就像郑庆贺在群里宣布一个新人刚任职就当上行政副主任一样，没有人敢反驳，都是一系列的祝贺语。

“恭喜宁副主任！”

“恭喜恭喜！”

“恭喜宁副主任！”

群里的祝福语，都像发自真心。

郑庆贺的好意，归宁并没有接受。她依然当她的实习空姐，每天做自己想做的事情。

群里沉静了一段时间后，忽然有一天热闹起来。

归宁第二天醒来便发现群里有一千多条未读消息。

归宁不常看群，只在工作时间偶尔瞟上一眼，因为是工作群，很多工作内容和通知都是第一时间发在群内的，所以即使归宁不爱用这种群，但收到提醒还是会看的。

她靠在床上，点开群，随意看了一眼，才知道是有人要过生日了。

过生日的是SJ部门的一个女主管，叫陈辉。

这位女主管，归宁并未见过，据传闻，三十岁，SJ里有名的剩女，本人十分“作”，仗着是郑庆贺的外甥女，经常为所欲为，且善妒，如果有漂亮的新人，一定会被她刁难一番。

如果是长得好看的男员工，则会被她收纳“后宫”。

陈辉每次过生日的前几天都会开始在群里假装说一句：“啊，我是不是生日快到了？”

言外之意便是——大家可以开始送礼物了。

归宁刚进来那会儿，刚巧陈辉在休假，没有机会和时间刁难她。

这是一件让人很羡慕的事。

陈辉过生日这件事，归宁并没有放在心上。早上和往常一样去了公司，她的早餐是在员工食堂吃的。

被陆中集团收购之后，SJ食堂的饭菜都比之前可口，这让平时根本不在食堂吃早餐的归宁方便许多。

早餐是自助形式的，其中竟然还有好几道符合她口味的菜系。

今天又新增加了一个现煮熟食区，里面有各种现做的食材，面条、米线、馄饨和饺子等等，规模堪比五星级。

归宁来得早，食堂的人还不算多，她去窗口要了一碗面条。

煮面的师傅看了她一眼，礼貌地说了声："好的，请稍等。"

归宁端着面去座位区的时候，才发现她身后排了五六个人。

等到归宁坐下的时候，那里已经排了很长的队伍，大家看见新添加的窗口都想去尝尝鲜。

归宁的早餐很简单，一碗面条、一杯豆浆。

归宁拿起筷子，吃了一口面条，顿了顿，没说什么，继续吃。

Part 5 >>>

不远处的窗口忽然发生了争执。

原来是寿星陈辉要了一碗长寿面，然而窗台的师傅却抱歉地说食材有限，已经没有了。

过生日想要一碗长寿面居然告诉她没有？

这让陈辉不能忍，她一掌拍在食台上："我再问你一次，有没有？"

师傅为难地说："是真的没了。"

陈辉瞪着眼睛："我今天就把话搁在这了，不给我一碗面，你就别干了！"

师傅完全不知道怎么办，脸上露出很为难的表情。

"怎么回事？"在气氛十分紧张尴尬的时候，郑庆贺和郑大鹏出现了。

陈辉见自己两个舅舅来了，立刻收起自己蛮横的神情，整个人变得十分委屈："舅舅，我只不过想吃碗长寿面而已，这个师傅居然不肯给我做……”

那师傅觉得自己很无辜：“郑总，我已经说明了食材有限，确实是没有了，您也知道……”

那师傅话还未说完，便被陈辉打断：“你才做了几碗？怎么就可能就没了？作为一名食堂大厨怎么能出现食材空缺的错误？”

陈辉又对郑庆贺兄弟说：“舅舅，我刚刚让人数了，他才做了三碗。这明显就是偷懒，我们食堂每天吃饭的人少说有七八十个人，才做了三碗就说没有了，哄谁呢？我看他就是觉得SJ是个混日子的地方！这种人就应该赶紧开除！”

师傅摊了摊手，表示自己要说的都说完了，开不开除这种事情就看他们了……

面对陈辉的蛮横，SJ的其他老员工早已习惯，除了趁机拍马屁的，大家都是抱着看戏的态度，看看这一次郑庆贺又怎样找理由维护他的外甥女。

不过这一次，郑庆贺没如往常那样哄着自己外甥女，而是说：“小辉，要吃长寿面，晚上来舅舅家，让舅妈给你做！现在就别在这里为难师傅了，师傅都说了，这面条的材料有限。”

陈辉对于自家舅舅头一次不站在她这边表示很不解。

“舅舅，可是这人明明是在偷懒啊……”

“什么偷懒？！”郑庆贺瞪了她一眼，“你知不知道这位大厨是陆中集团专门请过来为……”

郑庆贺的话没说完，被郑大鹏截住了：“总之，大家该吃吃该喝喝，这件事到此为止，食堂也不是只有面条可以吃，陈辉，你适可而止。”

小舅舅郑大辉可没郑庆贺那么好说话。他原本就很反对将亲戚带进公司里，但碍于他们唯一的亲姐姐离世太早，陈辉算是他们一手带大的，所以郑家两兄弟都对她特别好，尤其是郑庆贺。

郑庆贺和妻子没有孩子，可以说已经将陈辉当成自己女儿对待，简直宠到她想要天上的星星都会想办法摘下来给她。

也是这样的溺爱让陈辉的性格跋扈，在公司横行霸道，无人能管。

郑大鹏偶尔会说说她，但毕竟不是每天都能见面，加上陈辉嘴甜，在郑家两兄弟面前总是装作很乖巧的样子，他也不好说什么。而郑庆贺更是睁一只眼闭一只眼，根本不管。

所以陈辉更喜欢郑庆贺这个大舅舅一点。

此时看见小舅舅当着这么多人的面说自己，陈辉顿觉得没面子，可她也不敢忤逆小舅舅，虽然面色不好看，但也不敢再说什么。

见陈辉不再闹了，其他人也渐渐散了。

待郑大鹏走远了，陈辉扯着郑庆贺的胳膊小声说：“大舅舅，刚才小舅舅当着那么多人的面说我，你都不替我做主！”

郑庆贺无奈地叹息：“小辉啊，你也知道SJ现在已经被陆中集团收购了，陆中集团收购后做的第一件事就是大整顿，连食堂的人都替换了，我和你小舅舅也无权管理。尤其是这熟食的窗口，你最好不要再像今天这样胡来了。”

“为什么呀？”陈辉再蠢也能听出郑庆贺话里的意思，“难道这做饭的大厨是陆中集团大少爷的亲戚？大舅舅你为什么那么怕他呀？”

郑庆贺无语了半晌，才说：“那是陆大少爷特意请过来为归宁做面条的师傅，那食材确实有限，据说食材是陆大少爷亲自购买的，每天都为归宁特别供应，如果有剩余才会给其他人做！”

归宁……怎么又是这个归宁？！

陈辉皱了皱眉，虽然她才回来，但已经多多少少从陈云那里了解到刚来SJ就备受小舅舅提拔、其他人关注的新人了。

她在心里冷笑一声，她倒是该找个时间会会这个新来的风云人物了！

“我知道了，大舅舅……”陈辉表面上特别乖巧地说，“我本来以为那师傅偷懒，所以才故意刁难他的，现在知道了，以后我不会为难那师傅了，不会让大舅舅为难了。”

郑庆贺欣慰地拍了拍她的手：“这才乖！”

郑庆贺离开之后，跟在身后的陈云才走了过来：“忘记跟你说了，食堂的大厨都换了，都是根据归宁的口味来的，是陆中集团的那位大少爷吩咐的。”

说完，她看了陈辉一眼，说：“她是有背景的，你小心点。”

这话成功刺激到天不怕地不怕的陈辉。

“背景？山高皇帝远，虽然陆中集团把我们收购了，但我们这一环和六环之外的距离，就算我对归宁做什么，他们来得及管吗？”

陈云假装好心地提醒她：“ 只怕那归宁也不是个好惹的，之前王欣不过在食堂说了几句她的坏话，她直接将菜盘子扣在人家脑门上。陆中集团的人来巡视，我让她带资料回去看，她根本就不听，非常目中无人。”

“哼，先让她嚣张几天。”陈辉眯了眯眼，“很快，她就会知道这里谁才是老大！”

从始至终没有参与这件事的归宁吃完早餐后，离开了食堂。

上午十点，归宁有一趟航班，现在没事，她打算去休息室眯一会儿，忽然有人喊她去陈主任的办公室，说陈主任有事找她。

“陈主任？”归宁没反应过来是谁。

通知她的人是易小小，她说：“就是郑总的外甥女陈辉。”易小小不是个喜欢惹事的人，但她对归宁有一种莫名的崇拜与喜欢，尤其是发生了食堂那件事情后，她觉得归宁简直是她心目中的女神，强大又美丽，是她一直想成为的那种人。

所以易小小小心地提醒了一句：“据说她是想故意找你麻烦，你一定要小心点，不要得罪她。因为她是郑总的外甥女，其他人私底下都喊她女魔头，她最喜欢刁难新人了，找你去一定没好事。”

对于易小小的好意提醒以及她脸上发自真诚的担忧，归宁“嗯”了一声，平静地表示：“谢谢，我知道了。”

易小小看着归宁离开的背影，咬了咬唇，也不知道归宁会不会被陈辉欺负。

Part 6 >>>

陈辉在办公室里跟陈云一起喝茶，静静地等着归宁的到来。

陈云装作不经意地观察陈辉的表情，对方磨刀霍霍，就等着上门的猪羊。

她在心里冷笑——归宁，就算我治不了你，我还不能借女魔头的手治你吗？女魔头回来了，我看你还能嚣张到什么时候？

陈云已经开始脑补归宁被陈辉修理得很惨的模样，嘴角忍不住泛起了笑容。

结果，她跟陈辉两人在办公室里等了一小时，都没见归宁的人影。

陈辉哪里受过这种憋屈？！自她来SJ，亮出自己的背景身份后，谁都没有忤逆过她。

归宁的做法成功激怒了陈辉。

此刻，陈云跟着陈辉直接杀向归宁所在的方向。

正在休息室闭眼休息的归宁听见门“哐当”一声，陈辉人未到，声音先到：“归宁呢？给我滚出来！”

其他人面面相觑，都被陈辉这个举动吓了一跳。

他们看向不远处，正闭着眼睛无动于衷的归宁……默默替她捏了一把汗。

陈辉在室内环视了一圈，最终定格在归宁身上。

她制造出如此大的动静，归宁居然还能那么舒适地躺在那里，明明大家都同处于一个环境中，她却仿佛被隔离，一副岁月静好，请勿打扰的模样。

虽然很讨厌这个女人，但陈云不得不承认，她见过那么多漂亮的女人，青春的、成熟的、妩媚的……归宁是最美的。

这种美很难用言语形容，惊心动魄？是女人见了都会由衷赞美的美。

也是这样的美，让人容易起嫉妒之心。

陈云看见她慢慢睁开眼睛，看向这边，眼神里有一丝慵懒，一丝不耐烦。

“归宁，你给我过来！”陈辉见归宁这样，更气了，她一屁股坐在椅子上，厉声呵斥归宁。

大家看见归宁起身，伸了个懒腰……

美人伸懒腰都这么好看吗？

其他人的脑海里当时就浮现出这句话。

面对陈辉的怒吼，伸完懒腰的归宁不紧不慢地喝了一口手边杯子里的水，才掀了掀眼皮，问：“什么事情？”

“这就是你跟领导说话的态度吗？”陈辉眉毛横起，简直气到不行。

“嗯。”归宁轻应了一声，说话的声音不大，却让人感觉她连大声一点回应陈辉都显得浪费力气，“有什么问题？”

“你！”陈辉简直被归宁气得说不出话。

在陈辉生气的时候，陈云俯身在她耳边说了句什么。

陈辉深吸一口气后，勉强将怒气收敛。

“算了，我不跟你这种没礼貌的人计较。”陈辉说，“是这样的，我身边正好缺个助理，我在新人里边看了一圈，你恰好符合我的要求，从今天开始，你就调过来当我的助理！一会儿我会跟人事那边打声招呼。”

陈辉说完，归宁没说话。

陈辉以为归宁被自己吓到了，毕竟在SJ她说话还是很有分量的，至于归宁的背景，陆中集团天高皇帝远，远水救不了近火，她先趁陆中集团那边没发现的时候好好修理这个女人，到时候就算陆中集团那边的人知道了，也拿她没办法。

陈辉的如意算盘打得很好，当归宁没说话后，她越发趾高气扬了："现在，归助理，帮我和你云姐倒一杯水，我渴了。"

归宁没动，也没对她的话做出任何回答。

陈辉眉头一扬："我跟你说话，你没听见吗？"

归宁看智障般地看着陈辉，随后大家看见她终于走到陈辉面前，说："你过来一下，我有话跟你说。"说完朝门口走去。

不知道是不是归宁的语气和神态特别认真，让陈辉竟情不自禁地跟着她往外面走。

第十二章

怕你醒来找不到我

Part 1 >>>

当陈辉跟着归宁走出门外，正要问她有什么话说，却见她忽然用力地将门关起来。

陈辉面对着被关起的门板，蒙了好几秒才反应过来。

于是大家都听见门外的陈辉一边拍着门一边怒吼：“归宁，你是不是疯了？你给我开门！”

归宁不紧不慢地将门反锁了。任由她在外面吵，只要不在她面前碍眼就行。

室内其他人都被归宁这一举动惊呆了，尤其是陈云，竟然站起来，重复了陈辉那句话：“归宁，你是不是疯了？”

归宁没理她，朝沙发上走去。她还没有休息好，她觉得自己还要闭目养神一下。

陈云见归宁没反应，气得转身就要去给陈辉开门。

归宁不咸不淡的声音响起：“出去最好把门关上，两个人都别再进来了。”她皱了皱眉头，难得好心情地解释原因，“吵。”

陈云简直不可思议：“你知不知道陈主任是什么人？你竟然敢把她关在外面？”

归宁觉得她这句话很可笑，反问：“你说我敢不敢？”都已经做了，还问这种话是不是智商有问题？

陈辉还在外面尖叫：“归宁，你给我等着！我一定会要你好看！”

门外大概是来了人，隔着门板都能听见陈辉抓狂的声音：“还愣着干什么？给我把开锁的喊过来！”

有人小声地说：“陈主管，这里的备用钥匙在郑主任那儿……您看，您要不要亲自过去一趟？”

这句话成功将陈辉给惹毛了："废物，我能去要你做什么？"

那人没敢吭声。

陈辉在门口歇斯底里："SJ 到底都养了一群什么废物？！"说完踩着高跟鞋走了。

室内忽然传来了一阵热烈的掌声。

归宁看过去，陈云之外的其他同事都在鼓掌，这些人平日里或多或少都被陈辉欺负过。

为了保住工作，他们只能忍气吞声，成为陈辉口中的"废物"。

这次陈辉找归宁的麻烦，大家一开始都是用一种看戏的眼光，反正每个新人来到 SJ 都要被陈辉刁难，他们已经习以为常，甚至生出一种新人来了不被刁难一番便是对他们这些老人不公平的想法。

直到刚才归宁的举动，彻底触动了他们的心。也许是因为她的气场太大，也许是因为门外陈辉的那句"SJ 到底养了一群什么废物"，他们想起平日里受到的委屈在这一刻得到了发泄，所以他们不约而同地为归宁鼓掌。

也许这个冷傲的少女，将会是拯救他们的英雄。

唯独有一个人静静地坐在角落里，从陈辉进来的那一刻便举起手机，偷偷将这一幕拍下来。

陈云负气离开后，她也跟着走出了休息室。

王欣回到了公司宿舍，拿出她藏起来的黑卡，黑卡专门用一个卡套保护好，可见她对这张卡的重视与珍惜。

她按照这上面的电话打了过去，没多久电话里就想起"嘟嘟"声。

王欣紧张地拿着手机。

直到那边传来低沉的声音："您好？"

“是，是陆少爷吗？您，您好，我是王欣。”

那边没人说话，王欣立即说：“我，我能跟您见一面吗？我有重要的东西给您看！”

生怕那边不答应，王欣又马上补充：“跟归宁有关的，我，我觉得您一定会想看的！”

“好。”那边应了一声，“一会儿跟你联系。”

说完，便挂了电话。

王欣紧张地捂着心口，忍不住扬起嘴角……她要单独跟陆少爷见面了，这个名片上的电话真的是他的！

她握着手机陶醉了片刻后，立刻打开衣柜，跟陆少爷单独见面，她一定要把自己最优秀的一面展现出来。

能当上空姐，王欣自身条件自然不差，只是在面对陆淮南的时候，她会习惯性地自卑，

尤其中间还有归宁。

王欣看着镜子中的自己，如果她能有归宁的外貌，至少会比现在更有勇气追求陆少爷。

里邦挂掉电话之后，在办公室外等候陆淮南跟公司高层的会议结束。

刚刚接王欣电话的是他，不是陆淮南。

这个号码，的确是能联系到陆淮南的号码，但接听的人一直是里邦。

当初在警察局，陆总让他把这张名片给王欣，是希望那件事适可而止，希望王欣能够提出条件，以后不要打扰到归宁。

陆淮南不是没想过派人到归宁身边保护她，但归宁那么聪明，轻易便能识别那是陆淮南的人。

以前便罢了，现在归宁与陆淮南的关系如履薄冰，一个修复不好便会完全破碎。所以陆淮南不想冒那么大的险，而他又不能时刻陪在归宁身边，只能用这种办法。

王欣对自家老板的心思，里邦怎会不明白，不知道她这次要找陆总真的是有关于归宁小姐的事，还是单纯以归宁小姐作为借口。

如果是后者，这通电话他自己处理便行了。如果是前者……

里邦觉得凭借王欣的性格，应该不太敢以归宁小姐作为借口约陆总见面。这事他还是得等陆总开完会后向他汇报。

大约十分钟后，陆淮南办公室里的高层陆续走出来。

里邦拿着手机走进去，开始汇报工作：“陆总，SJ 食堂那边的人已经彻底更换了，食堂所有的口味都是按照归宁小姐的喜好做的。还有归宁小姐喜欢的面条，我们也每天都按时送过去了，只是老奶奶的面条有限，每天最多只能做三碗，我已经让食堂那边的人注意，面条是归宁小姐的专属，只有她吃够了，剩下的才能做给其他人。”

里邦汇报完之后，又说：“刚刚 SJ 的王欣打电话过来，说想见你，是有关于归宁小姐的事。”

正在电脑屏幕前工作的陆淮南问：“王欣是谁？”

里邦想了一下，说：“陆总，是那次在警局跟归宁小姐在 SJ 食堂闹矛盾的女孩。”

里邦说：“因为她说事情和归宁小姐有关，所以我觉得应该跟您请示一下，需不需要见她？”

陆淮南的眼睛依旧盯在屏幕上：“让她直接来公司。”

“好的，陆总。”

Part 2 >>>

王欣在宿舍里等了许久，在等到电话的那刻，激动得从沙发上跳起来。

她用手机约好车后，直接去了陆中集团。

下了车，她看着陆中集团宏伟的建筑，内心颇为激动，她想起在出租车上，司机闲聊的时候问她去陆中集团做什么，问她是不是那里的员工。

司机说："陆中好啊！公司好，有前景，员工福利也好，如果我儿子能去陆中集团，这辈子我就没遗憾了，可惜啊……唉……"

司机赞扬陆中集团的时候，王欣觉得就像在赞扬自己的公司一样，内心骄傲无比："我不是陆中的员工，不过我认识他们老板，我要去见陆中集团最大的老板。"

"小姑娘厉害啊！"

在司机羡慕的眼神中，王欣下了车。

王欣上学的时候就听过陆中集团，毕业后，她试过面试陆中集团旗下的航空公司，但很遗憾被刷了下来。之后，她才去了 SJ。

此刻，站在陆中集团楼下，她想，人生还真是没有确定性，谁知道当时她被人刷下来之后，现在就跟他们最大的老板成为朋友了？

成为朋友……这是王欣一厢情愿的想法。

王欣整了整裙摆，踩着高跟鞋走进去。

偌大的公司大厅很安静，王欣看了一圈，找到了前台。她收腹挺胸，踏着空姐的专属步伐走过去。

"你好。"王欣走到前台说，"我找你们的陆总。"

前台看着她，礼貌地说："请问您有陆总的预约吗？"

"有啊。"王欣把电话拿出来，翻到陆淮南的电话号码给前台看。

前台一脸莫名其妙："抱歉，女士，您这是什么意思？"

"这是你们陆总的电话号码，我们已经通过话了，你不会连你们陆总的电话号码都不知道吧？"

前台忍了忍，说："抱歉，女士，我们陆总的电话很多，不知道您这个是哪个？以及，陆总的私人电话，我们作为普通员工是不知情的。"

王欣举了举电话："这就是你们陆总的私人电话！"

前台笑了：“抱歉，女士，不能每个人拿一个陌生的电话号码过来告诉我，这是我们陆总的私人电话，就能见到陆总，这样会显得我们陆中集团的工作人员好糊弄不是？”

前台的话让王欣很生气：“你什么意思？你的意思是说我骗你？”

“我没有这个意思，女士，只要您能出示有关预约的证明，我会带您去见陆总的。”

王欣觉得很烦躁，正要大骂的时候，前台忽然朝她身后看去，恭恭敬敬地叫了声：“里特助！”

王欣转过身，便看见上次在警察局给她递名片的男人。她记得他是跟陆少爷一起来的，叫里邦……

能跟在陆淮南身边的人，自然是他信任又亲近的人，面对里邦，王欣立刻收敛起不耐烦的神色。

“怎么回事？”里邦走过来，问。

前台说：“这位女士，说想见陆总，但是又没有预约……”

“我有的，我都给你看了陆少爷的手机号了……”

前台一脸为难地看着里邦。

里邦说：“你忙吧，我来处理。”

“好的。”前台不再多说什么。

里邦看着王欣说：“王欣女士……”

话还未说完，王欣便忙不迭地点头：“对，是我，我是王欣。”

里邦沉默半晌，才说：“即使你有联系陆总的电话，也希望你不要随意公开。”

王欣一愣，虽然里邦的语气十分公式化，但她仍能感受到话里的责备。

王欣挺委屈的，明明是那个前台不相信她，她才无奈地拿出手机号码证明自己的。

但面对里邦，王欣的气势明显弱下来，她说："对不起……"

对于王欣的道歉，里邦没太大反应，而是说："陆总平时公务繁忙，我想再跟你确认一遍，你是真的有关于归宁小姐的事情要跟陆总说？"

王欣即刻举手发誓："是的！我保证！"

里邦看了她一眼："跟我来吧！"

归宁是在上飞机前才发现自己不对劲的，今天一直很困，本以为是昨晚没睡好，她摸了摸额头，才发现是发烧了。

偏偏这趟航班，郑大鹏之前交代过，非要她在场不可。

上了飞机之后，归宁才知道，这一趟飞往三亚的航班被陆中集团包了，用于团建。

归宁心里明白，上飞机之前，没有任何人敢跟她提，大概是怕她知道后不上飞机吧……

通过上次陆中集团的人来SJ巡视工作，SJ的高层们都被她这个任意妄为的小姑娘给吓怕了，所以在上飞机前特意交代其他人统一口径，谁敢泄露出去，后果自负。

既然已经上了贼船，归宁也没有下去的意思。

在飞机上做准备工作的时候，郑大鹏语重心长地说："这次陆中集团总公司的团建，也带着我们SJ航空分部，是一次难得的机会，所以一会儿到达三亚后，我们会跟着总部一起去酒店。归宁啊……陆总对我们是真的好啊……"

其实郑大鹏是想说，陆总对她真的好啊……但他害怕这样说了会引起归宁的反感。

虽然郑大鹏不知道归宁跟陆淮南之间发生了什么事情，但人家堂堂陆中集团的大少爷肯这样花心思在她身上，郑大鹏还是很感动的，所以情不自禁替陆淮南说了几句好话。

归宁则当耳边风，听听就散了。

虽然是陆中集团本部包了整架飞机，但常规流程还是要严格执行。

归宁被安排服务头等舱，不用问，归宁也知道，这又是某位客人的特殊要求。她已经习惯了，反正只要不太影响她，她就随他去了。

归宁的头越来越沉重了，易小小看出了归宁身体不适，便让她在里面先休息一会儿，不过由于客流量大，她并未休息多久，客人上飞机时，她在舱内服务。

好在头等舱的人不多，除了陆中集团三个高层，就是郑庆贺和郑大鹏两兄弟。

归宁和其他工作人员陆续将他们接待就座之后，归宁去了机舱休息处。

隔着窗帘，归宁听见其他人说话的声音："还有三个空位没人，你知道是谁的吗？"

"反正其中一个是陆少爷。"

"没想到陆中集团总部的团建不选择他们旗下的陆中航空，居然选择我们，你知道陆中航空吗？我坐过一次，经济舱都超级豪华的那种。"

"当然知道了，陆中航空很有名好不好，我还记得当时有拍客特意拍了陆中航空的头等舱视频，是飞往迪拜的，光是头等舱机票就是这个数！"那人将两个食指交叉。

"十……万？"那人觉得不可思议。

"对啊！"另一个人说，"有钱人的世界我们无法想象。"

归宁靠在一边静静地听着，这时，舱门口传来动静，归宁掀了掀眼皮看去，便见穿着白色T恤的男人走进来，额前的短发自然垂下，黑眸沉淡，光线勾勒出他清晰的轮廓，衬得越发英俊了。

陆淮南一出现，原本坐在椅子上的高层们立刻起身迎接，被众星捧月惯了的陆淮南朝他们稍点头示意，便看向站在机舱尽头的归宁。

归宁其实还是头疼，加上眼皮重，让她的行为看起来很迟钝。

早已经有其他空姐朝陆淮南的方向走过去："陆总，您好，您的座位在这里……”

空姐带着微笑礼貌地对陆淮南说，然而陆淮南并没有看她，而是径自绕过她朝里面走去。

陆淮南高大的身影停在归宁面前，眉头微皱，一双墨色的眼睛里有些不悦。他伸手在归宁的额头上探了探：“你在发烧。”

归宁没吭声。

陆淮南二话不说抓着她的手腕，便要带她走。

归宁却将陆淮南的手甩开，皱眉瞪着他：“你做什么？”

“跟我去医院。”

归宁：“不去！”她抿着嘴角倔强地瞪着他。

陆淮南的表情看起来很不好，其他人的注意力都被这边吸引，但因为陆淮南的脸色，没人敢说一句话。

归宁在原地与陆淮南对峙片刻之后，便转身去了机舱工作室。

里邦站在陆淮南身后，小声对他说：“陆总，李医生在登机的路上，一会他上了飞机之后，可以让他帮归宁小姐先看一下。”

里邦的话并没让陆淮南的面色缓和多少。

里邦看了一圈，又对陆淮南说：“陆总，要不我们先回座位，不要让归宁小姐太为难？”

里邦的话说得很隐晦，陆淮南的视线在机舱里扫了一眼，仰着脖子看这边的高层们一个个赶紧将脸转过去，装作很忙的模样。

陆淮南没说话，转身回到了座位。

Part 3 >>>

归宁见陆淮南没有其他逾越的举动才松了一口气。

易小小见归宁面色很差，便说让归宁休息，归宁的工作让她做完就行，但归宁拒绝了。发个烧而已，还不至于成为一个废人。航班起飞十五分钟后，她正常工作。

由于陆淮南指定要归宁服务，归宁不得不走到他的座位边，提供航班服务。

“先生，您好，请问需要喝点什么？”

“温水。”陆淮南说这话的时候没看她，归宁知道他心情不好，就没多说，帮他准备温水去了。

很快，归宁拿着一杯透明玻璃杯装的温水弯腰放在陆淮南的桌子上，刚起身，便被他一拽，她毫无防备地栽进他的怀里。

在归宁身后为里邦递餐食的易小小吓了一大跳，但发现是陆少爷，又吓得不敢吭声，只能替归宁担忧。

其他人有了刚才的教训，也都装作什么事情都没发生的样子。尤其是里邦，还特别淡定地对易小小说：“帮我也要一杯温水，谢谢。”

“哦，哦！好的！”小小结结巴巴地应了一声，赶紧去倒水。

归宁被陆淮南桎梏在怀里，面色很不好，她压着声音，不想引起太大动静：“陆淮南，你做什么？放开我。”

陆淮南没理她，将她安置在自己的座椅上，帮她系好安全带：“别动。”他低沉的声音里带着警告。

这段时间，陆淮南一直好脾气地让着归宁，她做了任何令他不高兴的事情，他都没有一点脾气。唯独现在，他的表情看起来很严肃，好像归宁如果不听话，他就会当着这么多人的面狠狠地抽她屁股。

归宁看着陆淮南拿出感冒药，从里面倒出几颗放在她手上，拿着杯子递给她：“吃了。”

他语气冷漠，还带着要挟的意味，如果她不吃，他不介意亲手喂她。

归宁看着手上白色的药丸，一把喂进嘴里，从他手上接过温水喝了下去。

“可以了吗？”

看着归宁喝下去后，陆淮南“嗯”了一声，在她身边的空位坐下，“吃完药睡一会儿。”

说完，便闭上眼睛，一副不想理她的样子。

“陆淮南，我还有工作！”顿了片刻，归宁咬牙道。

闭着眼睛的男人无动于衷。

归宁生气地解开安全带，想离开，偏偏他坐在外侧的位子，将她的路堵死了。

归宁踢了踢他的长腿：“陆淮南，你让开！”

陆淮南缓缓睁开眼，此时归宁才发现他眼中流露出一丝疲倦，他薄唇微张，只用他们两个人听得见的声音对她说：“宁宁，乖点。”

不知是不是感冒了，所以人变得脆弱了，她居然因为他这句话鼻尖发酸。

她眨了眨眼，回到座位上，闭上眼睛，既然挣扎徒劳，她便懒得动了。

很快归宁便熟睡过去。

陆淮南要了一条毛毯，轻轻盖在她身上。

看见归宁沉睡的面容，想起以前在别墅睡觉的时候，她都会拉着她的手，对他说：“陆哥哥，每天睡觉前你都得给我一个晚安吻，每天早上醒来最好有个早安吻，中午的话是午安吻，好不好？”

归宁在外人面前高冷，唯独在他面前才像个小姑娘，做着这个年龄该做的事情，爱撒娇，有恋爱的仪式感。

陆淮南盖在她身上毛毯的手顿了顿，下意识倾身，薄唇离她额头还有一点距离，他终是没有吻下去。

一段感情破碎了，需要太多的时间修补，其间变得谨小慎微的是他，害怕用力过猛把她吓跑的也是他。

有了亲身经历，陆淮南才知道，归宁在喜欢他的时候有多委屈。

归宁醒来的时候才发现自己已经不在飞机上了。偌大的房间里，对着自己的落地窗外是无边无际的大海。

蓝色的海与天共一色，海浪轻轻翻腾，那一瞬间，她感觉自己整个人都被大海包围，她在床上，有点不想起床。

屋外有人说话的声音。

“烧已经退了下去，没什么大碍了，陆总放心。”

“好，谢谢。”陆淮南低沉的声音像浪花一样打进她的心。

归宁睁着眼睛看向门外时，陆淮南从外面走进来，他换了一套休闲的家居装，干净清爽，阳光俊朗。

陆淮南似乎没想到归宁醒了，并且还直勾勾地看着他，他顿了顿，才说：“醒了？”

归宁没回答，而是微微起身，抱着被子看着他：“陆淮南，你为什么要一直穿我买的衣服？”

什么原因？陆淮南没想过。

只是在归宁离开之后，他才发现，原来她帮他买的衣服已经整整齐齐地摆了一柜子。

过去，陆淮南对穿着可以说很讲究，也可以说不怎么讲究。

所谓讲究是他所有的衣服都是高级定制的深色西装，衣服只穿一次，除了他常穿的品牌，其他一概不穿。所谓不讲究就是除了这些，其他衣服，他几乎不怎么碰，要么是里邦按照他的喜好帮他从高定那边拿的休闲装，只要穿着舒服，其他要求也不是很多。

所以归宁很长一段时间都说他古板，明明年龄不大，却穿得那么深沉。他只是觉得将时间都花费在穿着上是很浪费时间的事情。

那天陆淮南看见满满一柜子都是归宁帮他准备的衣服，他说不清楚心里是什么感觉，只是从那天开始，他身上不再是清一色的西装。

见陆淮南没说话，归宁也不在意，拥着被子坐了起来，缓缓地说：“食堂的面条，是你专门让人做的吧？还有收购SJ，也是为了我吗？这次的团建，SJ的人能有资格参加，也是我的原因对不对？陆淮南，你是想追回我吗？可是啊……我的心都冷很久了，你来得太晚了，陆叔叔。”

归宁的话说得不紧不慢，可看着她脸上平静的神态，陆淮南能感受到一丝悲凉。

那一瞬间，陆淮南眼中划过一丝痛苦，是怎样的浑蛋，才能将他的小姑娘毁成现在这样？

答案昭然若揭，可人就是这样，明明知道自己过去的行径有多过分，却还是一意孤行，好像不看到对方受伤，就不知道自己下手有多狠。

面对陆淮南的沉默，归宁已经习以为常了，她吸了吸鼻子，只说：“如果想我以后过得好一点，就离我远点吧，陆叔叔。”

归宁这句“陆叔叔”喊得特别重，仿佛要故意与他划清界限。

归宁说完后，转过身背对着他，闭上眼睛，不想再看他。良久，她才听见他离开的声音。

这就走了……

归宁抱着被子有点委屈，不过就是几句重话，陆少爷就受不了了。

这么长时间过去了，陆淮南还是那个老样子，明知道她很好哄，只要他耐着性子，好好哄她一下，她便会展颜欢笑，可他连这一点耐性都不给她。

归宁越想越委屈，将脸埋在被子里，决定以后再也不要跟陆淮南这个大浑蛋说话了！

归宁在被子里闷了一会儿后，听见有人走进来的脚步声。脚步声从门外走到了她床边，熟悉的声音轻喊了她一声：“宁宁。”

归宁从被子里抬起头，看见陆淮南半蹲在她床边，手上捧着一碗热腾腾的面条，一看就是刚刚煮的，连颜色和香味都和以前他煮给她吃的一模一样。

归宁望着他，没反应过来。他不是走了吗？怎么去煮面了？

陆淮南的嗓音略低，想哄她，却不知道该怎么哄，所以语气很慢：“宁宁，过去对你的亏欠，我会用余生来弥补，只希望对于过去，可以告一段落，稍微期待一下和我的未来，好吗？”

这一刻，归宁看着面前这个英俊的男人，他眉头紧锁，说这话时很严肃，很认真，像在对待一件比工作还重要的事。

不知怎么回事，归宁有点想笑，因为陆淮南穿着干净的白色家居服，捧着一碗面在跟她道歉。

她甚至坏心思地想，如果让陆中集团的员工们看见他们老板这副模样，会有何感想。

但归宁知道现在不是取笑陆淮南的时候，她吸了吸鼻子，说：“陆淮南，我现在有点饿了，我想吃面。”

陆淮南没想到归宁情绪转变这么快，怔了一会儿后，举了举手中热腾腾的面条，问：“吃这种面可以吗？”

Part 4 >>>

陆中集团的团建活动，虽然是度假形式，但还是有些需要集体参与的活动。

归宁生病了，前两天的活动都没有参加，现在病好了，郑大鹏拉着她一定要参加，说这代表了他们SJ的集体荣誉，一定要全体员工都在。

郑大鹏说的活动是第二天早上四点半，大家在酒店大厅集合，参加登山活动。

归宁躺在床上，翻来覆去看手机，有点烦躁。

那次生病吃完陆淮南煮的面条后，陆淮南便陷入了繁忙的工作中，据说是公司那边出了一点状况，他连夜飞回了B市。

不过，每天晚上归宁都会收到陆淮南的短信，来自那部他塞给她的手机。

起初，都是陆淮南在找话题，她每次回复的都是“嗯”“没有”“是”“不是”，甚至有时候连字都没有，直接“？”“。”“……”。

但陆淮南从来没生过气，每次都很耐心地跟她聊天。

聊了一段时间短信，睡觉前，他都会给她打一个电话。

归宁记得有一天，聊着聊着她睡着了，半夜醒来的时候，发现还在通话中……

她以为是陆淮南忘记挂电话了，尝试对着电话那头“喂”了一声，却立刻听见了他的回应：“醒了？”

她问：“你怎么没挂电话啊……”

他说：“怕你醒来找不到我。”

归宁承认，那一刻，她在黑夜中醒过来的寂寥与落寞被哄好了。

如果一个人真的用心了，是能看出来的。但潜移默化地习惯了对方时，也是很可怕的一件事。

何况归宁对陆淮南一向没有任何抵抗力，加上那天她生病了，他给她煮面，也不过三晚，归宁便习惯了他的存在。

此刻已经是晚上十点，归宁看着身边毫无动静的手机，很烦躁。

以往晚上八点，陆淮南的短信便会准时到来，已经让归宁习惯了八点能看见他的短信，可今天她一直等到十点都没有任何信息。

归宁其实可以主动给他发一条信息的，可她忍住了，因为有了前车之鉴，她不想再让自己毫无底线地主动找他，不想在爱里再次成为主动的那一个。她想当被爱的那一个……

就在归宁表面很平静，内心却烦躁不已的时候，手机忽然响了起来，她一怔，立刻拿起手机看，是陆淮南的来电。

在拿起电话的那一刻，归宁知道，自己的冷漠与无情完全是装出来的。

她接起电话，电话里传来熟悉的男音：“宁宁，抱歉，今天有点忙，没有跟你早点联系，你今天还好吗？”

归宁没有发出声音。

陆淮南等了片刻，用低哑的嗓音喊她：“宁宁？”

“陆淮南，你浑蛋！”归宁说，“就算你再忙，一个短信的时间都没有吗？”

她这话几乎是对着电话吼的，吼完后仿佛整个世界都安静了。她听见陆淮南低低的声音：“对不起……”

归宁咬唇，挂了电话。好不容易期待的电话，就这样被她草草地结束了。

归宁瞪着挂断的电话，一秒，两秒，三秒……陆淮南还没有打过来的迹象，归宁气得直接去浴室冲澡，她怕她不用凉水淋一下自己，会上火。

在浴室里足足淋了半小时，归宁才走出来，将自己砸在床上，闭上眼睛，什么都不去想，睡过去就好了。

大概是由于元气没有完全恢复，归宁很快就睡着了，只是睡得十分不安稳，她梦见了陆淮南。

很奇怪，自从那年分开，归宁每晚都能梦见陆淮南，明明分开很久，在梦中却像没分开一样，梦里的他很爱很爱展瑜，她只能在背后默默地看着他，梦里心痛太明显，以至于她醒来的时候，还能感觉到心痛。

自从跟陆淮南相遇，归宁已经很久没做这样的梦了，这一夜，她竟然又梦见他。

一整晚，归宁都没睡好，醒来的时候是半夜四点，她看着空荡荡的房间，她瞬间感觉整个世界只剩下她一个人。

四点半就要在大厅里集合，归宁掀开被子，光脚踩在地毯上，光着身体走进浴室冲了个澡。出来后，穿上了公司统一的登山服装，去楼下集合。

归宁下楼的时候，大厅除了酒店工作人员，没有其他人。

她坐在沙发上等了一会儿，才陆续有人走下来。

陈辉是在众人的簇拥下往这边走的，看见归宁先是一愣，随后拐弯抹角地说："我当是谁一大早就下来了，这么迫不及待想见陆总呀？可惜陆总回 B 市了，恐怕是见不着了。"

在飞机上陆淮南和归宁的举动早就在员工内部传得沸沸扬扬，大家也都知道归宁并非是陆中集团的大小姐，只是跟陆淮南的关系不明不白，但也正是这不明不白的关系，容易让人想入非非，觉得她跟陆淮南一定有什么不正当的关系。

陈辉上次在归宁这里吃了哑巴亏，现在知道他们之间"不正当"的关系，更不会轻易放过这么好的嘲讽机会了。

见归宁没吭声，陈辉说："我还以为是有多大的背景呢，没想到也就是男人的玩物而已。"

陈辉又对陈云说："云姐，我们公司的标准已经这么低了吗？连这种人都录取？这如果传出去了，多损公司的名誉啊！"

陈云轻笑了一声，瞟了归宁一眼，没说话。

这个时间，大多数人都下来了，这两人一唱一和，引起了不少人的围观。

陈辉要的就是这种效果，她巴不得越多人听见越好："要我说，大家都知道你是什么人，你干脆自己辞职吧！省得别人天天看着你觉得丢脸！"

陈辉说完，便见归宁从沙发上站起来，面无表情地拿起桌子上的温水泼在她的脸上。

水珠顺着陈辉狰狞的脸滑落下来，大堂里安静极了，陈辉被归宁这一泼，好半天没反应过来。

直到几秒后，她才恍然回神，尖叫了一声："你敢泼我？"说着伸出手要抓归宁。

归宁皱眉，正要躲闪，陈辉的手在半空中被人握住，她尚未转头，便被扯住她手的力道狠狠一甩，她整个人如同秋叶一般被甩到了一边，由于对方力道太大，她碰到了一边的桌椅，只听见桌椅上的东西乒乒乓乓摔了一地。

陈辉被甩在地上，抬头看去，就见她面前立着一抹高大的身影，陆淮南瞳孔直射她心底，怒气在他周身散发，他冷冽的双眸如同利刃，只要她稍微动一下，便能被刺个窟窿。

陈辉被吓蒙了，在地上一动不敢动，她没想到原本应该在 B 市的陆淮南会突然出现在这里。

陆淮南一出现，其他人更不敢吭声了，他强大的气场令人心生畏惧。

“郑庆贺？”陆淮南低沉的声音犹如一只暴怒的狮子。

刚刚赶过来的郑庆贺冷汗淋漓地从人群中钻出来：“陆，陆总，对不起，抱歉，是我教导无方，对不起，陆总，请您原谅。”

陆淮南阴郁的眼神中藏着怒气，让人不寒而栗，郑庆贺感觉自己的身体都在发抖。

里邦也吓着了，他从来没见过陆总在这么多人面前发这么大的火，尤其是对陈辉这种女人。

陆淮南盯着郑庆贺：“郑庆贺，从这一秒开始，我不想再看见这个女人，如果做不到，你跟他一起滚出 SJ！”

郑庆贺完全不敢看陆淮南，他额头的冷汗不停地滑落，只能应着：“是！是！我保证陈辉再也不会出现在陆总您的视线里，我保证！”说完忙让人将陈辉带下去。

谁想吓愣了半天的陈辉，回过神来竟然抓狂了：“不！舅舅，你不能这样！你怎么能让他们欺负我，你不能——”

“啪！”

郑庆贺一巴掌扇在陈辉的脸上，恨铁不成钢地说：“给我滚出去！滚！”

陈辉被这一巴掌打蒙了，再也没说话，任由人将她给拖下去。

里邦见其他人站在原地没敢动，提醒郑庆贺：“登山时间到了，是不是该出发了，郑总？”

郑庆贺立刻反应过来，忙说：“走走走，赶紧去酒店外集合！”

一旁的郑大鹏也跟刚回魂似的，配合郑庆贺一起将其他人遣了出去。

陆淮南出现后，归宁愣在原地，直到他高大的身影立在她面前，挑眉问她：“吓傻了？”

归宁的确有点被吓傻了，她没想到陆淮南会在这个时间出现在这里，她记得昨天挂他电话的时候已经晚上十点多了，也就是说他是连夜赶到这里的？

为什么会连夜赶到三亚？

归宁不想自作多情，可是她张嘴的动作已经快过意识，心里命令自己不能说，嘴巴却背叛了自己：“你怎么会在这里？”

“归宁小姐，陆总连夜赶过来就是为了……”

后面的话里邦没能说完，因为陆淮南给了他一个警告的眼神。

里特助第一次感觉到委屈，陆中集团那边出现大事故，陆总连续几晚都没睡，亲自在现场处理，好不容易有时间了，就第一时间给归宁小姐打电话，结果归宁小姐很生气，并且挂掉了陆总的电话。

陆总二话没说便让他订最早的航班想要连夜赶过来，但航班已经没有了，所以启用私人飞机，刚刚赶到。

里邦觉得这些不说出来，归宁小姐根本不知道陆总对她有多好。不知道陆总对她有多好，她又怎么会回心转意？

里特助很委屈，他只是想替自家陆总做一点事而已……

Part 5 >>>

“怎么被人欺负成这样也一声不吭？”陆淮南对归宁的行为非常不满意，英挺的眉毛一扬，“之前的小霸王作风，一言不合就开打的归宁哪去了，嗯？”

归宁原本还因为陆淮南出现在这里而欣喜，被陆淮南这样一质问，整个人都横起来，她皱眉，瞪着他，不悦地怼他：“难道你又想在三亚的警局捞我出来吗？”

说完，归宁看见陆淮南嘴角带着一丝笑意，她怔了怔才反应过来，为什么条件反射地认为是他从警局捞她出来？

归宁变了变脸色，瞪了他一眼：“懒得理你！”转身便往酒店外走去，她要跟大部队集合去爬山。

归宁刚转身，就被人从后面抱住。熟悉而滚烫的气息，陆淮南从后面搂着她的腰，轻声在她耳边说：“别生气，今天陪陪我好吗？”

他的呼吸、他的声音就在归宁耳郭边划过，温和的、酥酥的，她整个人都僵硬了。

陆淮南见归宁没有动作，亲了亲她的耳郭，松开她后，牵着她的手往楼上走去。

身后都是酒店工作人员羡慕的眼神：“俊男美女，这是活生生的现实版偶像剧啊！”

“男主从后面抱住女主，天啊！这根本让人无法抵挡啊！”

无法抵挡的归宁被陆淮南这个举动撩拨得心神不宁，电梯到了后，陆淮南牵着归宁走进去，电梯门一关上，归宁才反应过来，她刚刚是不是被占便宜了？

现在才反应过来显然是晚了，但归宁还是挣扎了一下，甩开牵着她的那只大手。本以为不容易，没想到轻松就甩开了。

归宁直接被陆淮南摁在了电梯的墙壁上，电梯里三面都是镜子，她看见自己几乎被他高大的身影完全覆盖，显得特别软弱无力，镜子中的场景旖旎又暧昧。

她抬眼看他，他的眉目清朗，双眸深邃无比，仔细看，还能看见他眼中的红血丝，她想起里邦想说却未说完的话，心软了下来，连语气也柔和了一点："你想干吗？"

陆淮南嘴角噙着笑，归宁发现他不正经的时候透露着一股邪痞劲，一点儿也不像平日里正经严肃的贵公子。

陆淮南微微歪头便吻上了归宁的唇瓣，双唇交缠，带着熟悉又令人心惊的吻，她的唇瓣柔软香甜。

归宁下意识地想抗拒，她伸腿踢他，却被他夹住了她不安分的小腿，顺便将她推他的两只手禁锢在她的脑袋上方。

被强吻的归宁渐渐在陆淮南的强势中妥协了。

直到电梯门到了楼层自动打开，门外站了几个在等电梯的人，似乎没想到一大早出门在电梯里能看见这么浪漫的一幕，女孩们情不自禁地捂住嘴轻"啊"了一声。

归宁这才反应过来，泄愤似的狠狠咬了陆淮南一口，她清晰地听见了他低沉的笑音，明明该很讨厌的，那嗓音却进了她的心，让她不得不想起一句话，这个男人，怎么连笑起来的声音都那么好听……

为了防止归宁害羞，陆淮南将她快速拉出电梯。

一进套房关上门，归宁便不干了，瞪着陆淮南，咬牙切齿："陆淮南，我发现你越来越无赖了！"

陆淮南好整以暇地看着她："如果这样能让你原谅我……宁宁，我可以改变。"

归宁抿着唇，拼命掩饰加速的心跳，该死的，她居然发现他这么无赖气十足的模样太撩人了，让人一心想沦陷。

就在归宁闷不吭声的时候，陆淮南叹了一口气，声音柔和起来：“宁宁，我这三天都没怎么睡，陪我睡一会儿好吗？”

玩笑归玩笑，归宁看见陆淮南眼底的血丝和脸上流露出来的疲倦，心还是不忍。

今天在大厅里，她刷手机的时候才发现陆中集团这次的大事件上了热搜，事态非常严峻，新闻里显示陆中集团的最高管理层亲临现场处理事故，连喝口水的工夫都没有。

归宁才发现，原来她误会他了……

看着陆淮南，归宁心软下来，她没吭声，便是答应了。

陆淮南宠溺地摸了摸她的脑袋，牵着她往卧室里走去。

走到卧室后，陆淮南脱了外套，里面是一件白色衬衫，这些天一直在忙，根本没有时间换衣服，加上去的地方是工地，难免落了些灰尘。

陆淮南刚解开衬衫的纽扣，归宁问：“陆淮南，你做什么？”

陆淮南解扣子的手一顿，表情看上去竟有些茫然，他解释：“宁宁，我好几天没换衣服了，有点脏，我想先洗个澡。”

归宁红着脸：“那你先洗，我出去了！”

说完拉开卧室的门正要走，陆淮南却扯住了她：“对不起，你别走，我去里面换衣服。”

说着他便转身去了浴室。

归宁坐在卧室里等，想起有一次她无意间闯进陆淮南的卧室，他刚洗完澡出来，也许没想过有人会忽然闯进来，所以他什么都没穿。

双方都愣了一会儿后，他一边穿着睡袍，一边严肃地对她说：“出去。”

归宁的脸早就红透了，竟然还能厚着脸皮撩拨他：“我为什么要出去啊，是陆叔叔你忘记关门的啊……这不能怪我。

“这样吧，陆叔叔，你别紧张，虽然我把你看光了，但没关系，我会对你负责的！”

当时陆淮南一脸无奈的模样，归宁现在想起来都觉得很好笑。可……那也是以前了，现在他们已经生疏到，她根本就不想撩他。

Part 6 >>>

站在花洒下的陆淮南闭上眼睛，任由水花落在脸上，形成水珠从他健硕结实的胸膛流下。

方才在外面，他在她面前换衣服，没有避讳，特别自然的行为已经证明他早已将她当成亲密的人。

可归宁对他排斥、生疏以及抗拒……

陆淮南在脸上抹了一把水，关了花洒。

没关系，虽然需要很久，甚至不知道多长的时间才能让她回到他身边，但是没关系，总有一天，他会将她变回以前那个喜欢为所欲为、不可一世的小姑娘。

陆淮南从浴室出来后，看见趴在沙发上睡着的归宁。

陆淮南想起昨晚那个电话，她发了那么大的脾气，怒气冲冲地挂了他的电话后，想必也没睡好……

他弯下腰，轻手轻脚地将她拦腰抱起，放在床上。

刚放下，便感觉她不安地皱了皱眉，翻了个身，抱着被子，像生气一般，用背影和后脑勺对着他。

陆淮南失笑，原来她在梦中也这么抗拒他吗？

陆淮南尝试将归宁抱着的被子从她怀里扯出来盖在她身上，可她抱得很紧，他根本扯不出来。

无奈，陆淮南只能将室内的温度稍微调高了一点，将沙发上的毯子轻轻盖在她的肚子上，以免着凉。

然后他轻轻在她额头印上一吻，轻声对她说："晚安。"

外面的天已经大亮，陆淮南将窗帘拉上，室内一片黑暗。

他知道归宁睡觉的时候不喜欢有光，一个人睡的时候喜欢抱着被子，因为有安全感。

这些他都记得，只是以前故意忽略了。

归宁醒来的时候已经是上午十一点多了，她是被饿醒的，睁开眼睛发了一会儿呆，听见肚子"咕咕"的响声。她没动，怔怔地看着不远处躺在沙发上熟睡的男人，他应该很累了，她醒来，他都没有任何动静。

以前陆淮南的睡眠质量不好，一丝动静都能把他惊醒，此刻却睡得这么安稳……

归宁没忍心将他吵醒。

但肚子实在太饿了……她从床上坐起来，尽量保持静音模式地出了门。

房间是套房，可以自己做饭，但没有食材。

归宁在自己做饭还是去吃酒店的自助餐之间挣扎了一会儿，想起酒店做的东西实在不符合她的胃口，便准备出门买食材，反正酒店不远处有个大型超市，走几步路就到了。

她去客厅的浴室洗了个脸后，出了门。刚打开门，便看见门外站着一个人。

第十三章

这是你赶我走的惩罚

Part 1 >>>

里邦似乎没想到先出门的会是归宁，没吭声。

归宁倒是特别自然地说：“里特助，我想去一趟超市，你要不要跟我一起？”

里邦顿了一下后，点了点头。

归宁不是第一次跟里邦单独相处了，这个陆淮南身边最信任的、跟随最久的助理看上去……很怕她？

挑选着食物的归宁回头看了一眼尽职尽责、逛个超市都如同在工作一般的里邦，她说：“里邦，你没有什么话对我说吗？”

里邦投去一个疑问的眼神。

归宁提醒他：“比如说在酒店大堂你想说却被陆淮南打断的话。”

说到这个，里邦一脸严肃地摇了摇头，陆总不允许说的话，他绝对不能再提。

归宁也不着急，她一边挑着自己想要的食材，一边不紧不慢地说：“这段时间我看得出来，陆淮南一直在讨好我，你是不是不希望我跟你们陆总和好？”

里邦吓了一跳，忙说：“怎么可能？归宁小姐，我巴不得你快点跟陆总和好，每天看着陆总过得那么辛苦，我想为他做点什么，又不知道该怎么做！”

没有谈过恋爱的里邦很茫然，所以才会在早上的时候迫不及待想告诉归宁陆总这一路过来有多辛苦。

“哦？”归宁挑了挑眉，“怎么说？”

里邦这才反应过来，归宁这是在给他下套，让他说也不是，不说也不是。

里邦咬咬牙，掂量再三，才说：“其实我想说的是陆总这两天是真的很忙，归宁小姐你挂了电话之后，他便连夜从B市赶过来了，就是为了来跟你道歉，从B市飞了三千多公里来这里哄你。”

“你离开了之后，陆总一直过得不好。他跟展瑜小姐之间不是你想的那样。展瑜小姐跟陆总订婚，也是为了气走你，展瑜小姐对陆总有特别严重的占有欲，展瑜小姐不喜欢陆总，却霸占着他的好，只要他身边有其他女人出现，展瑜小姐总会想方设法把那些女人赶走。”

提起展瑜，归宁的神情有些恍惚，她说：“可是陆淮南明知道展瑜只是对他有占有欲，还是什么都答应她不是吗？这能怪谁呢？”

里邦摇了摇头：“陆总确实有做得不对的地方，可是……订婚这件事，是陆总曾经承诺过展瑜小姐的，陆总是个守信用的人，所以……”

“所以为了守信用答应跟展瑜订婚？”归宁冷笑，“还真是个守信用的人啊，那么答应我的事呢？”

里邦非常清楚陆淮南和归宁私底下相处的情况，所以下意识地问：“答应你的什么事？”

他没有恶意。

但里邦这样一问，问愣了归宁，她想了想，忽然自嘲地笑了笑：“是啊……他从来就没答应过我什么，怎么遵守？”

里邦觉得说错了话，很懊恼。但是他本能地替陆淮南说话：“归宁小姐，你不能这么说，陆总没给你什么承诺，是因为他知道自己做不到，所以不想让你有期望之后失望，会有巨大的落差感。”

“所以他对展瑜的承诺就一定能做到？”归宁冷笑。

“不是的……”里邦说，“该怎么说呢……因为陆总跟展瑜小姐认识得早，在这之前，陆总没有喜欢过任何女人，可你也看见了，展瑜小姐对陆总的所作所为，加上陆总父母在感情上的不和，从小就让陆总感觉到爱情这东西不值得信任，所以陆总并没有将感情放在第一位。”

里邦说完，见归宁没吭声，他又说："可能你不能理解我的意思，我的意思是，陆总会跟展瑜小姐订婚，一是因为之前承诺过她；二是因为陆总觉得跟谁订婚都是一样的。所以才觉得答应订婚这个承诺是他能够做到的，不是因为这个承诺多么重要，换句话说，答应这件事就像答应跟朋友吃顿饭那么简单。"

"是吗？"归宁将一袋虾球放进购物车里。

"你应该不知道，陆总的父亲跟她母亲是商业联姻，但陆总的母亲一直以为她丈夫是爱她的，直到发现陆总的父亲另有所爱，陆总母亲最终郁郁而终。后来陆总的父亲很快便娶了一个漂亮的妻子，就是陆泽漆的母亲，陆总父亲爱的女人。陆总其实有一段时间挺恨他父亲的……"

"恨他父亲？"归宁的声音变得轻了些，"可他那么努力工作，什么都做得很好的样子，不是在讨好他父亲吗？"

"对，因为陆总只有这样才能拿回自己想要的东西。"

"想要的东西？陆中集团？"

里邦摇摇头："是整个陆家的一切。"

"没认识归宁小姐之前，陆总每天也一样地生活，但我总觉得少了一点什么，外界传言那时候的陆总很厉害，年纪轻轻接手陆中集团就玩得风生水起，可他们都不知道陆总这一路走来有多辛苦，刚接手陆中集团的时候，其他高层都看不起他、排斥他、故意刁难他，都说陆总身边的助理三天两头换一个，那是因为那些助理都是高层们安排进来的，是他们的眼线，陆总一边需要用计将这些眼线清走，一边还要顶着各种压力，没人会帮忙处理公司的事情，光是说说根本不能体会那时候陆总的压力，尤其是那段时间连展瑜都根本不怎么理会陆总……

"陆总在陆中集团有了成绩之后，展瑜才总出现在陆总身边，每次不是遇见了不开心的事情，就是向陆总求帮忙。我总觉得那时的陆总像一个计算缜密的机器人。"里邦说，"直到认识了归宁小姐，我才觉得陆总真真正正活过来了，尤其是你离开之后，陆总真的变了很多，你应该也能感觉到陆总相较以前，变化很大，不是吗？”

里邦说得没错，再看见陆淮南，归宁的确感觉到了他的变化。

那变化简直太明显了，最明显的就是以前都是她撩陆淮南，现在是他撩她。

里邦说的不完全正确，以前的陆淮南的确像个计算缜密的机器人，他从不允许自己犯错，他冷漠，不是因为他天生如此，是因为他没有遇见那个让他心动的人。

遇见了之后，骄傲的陆少爷也会变妥协、会包容，冷漠的性格也渐渐变得温暖起来。

“他在学习，怎么对一个他喜欢的女孩子好。”最后，里邦这样说。

超市谈话之后，归宁抱着一大堆食材回到酒店。

陆淮南还没醒，归宁去了厨房，将买回来的食材一一拿出来。

这么长时间，归宁也学会了做一些菜，虽然味道时好时坏，但认真做起来，还是能吃的。

她做一顿饭的时间很长，毕竟是生手，做了足足一个小时，才炒了一盘青蔬虾仁和豆角焖面。

归宁正准备将做好的面端出去的时候，一转身，便看见靠在厨房门口的陆淮南，他穿着睡袍，靠在门框边，看着她，脸上虽然还带着一丝疲惫，但比之前好了一点，眼神懒懒的，似乎还没睡够。

“吃饭了。”归宁的心因为他的眼神而狂跳了一下，但面上她还是装作很平静的样子，低头端着面往外走，好烦啊……这个男人，怎么没睡醒的样子也那么养眼？！

归宁坐在餐桌前的时候，陆淮南去洗漱了。

她望着浴室的门，忽然想到以前，住在 × 酒店的时候，她的房间在他隔壁，一个人待着的时候，她总会看着那堵白色的墙壁发呆，想着陆淮南在做什么，想什么。

不过这顿饭归宁没有吃，因为她母亲徐耀青的电话，一向冷静的母亲在电话那头崩溃地大哭，她说，归朝来走丢了……

Part 2 >>>

归宁从来没想过，父亲居然已经得了这么严重的病。

阿尔茨海默病是一种起病隐匿的进行性发展的神经系统退行性疾病。

电话里，徐耀青说：“一直瞒着你是你爸爸的意思，不想让你担心，但是我们也没想到这个病发展得这么快，现在老归的记忆出了问题，明明上一秒跟他说过的话，下一秒他就不记得了……我们一直瞒着他的病，希望他能得到好转，你爸爸年纪大了，到现在归氏也没有继承人，其他人都对归氏虎视眈眈……宁宁，你快回来吧……”

坐在飞机上，归宁一直看着未知的地方发呆。

从早上到现在她什么都没吃，原本做好的饭菜也没有机会吃。出门太急，她甚至连行李都来不及收拾。

陆淮南泡了面，端到归宁面前。

他在她面前半蹲下，用诱哄的口吻说：“宁宁，先吃点，嗯？”

归宁回过神，看了他一眼，拿起了桌上的筷子，吃了几口后便没有胃口，之前那种饿到心慌的感觉已经没有了，她放下筷子，对陆淮南说：“我真的吃不下。”

“嗯。”陆淮南也不强迫她，让人将东西撤走了之后，陆淮南帮她调整好座椅：“睡一会儿，很快就到了。”

“嗯。”归宁应了一声。

陆淮南帮归宁盖好毯子，虽然是应了，但归宁根本睡不着，一闭上眼睛便是母亲哭泣的声音，以及父亲失踪的消息……

归宁闭着眼睛，很难受，将整张脸都埋进毛毯里。

归宁从小锦衣玉食，虽然心智比同龄人成熟不少，但从小没遇到过任何波折，所以对家庭没有危机感，总觉得父母是可以一辈子陪在自己身边，可以宠她一辈子。

所以她从来没想过有一天父母老了，宠不动她了该怎么办。

直到她落进一个温暖的怀抱，她抬头看着连同毛毯一起将她裹在怀中的陆淮南，眼中浮现了些许脆弱："爸爸不会有事的，对吗？"

"嗯，不会，放心，你睡一觉，醒了就能看见他了。"陆淮南轻声安慰。

"真的吗？"

"真的。"陆淮南的声音低低的，有安慰人心的作用，"我保证。"

"嗯。"

虽然知道陆淮南这话多少有哄她的成分在里面，但归宁依然愿意听。

一下飞机，两人便直接赶去归宁家。

车子刚在家外面停下，归宁就开门下了车，手机落在车里也顾不了，心急如焚地想立刻回家。

归宁打开门后，便看见徐耀青一双红肿的眼睛，她应该有很多天没睡好了，满脸都是疲惫。

归宁忽然觉得那个高雅美丽的妈妈老了很多，是她平时根本没在意，还是她真的很久没回家了？

"妈妈……"归宁红着眼睛跑过去，"爸爸找到了吗？"

"找到了。"徐耀青说，"多亏了陆总的人，将你爸爸送回来了。"

"我可以去看看他吗？"

"可以。"

徐耀青带着归宁去了二楼的主卧，站在窗前，看着归朝来熟睡的样子，不知道什么时候，他头顶的白发多了许多，皮肤上的褶皱越来越多，那一瞬间归宁才发现，原来不知不觉中父母都老了……

归宁鼻头发酸，但她不想在母亲面前流眼泪，惹得母亲更加伤心。她也不想吵到父亲睡觉，便对母亲说：“妈妈，我们出去说吧。”

“好。”

两人走到楼下的客厅，家里的用人刚好出来，看见归宁，说：“归宁小姐，您快劝劝夫人吧，她已经一天没怎么吃东西了，这么下去该怎么办啊……”

归宁看向母亲，发生这种事情，连她都对食物提不起胃口，何况是母亲。

归宁对徐耀青说：“妈妈，我学会了几道菜，我做给你吃吧？”

这若在平常，徐耀青肯定很开心，自己的女儿居然会做饭给自己吃了。

也许天下的父母都一样，为子女辛苦一辈子，不求回报，只要子女偶尔给他们做一顿饭菜，他们也很开心。

归宁去厨房里做饭，徐耀青便在一旁看着，做完饭之后，看着桌子上的饭菜。徐耀青感慨：“宁宁会做饭了，都可以自己照顾自己了，你爸爸要是能看见，肯定很开心。”

归宁垂眸：“对不起，妈妈，以前是我太任性了。”

“那也是我们宠出来的啊。”徐耀青说，“女孩子就是要任性一点才不会被别人欺负，可是啊，就怕我跟你爸爸不能够保护你一辈子，如果我们都走了，你一个人该怎么办啊……”

说到这里，归宁终于忍不住扑上去抱住母亲：“妈妈，不会的，你跟爸爸一定会长命百岁！”

徐耀青笑着摸了摸归宁的长发：“之前是爸爸妈妈做得不对，一直撮合你和隔壁的小毅在一起，也不管你喜不喜欢。妈妈还把你关在家里……但是爸爸妈妈也是没办法啊，我们就只有你一个女儿，你对归家的事业不感兴趣，但外边不知道多少人觊觎着归家的产业。你爸爸那时候就知道有一天他会病成这样，所以希望给你找一个靠谱的丈夫，未来可以把归氏和你照顾好。你爸爸是用心良苦，只是现在想起来，是我们做得太过了，也许一切都是命中注定，强扭的瓜终究不甜。”

归宁没想到原来那时候父母像变了一个人一样站在周毅那边，竟然是因为这个。

虽然现在想起周毅，归宁还是觉得很恶心，但那已经不算什么了，她只是觉得自己一向心细，怎么在家人这里就变得那么不懂事了。

“妈妈，别怕，以后都有我。你和爸爸我都会好好照顾的。”归宁将脸埋在母亲的怀里，还好，一切都不算太晚。

“嗯，不过现在有陆总照顾你，妈妈也放心了。”徐耀青忽然说，“这次一定要好好感谢陆总，如果不是他，恐怕现在我还没能找到你爸爸。”

归宁才知道，原来在飞机上，陆淮南便已经让这边的朋友帮忙寻找归朝来了。

她看向门外，这才发现，陆淮南是跟她一起过来的，可是直到现在她都没看见他进门。

Part 3 >>>

归宁走出房子，才看见倚在车边的陆淮南，里邦就在他身边。

从下飞机到这里，他一直在那儿等着她，好像她一直不出来，他便会一直等。

此时已经是晚上了，夜风很凉，归宁走了过去，一声不吭地拉着陆淮南坐进车里。

陆淮南看归宁的脸色有点不好。

他以为她又发高烧了，下意识地摸了摸她的额头，温度平常，他这才放了下心。

归宁望着他的眉眼，说：“陆淮南，谢谢你帮我找到我爸爸。”

陆淮南温和地笑了笑：“宁宁，跟我不需要太客气。”

“嗯。”她问，“你刚刚怎么不跟我一起进去啊？”

陆淮南没有立刻回答，思忖片刻才说：“宁宁……抱歉，有的时候我不知道怎么面对这种情况，我觉得，可能有外人在场，你们会尴尬……”他委婉地问，“你懂我的意思吗？”

归宁懂，陆淮南是想给他们一家人空间，不想打扰到他们。还在她不知情的情况下帮她找爸爸……

归宁想起在飞机上陆淮南告诉她，睡醒了就能看见父亲了，本以为只是安慰她，没想到他一个人默默地将所有事情都做好了。

“你不是外人。”归宁轻轻地说，“你是我们家的救命恩人。”

陆淮南被“救命恩人”这四个字逗笑了，不过他笑起来始终是浅浅的笑，清淡悠远，却勾人心魄。

归宁看了一眼，垂眸说：“之前我一直误会了我爸妈，以为他们是真的想把我嫁给那个周毅，我刚刚才知道，原来是爸爸早知道有一天自己的病情会严重，所以想要找一个人照顾我。陆淮南，我是不是真的很自私？从来都顾着自己，没想过家人。”

陆淮南从没见过这样的归宁，好像一下子多了很多心事，他说：“我相信，你家人希望看见的就是你现在这样随心所欲地生活，否则他们不会从小到大把你当成公主一样宠着，不是吗？”

是啊，陆淮南说得一点都没错，他们即使是让她跟周毅在一起，也是为了她的后半生着想。

“以前我总觉得赚不赚钱，继不继承家里的产业都没关系，只要活得开心就行，现在想想，我真的太单纯了，如果不是家人这么努力，我怎么会有这么好的生活？如果没有钱，家里人生病了，我能有什么能力去救他们？”

说到这里，归宁更加低落了：“只是我现在才明白这些，会不会太晚了？”

“不会。”陆淮南轻声哄她，“说明我们宁宁长大了。”

归宁抬头看着陆淮南，真好啊……还好有他。

如果不是陆淮南在身边，发生这一系列的事情，她根本不知道该怎么处理，或许她现在还在机场等待转机，因为三亚没有直接飞到她老家的航班。

如果不是他，也许到现在家里还是一团乱。

“陆淮南……”归宁忽然扑进陆淮南怀里，“我原谅你了，你帮我找回我爸爸，抵消了过去你对我所做的一切，我不怪你了。但是你要答应我，以后再也不会有其他女人，你再也不会让我离开了。”

突如其来的拥抱，让陆淮南一怔，随即，他轻轻地抱着她：“好。”

虽然只有一个字，但他会用余生的爱实现这个“好”。

归朝来是在晚上十点多醒的，徐耀青守在床头睡着了，用人去准备消夜了，所以归宁从车窗外看见归朝来独自出来时，忙从车上下来，跑到他跟前，惊喜地说：“爸爸，你醒了？”

归朝来看了归宁一眼，继续往前走。

归宁有些茫然：“爸爸，你要去哪儿啊？”

从小到大，每次父亲看见归宁都很开心地喊她“宁宁”，从未出现过像现在这样根本不搭理她的情况。

听见归宁的询问，归朝来说：“我要去给宁宁买面条，宁宁最喜欢吃我煮的面条，其他人煮的都不爱吃。”

归宁无措地看着他，自从归朝来忙于做生意，便没有再给她煮过面条了，有很长一段时间，她都赌气不再吃面条。

直到陆淮南第一次在酒店给她做面条，她想起小时候归朝来不忙的时候总会给她做消夜，一碗面加一个鸡蛋，她就很满足了。

初中，归朝来工作忙的时候，归宁与他见面的时间少了，甚至有段时间一个月都见不着。

现在她听见归朝来忽然说出这句话，有片刻的茫然和苦涩。

归朝来说："给宁宁做好早餐后，宁宁才会乖乖去上学。"

"爸……"归宁望着眼前的人，哽咽地说，"我已经长大了，不上学了啊……"

归朝来皱眉看了归宁一眼："小姑娘，你是谁呀？年纪轻轻怎么不上学呢？"

"爸……"归宁整颗心都痛了，她说，"我是宁宁啊，你怎么不认识我了啊……我是你的女儿啊……"

归朝来听见这话，仔仔细细地端详她，看着她眼中含泪，却也挡不住她精致的五官和美貌："瞎说，虽然你也长得好看，但我还是觉得我家姑娘长得更好看！小姑娘，赶紧回家吧，别再认错人啦，你不是我的女儿，我女儿还在上小学呢！"

说着归朝来便往前走，归宁想要拦住他，却被陆淮南制止了，他对她摇了摇头。

陆淮南跟上归朝来："伯父，您想去给女儿买面条吗？"

"是啊……"归朝来一边走，一边说，"我要去市场的老蔡那儿买面条，宁宁最喜欢那家了，买了面条才能给宁宁做她喜欢吃的鸡蛋面。"

陆淮南说："天太晚了，要不然您坐我的车，我带您去买？"

归朝来看了一眼天空，再看了一眼陆淮南，感觉这么年轻又英俊的小伙子应该不是个坏人，不会对他做什么，于是点了点头："那好吧……"

陆淮南让里邦带着归朝去车上，他看了一眼站在不远处一动不动的归宁，知道归朝来变成现在这副样子，归宁一时间很难接受，他走到归宁面前，知道再多安慰的话都多余，只说：“我们上车吧！”

到了车边，才发现归朝来和里邦起了争执，具体来说，应该是归朝来死活不肯坐后面，非要坐在副驾驶座上。

里邦想的是坐后排，归宁能够照顾他，所以很为难。

归宁知道后，低语：“以前爸爸不开车的时候就爱坐副驾驶座，他认为副驾驶座是最不安全的，在发生事故的瞬间，司机会本能地打方向盘躲闪，副驾驶座就会正面对上撞来的车，所以他从来不让我跟妈妈坐在副驾驶座上。”

听见归宁这样说，里邦才知道自己又做错事了，他看着陆淮南，见陆淮南朝他示意了一下，便打开了副驾驶座的门，恭恭敬敬地让归朝来坐进去。

陆淮南亲自打开了后座的门，一手搭在归宁肩膀上，柔声说：“上车吧。”

归宁“嗯”了一声，帮归朝来系好安全带后钻进后座，看着一脸期待、像个孩子般望着前方的归朝来，她轻声说：“爸爸，我就在你后面，有什么事喊我就行。”

归朝来没有回答，依旧望着前方，也许在他的世界里，现在没有什么比给女儿买面条更重要的事了。

归宁见归朝来没反应，便不再说什么，心情低落地坐在后面。

Part 4 >>>

“往好的方面想，也许这个时候是他最开心的时候，不需要每天忙碌到没有时间陪妻女，不需要心怀愧疚，可以做自己想做的事。”陆淮南的声音在归宁耳边淡淡地响起，“宁宁，他现在是快乐的，不是吗？”

归宁看着父亲的侧颜，他现在的确是快乐的，他沉浸在自己的世界里，听不到外界的声音，他想干什么就干什么，再也不用理会别人的想法和意见，可是归宁从来没想过爸爸要的自由，是以这样的方式到来的。

“以前我喜欢吃蔡叔叔家的面条，爸爸每天都去蔡叔叔那里买。记得有一次，爸爸因为工作太忙，就随便在小区门口的超市买面条煮给我吃，我死活不吃，我赌气将自己关在卧室里，爸爸过来敲门说面煮好了，我却怎么都不肯出去。直到爸爸实在有事不得不离开，我才偷偷开了门，然后看见了饭桌上热腾腾的面条。

“那应该是爸爸很认真煮好的一碗面，我却因为跟爸爸赌气，任性不吃。现在想起来，真的很后悔，过去的我怎么那么任性，一点都不理解父母的辛苦。这么多年过去了，蔡叔叔家的店早关了，爸爸还记得要去那里买面条。”

陆淮南看见归宁神情低落，一副快要哭出来的模样，心疼极了。

他一把将归宁扯进自己怀里，抱着她，安抚着她，说：“好了好了，别想过去的事情了。乖，我相信，如果现在你爸爸清醒着，看见你现在这副样子也会心疼得不行。还有我……宁宁，乖一点，不要让我这么心疼好吗？”

归宁闷在陆淮南的怀里没吭声，将脸埋在他的怀里，像一只受伤的小猫咪，本能地需要温暖与怀抱。

最后面条是陆淮南找到了老蔡家买回来的。

这么多年了，老蔡也从归宁印象中的叔叔变成老头，人老了，孩子长大了，所以便没让他再干卖面条的活了，让他在家里安享晚年。

老蔡虽然已经很久不做生意了，不过年轻时候就是干这行的，所以家里平时多多少少都会备着一些面条。

陆淮南事先让人查到了老蔡的家庭住址，直接让里邦开车去了。

虽然事先交代过，但老蔡看见归朝来的模样，还是大吃了一惊，倒是归朝来看见他像见了老熟人一般，说：“老蔡啊，让你给我准备的面条怎么样了？这次我要多买点，我家宁宁啊……最喜欢的就是你做的面条了！”

虽然老蔡很不能接受归朝来变成这样，但还是很憨厚地领着归朝来进门：“来，我给你拿。”

老蔡将家里的面条都拿了出来，装好递给归朝来。

归朝下意识地从兜里掏钱，可是他现在这个样子，出门的时候根本就不记得带钱，自然是掏不出什么的。

归宁出门匆忙也没带钱，还是陆淮南将钱递给她，她拿给归朝来。

归朝来愁眉苦脸地说：“我明明带钱了啊，怎么会找不着呢……姑娘，谢谢你啊，我先借你的钱，回去就还你！”

归宁想说不用还，但也知道自己说什么都没用。

老蔡本就不想收钱，看见归朝来递钱过来的时候，说：“老归啊，你忘记了吗？你每次在我这里买面条都是提前给了一年的钱，这钱啊，你不用给我。”

“啊！是吗？”归朝来拍了拍脑袋，“噢，我记起来了！”

他将钱还给了归宁：“姑娘啊，谢谢你啊！”然后拎着面条笑得跟个孩子似的，“我请你去我家吃面条吧？！吃我家宁宁最爱吃的面条！”

归宁：“好啊。”

归朝来宝贝地抱着面条离开后，归宁看着老蔡说：“谢谢你啊，蔡叔叔。”

“客气了！这么多年没见，小宁都长这么大了。”老蔡说，“以前老归来我这里拿面条时总抱怨自己太忙了，越来越没多少时间给你做饭，可是他也烦啊，每天公司里一大堆事情等着他处理，他实在分身乏术。我印象最深的是有一次，老归很晚才来我这里，憔悴得不行，问了之后，我才知道公司陷入了低谷，可是他不敢跟你们说，那晚他跟我说，要是这次没撑下去，未来真的只能吃面条了……可是他不想妻女跟着他吃苦，他结婚的时候就发过誓一定要让妻子和孩子过得好，绝不会让你们吃一丁点苦。

“幸好啊！老归度过了人生中最艰难的时候，小宁啊！父母老了，这一辈子没什么想要的，就是希望你能过得好，可是做儿女的还能陪父母多久呢？上学的时候大部分时间都在学校，成家立业有了自己的孩子后，能够陪伴在父母身边的时间更少了，所以，珍惜与父母在一起的时光吧……”

是啊，这世界上最遗憾的事情是——我长大了，你却老了；我有能力报答，你却不在了……

归宁回头看着坐在车上的归朝来抱着面条像抱着极其宝贝的东西，鼻头发酸，很难受。

Part 5 >>>

接下来的时间里，归宁留在家里陪父母，陆淮南陪了她几天之后，她便让他回 B 市了。

就像徐耀青说的：“毕竟陆少爷的身份跟我们不一样，能帮我们做这些已经很好了，真的很好了，宁宁，我们不能耽误人家工作，知道吗？”

归宁心里也是这样想的，这次，如果没有陆淮南帮忙，很多事情会比现在还糟糕。

她这些日子，心都在家人身上，一直忽略了他。

现在归朝来的身体状况稳定了，她才想起来，原来这些日子，陆淮南一直默默地陪在她身边；她有事的时候，都是他提前帮她铺好路，想好解决办法；她没事时，他便安安静静地待在离她不远的地方，默默地守护，不打扰。

陆淮南本想住酒店，但徐耀青强烈邀请，特意准备了一间房间给他，平日里他便在那里睡觉和处理公务。

好在归宁家够大，那个大房间原本是为归宁和未来女婿准备的，所以布局和设计都格外大气，睡觉和办公都可以。

归宁在厨房准备好消夜之后，敲响陆淮南的房门。

里邦打开房门，看见是她，小声地说："陆总正在视频会议。"

"噢，我可以进来吗？"也许是家里的事情令归宁成长了许多，现在的她比之前少了一些锐气冷傲，多了几分柔和平静。

里邦觉得受宠若惊，他说："当然可以，归宁小姐请进。"

归宁端着消夜走进去，边走边说："里邦，你以后叫我归宁就行，不用叫我归宁小姐。"

"好的，归宁小姐。"里邦愣了愣，很不适应地喊了一声，"归，归宁。"

归宁看着里邦结巴的样子，轻笑了一声，没多说什么。

将消夜放在桌子上，她正要走，一抬头便看见陆淮南的黑眸，如珠如玉，温润生辉。

他朝她招招手，示意她过去。

归宁咬了咬唇，走了过去。

归宁刚走到陆淮南身边，便被他拉进怀里，他将脸埋在她的颈项之间，汲取她的温度，她能感受到他挺拔的鼻梁，带了一丝凉意的薄唇吻住了她的后颈。

归宁想到刚才里邦说陆淮南正在开视频会议……他对她这样，岂不是被其他人看见了？

归宁身体一僵，挣扎着。

他却像小孩得到了玩具，紧紧抱着不松手。

归宁实在不习惯这样亲昵的样子被别人看见，她挣扎不过，便说："陆淮南……你还在视频……"

“关了。”贪恋她身上香味的陆淮南这样说。

归宁才看见不知道什么时候，视频一片黑色，只能听见电脑里会议上的人激烈的讨论声，而这边，会议的领导者却做着一些不可描述的事情。

“那还有里邦……”

归宁一抬头，卧室里哪里还有里邦的身影，好像刚才给她开门的人从没出现过，桌子上只有她端过来的热腾腾的消夜。

“嗯？”陆淮南的尾音微挑，“如果这点眼力见都没有，里邦就该退休回家了。”

归宁在心里腹诽，在陆总身边当助理，还要随时预见他跟异性有亲密行为的时候早点开溜，真是不容易啊！

归宁在陆淮南怀里像条小蚯蚓一样，想挣脱他的怀抱，但他始终不让她得逞。

最后归宁佯装生气地瞪着他：“陆淮南，我有正事要跟你说！”

陆淮南不急不缓，一边啃咬着归宁圆润的肩头，一边道：“你说。”

归宁咬咬牙，看在这么多天以来，他为她家里做出的“巨大贡献”，她忍住脾气：“你先放开我好吗？”

陆淮南：“不好。”

“陆淮南！”虽然归宁大小姐的脾气是变好了，但骨子里还是很傲娇的，再好的脾气也有底线。

“嗯？”但陆淮南不怕，懒洋洋的一个尾音，慵懒又放松还带着一点认真。

在外面强势到根本不会让别人欺负的归宁小姐，拿陆淮南毫无办法，最后只能妥协地说：“陆淮南，虽然你告诉过我，不用说‘谢谢’，但我还是想要说，谢谢你这些日子以来对我家人所做的一切，现在我家里的情况基本都稳定了，但我可能还会在家里待一段时间，所以，你如果有事，可以先走的……唔……”

归宁刚说完，肩膀便被狠狠地咬了一下，她吃痛，回头瞪着那个咬她的男人：“陆淮南，你是狗吗？”

这一口咬得毫不留情，归宁都能看见她肩膀上红红的牙齿印。

“不许说脏话。”陆淮南一本正经地教育归宁，“这是你赶我走的惩罚。”

归宁哭笑不得：“我没有赶你走啊……”明明是怕他工作太忙，耽误了他的工作。

就在这时，电脑里忽然传来有人喊他的声音：“陆总？陆总？您还在吗？”

陆淮南的回答冷淡简洁：“说。”

与方才跟归宁纠缠的男人判若两人。

那边的人显然被陆淮南吓到了，结结巴巴地说：“陆，陆总，您那边的视频怎么黑屏了？”

“不想开。”陆总的声音里明显透露着不耐烦，“有想法？”

“没，没想法。”那人吓得连原本想要说的事情都忘记了。

还是被旁边的人提醒，他才想起自己找陆淮南是为了确定一个项目的解决办法。

会议的最后，陆中集团的元老苦口婆心地说：“小陆总啊，你已经有一周没来过公司了，虽然公司近年来发展稳定，但你也不能这样放之任之啊，孩子成熟了的确可以放手让他飞一阵子，但也不能彻底不管不是？毕竟树大招风，外面等着钻空子的人还有很多。你手底下这些小员工们，还有各个公司的大佬们每天急着想见你谈合作的、处理各种问题的……他们头发都等秃了，你好歹回来见见他们吧……”

归宁觉得这个老头说话很逗，忍不住笑出声。

原本绷着一张脸的陆淮南看见归宁笑了，态度也缓和了不少：“该回去的时候总会回去的，张伯，您别催我了。”

“我也不想催啊。”老头很愁，“主要是他们总催我，他们又不敢来找你，只能天天找我，可怜我一个六十多岁的老头本应该退休安享晚年，却天天被催着来公司处理你的事情，你以为我愿意吗？”

最后老头小声地对他说：“小姑娘追到手就赶紧带回来，别让她跑了，知道不？”

老头口中追到手的小姑娘听到后哭笑不得，归宁这才知道，原来这一周，陆中集团的人早就催陆淮南回去了，但陆淮南每次都左耳听右耳出，要么敷衍，要么直接发脾气，他手下的员工都怕他怕得不行，哪里还敢再问，只能寻求张老的帮助。

张老是陆中集团的元老级人物，连陆淮南的父亲见了都要喊“哥”的人物，他从小看着陆淮南长大，跟陆淮南之间的关系更像是父子。

在陆淮南的母亲离世之后，张老是最疼爱陆淮南的长辈了，当年陆淮南接手陆中集团的时候，张老暗中帮助了他不少。

等陆淮南完全掌控了陆中集团之后，张老才退居二线。

归宁对张老是有印象的，那时候她还在上大学，有一次晚上，张老来到了陆淮南的别墅，当时她正坐在餐桌上等陆淮南给他煮面条。

张老来了也要蹭一碗，他说跟陆淮南认识这么长时间，陆淮南别说煮面条，就是给他打包一碗面都没有过。

模样看上去好像在跟归宁吃醋。

当时归宁觉得这个老头看上去怎么像个柠檬精，但是老头很喜欢她，他对陆淮南说：“你小子也老大不小了，找到适合的女孩子就在一起得了，别整天想着展家那丫头，那丫头跟你不合适！”

那时候还很冷傲的归宁第一次正眼瞧这个老头，对他印象深刻，就是因为他背着展瑜说展瑜的坏话，觉得她比展瑜更加适合陆淮南，她觉得这个老头十分有眼光。

想起之前里邦跟她说过的话，陆淮南身边亲近的人不多，甚至可以说没有，她竟然很庆幸，那时候有张老在陆淮南的身边一直扶持培养他，让他看上去至少不会那么孤立无援。

Part 6 >>>

关了视频的陆淮南，发现归宁在望着他发呆，只不过眼神有点奇怪，看上去像一个母亲看着在外面闯荡、受了很多苦终于回到家的小孩的那种心疼？怜悯？

女孩子的心思……很难猜，陆淮南看不透为什么归宁忽然会用这种眼神看他。

归宁看了一会儿后，忽然轻轻地抱住陆淮南，安慰似的对他说："陆叔叔，以后我会对你好点的。"

不知道归宁奇怪的心思和安慰的话来自何处，但陆淮南根本不在意，因为他很高兴，他的小姑娘终于又回到他身边了，像过去一样会对她撒娇，这是他好不容易惯回来的小姑娘，他会视若珍宝。

虽然口头上说让陆淮南回B市，但陆淮南回去的前一晚，归宁舍不得，就像即将要丢失很重要的东西一样，那天归宁的情绪很低落。

晚上在归宁家吃完饭后，归宁跟陆淮南出去散步，陆淮南发现归宁一整天都闷闷不乐，以为她是在担心她爸爸的病情，便说："我会让医生一直留在这里观察归伯父的身体情况，你不用太担心。"

归宁抬头看了陆淮南一眼，原来他是以为自己是因为父亲的病情闷闷不乐。

最开始得知这件事时，她和母亲一样都接受不了，但时间长了，归宁发现现在的父亲就跟个小孩一样，每天的要求很简单，只要能买到他给她做的面条他就很开心。

所以归宁和徐耀青都觉得这样的归朝来状态挺好，除了不记得现在的事情，每天都简单快乐，容易满足也挺好的。

“不是因为这个。”她轻轻地否定。

陆淮南见归宁眼神复杂地看了他一眼，又低下头，还是闷闷不乐的模样。

陆淮南有点愁……他停住脚步，思来想去，今天发生的一切，并没有什么惹她不开心的事情才对。

“宁宁？”陆淮南叫着一直往前走的归宁，他停下来之后，归宁没察觉，若有所思地继续往前走。

陆淮南追上归宁，指了指不远处的移动冰激凌车：“想吃吗？”

归宁点了点头。

“那你在这里等着。”陆淮南摸摸归宁的脑袋，“在这里等着我，别乱走。”

“嗯……”

归宁看着陆淮南大步走向移动冰激凌车，大概是第一次看见他跟这么可爱的东西站在一起，归宁感觉有点违和。

印象中的陆淮南应该是穿着正装出现在各种正式的场合，或者穿着家居装在家里的书房开视频会议的人。

她看见陆淮南跟卖冰激凌的女孩说了几句话，女孩的脸明显红了起来，想看他又不敢看的样子，举了举手中的手机，却见他摇了摇头。

直到做好冰激凌，看着他朝归宁走去，女孩眼睛里才划过一丝失落。

陆淮南走到归宁面前，拿着冰激凌，像哄一个想吃冰激凌的小孩，双眼深邃明亮：“所以……小姑娘今天为什么闷闷不乐，嗯？”

第十四章

也不差你一个

Part 1 >>>

归宁问："刚才那个卖冰激凌的女生跟你说了什么？"

陆淮南想了想："她说加她们家的微信可以优惠。"

归宁明知故问："你给她了吗？"

陆淮南："没。"

归宁忽然抱住陆淮南的腰，将脸埋在他怀里。

"随便买个冰激凌都有小姐姐看上你，你明天就要走了，我怎么放心得下啊……陆叔叔。"

归宁是因为这个才心情如此低落吗？

陆淮南有些无奈，他说："刚才那个小姑娘是要微信打折的。"

归宁不是小孩子，不会连这种借口都听不出来，不过她也不再多说什么，情绪低落这件事是心事，就算陆叔叔想要哄，也只能维持片刻，等他离开之后，她情绪还是好不起来。

她喜欢的男人啊……可能是天生带桃花吧？

归宁仰头看着那张英俊的脸，过去倨傲冷漠、神情专一，眼里只有展瑜，令人想靠近却不敢靠近，现在温文尔雅、偶尔痞邪，浑身都是魅力，令人想要靠近。

这样的男人，谁不喜欢啊……

归宁对比了一下，发现不管哪个时期的陆淮南她都喜欢，但仅仅是她喜欢，那种所谓的安全感，他从来没有给予她。

归宁深吸一口气，从陆淮南怀里退出来，接过陆淮南手里的冰激凌，吃了一口，再搁在陆淮南嘴边："吃吗？陆叔叔？"

陆淮南平时是不吃这种他认为小孩子才吃的玩意儿的，但现在喂他的是他的"小孩"，他十分给面子地吃了一口，忽然弯下腰，对着她的唇，将冰激凌喂进她的嘴里。

温热的唇与冰交织在一起，归宁一手搂着他，亲吻上去。

爱情这东西真烦啊……

本以为分开的那段时间，她的心已经沉淀，即使再遇见他，也不会像从前一样癫狂，却不想，一次一次地喜欢上同一个人，一次比一次爱得热烈，她对他的喜欢从来只多不减。

罢了，不管明天会怎样，现在他在她身边就好。

不管归宁有多么不舍得，第二天一大早，陆淮南还是离开了。

归宁没有去送他，因为害怕自己会什么都不顾，跟着他一起跑了。

他走的前一天晚上，她是睡在他房间里的，徐耀青已经默认了他们之间的关系，相对于周毅，陆淮南的条件好太多了，那时候徐耀青没想过，陆淮南和她女儿之间竟然是这种关系。

在飞往B市的航班上，里邦向陆淮南报告："之前我去调查过周家，周氏的公司近一年来发展得很不好，所以迫切地希望能跟归家联姻。他们知道归家只有归宁小姐这一个女儿，归宁小姐对继承公司没兴趣，所以他们打算等周毅成为归家女婿之后，侵吞了归家的所有股权与财产，扶持周氏。"

"归宁小姐回家后，周家人好几次想上门探访，都被我们的人拦在外面，所以归宁小姐一直不知道周毅想要继续骚扰她这件事。"

里邦知道之前周毅那件事在归宁小姐心里产生了很大的阴影，所以对这个姓周的也是很厌恶。

原本陆总在归宁小姐身边，还能保护好归宁小姐，现在陆总走了，也不知道周毅那小子会不会又对归宁小姐做什么恶心的事。

"你尽快安排人二十四小时守在归家附近，但不能被归宁发现。"陆淮南的表情看起来十分冷漠，"如果周毅再做出伤害归宁的事，直接取证报警。"

“是。”里邦应了一声。

但此刻是在飞机上，即使安排也需要时间，所以当陆淮南和里邦下飞机之后，周毅已经上门找上了归宁。

Part 2 >>>

早晨陆淮南起床时，归宁其实是醒着的，但她一直假装睡着，他离开时轻轻地吻了她的额头，用不吵醒她的声音跟她说：“早安，我的小姑娘”。

她听见他往外面走时，忍不住睁开眼睛，看着他离开的背影。

她没忍住，光脚踩在地毯上，从落地窗边看着他下楼，看着他跟母亲说了会儿话之后，上车离开。

归宁有点烦躁，等到车子和人都无影无踪之后，她将自己摔在床上，闷闷不乐。昨晚太累了，她闷在被子里，闷着闷着便睡着了。

她睡着了之后做了一个很不好的梦，她梦见陆淮南和展瑜在一起，展瑜挽着陆淮南的胳膊，一脸挑衅：“有我在，你和淮南哥哥是不可能在一起的！你放弃吧！”

归宁被梦惊醒了，睁开眼时，面前一张放大的脸被她忽然睁开眼吓了一大跳。

归宁皱眉，看着眼前的人：“周毅？”

她迅速起身，环视一圈，发现窗户是打开的，看来周毅是从窗户那里爬进来的。

这一刻，归宁竟然很冷静，她冷眼看着眼前的男人：“你想做什么？”

“别紧张！”周毅举起双手，还是那种痞子一样的笑。

“痞”这个字褒贬不一，看形容在什么人身上，陆淮南有时候也会流露出一些男人的痞性，归宁觉得那是男人自带的张狂野性，是一种独特的魅力。

但用在周毅身上，就是字面上的意思了……那样子就像街头无恶不作的流氓，特别令人作呕。

“我只是想来看看你，但你们家附近总有人不让我过来，没办法，我只能用这种不雅的方式进来找你了。”

周毅说这话的时候表情特别无辜，仿佛他这样进来，是被逼迫的，他也无可奈何。

归宁不敢想象，如果刚刚她没有醒过来，他会对她做什么。

她在跟周毅交谈、转移他注意力的时候，悄悄地摸到了手机。

“你找我有什么事？”归宁一边说话转移周毅的注意力，一边拨打报警电话。

“没太大的事情……”周毅一边说，一边朝归宁走过来，“只是觉得我青梅竹马的归宁妹妹回来了，家里又出了点状况，我应该过来关心关心。”

说着，他忽然弯下腰，将归宁手中的手机夺走，他看了一眼手机上未拨出去的电话号码，轻蔑地笑了一声：“妹妹不乖哦，为什么要报警？”

说完他伸手想摸归宁的下巴，归宁眉头一皱，抓着他的胳膊一个过肩摔，便将他摔在床上。

周毅顿时笑了起来：“看来妹妹是迫不及待想跟我一块睡觉了。”

归宁冷笑地看着周毅，手机已经回到了她的手中，她飞快地拨通了报警电话，她举着电话对着变了脸色的周毅说：“你晚上可以在警局睡觉了。”

说完，她对着已经接通的电话说：“你好，我报警，有人私自闯进我的房间……”

话还没说完，便见周毅迅速从床上跳起，想抢归宁的手机，归宁毫不留情地对着他的关键部位狠狠地踹了一脚，他毫无防备，被狠狠踹得疼倒在地上。

归宁冷声对着手机说：“对，警官，对方还试图袭击我。”

挂断电话之后，归宁像个女王般居高临下地看着捂着关键部位的周毅："有句话我再说一次，下次别让我看见你，否则见一次揍一次！"

归宁卧室里的动静惊动了家里的用人，用人打开门看见地上躺着一个男人，吓得尖叫起来。

这一声尖叫成功地引起徐耀青的注意，她慌忙走上来，看见周毅在归宁的房间里，眼神中划过一丝迷茫，似乎不知道什么时候周毅进了自己的家门。

"小毅，你怎么会在这？"她见周毅痛苦地倒在地上，问，"你怎么了？"

周毅很无语，被现场抓到了，又被这么多人看见，他觉得丢脸极了，根本不想说话。

"没事。"归宁清冷的声音响起，"妈妈，看来我们家里的安保措施要加强了，不过没关系，我已经报警了。"

"报警？"徐耀青诧异，事情已经严重到需要报警的程度了吗？

"是的，陌生男子恶意闯进女性房间并且意图骚扰，私闯民宅和性骚扰这两项罪名足够了。"

Part 3 >>>

警察局，周家父母百般讨好归宁，希望她能够放过自己的儿子。

但归宁的态度十分冰冷，她看着周毅的父母，忽然觉得他们很陌生。

从警察调的监控中可以看见，是周家父母帮助周毅到她家里的，也就是说，这一切都是周家父母和周毅一起策划的。

当徐耀青看见视频里的情况，也是一脸愤怒地指责他们为什么要做这么过分的事情。

周家父母说，他们也没有办法，他们儿子对归宁思念入骨，知道归宁回来了想见她一面，奈何一直有人阻止他们见面，他们实在没办法，才想出这一招。

周家父母的说辞，小学生都不相信，何况是徐耀青。

从警察局出来后，徐耀青很失落，她没想到在她心中很优秀的周毅，竟然是这么猥琐的人，不，应该说他们一家人都很恶心。

“之前我听说周家人的公司经营不善，后来听说归老爷出事了，就想着打我们归宁小姐的主意了。”一直跟在徐耀青身边的用人小声说，“之前您跟周家关系挺好，我不好说这话，现在想来，我应该早点跟您说的，至少应该提醒一下您。”

“你说周家人打我们家宁宁的主意？”徐耀青皱眉，“这是什么意思？”

“就是啊……”用人见四周没人，小声对徐耀青和归宁说，“他们想让他们的儿子娶归宁小姐，周围邻居都知道归家就归宁小姐一个千金，娶了归宁小姐就等于拥有了整个归氏集团和归家所有的财产，所以周家人一直打归家的主意，尤其是听说老爷生病了，觉得机会来了，才跟我们这么亲近的。”

徐耀青听到这里，气得身子发抖，她问：“总有人阻止他们见宁宁又是怎么回事？”

用人摇摇头：“这个不知道，但据说一直有人阻止他们靠近归家，也不知道是什么人……”

两人说话的时候，归宁一直低着头没吭声，徐耀青以为她被吓坏了，担心地问：“宁宁，你没事吧？”

归宁摇了摇头，挽住了母亲的胳膊：“妈妈，我们快点回去吧。”

“好。”

司机早已经在警局门口等着了，几个人上车之后，归宁一直抱着母亲的胳膊，将脑袋靠在她肩膀上，一副心事重重的模样。

徐耀青以为归宁被周毅吓坏了，不禁责怪自己，当初怎么会相信周毅这个表里不一的人，幸好宁宁不喜欢他，如果真让周毅娶了宁宁，后果真是不堪设想。

还好当时宁宁极力反对，才没有促成大错。

徐耀青懊恼的时候，归宁的思绪则是停留在方才她不经意间看见的微博头条，推送是一个很长的标题——陆中集团大少爷机场甜蜜秀恩爱，展氏千金亲自接机，疑似大少爷与千金已经复合？

——陆大少爷与展家千金破镜重圆？是否会弥补订婚失败的遗憾？

归宁点开手机，微博上都是接机被拍的图片与视频，图片里的身影很模糊，视频也不清晰，但归宁一眼就看出，那个被女人挽着的男人就是陆淮南。

归宁很烦，她刚遇见一个恶心的人，就遇上了一件讨厌的事情。

之前她一直担心的事情，不需要过一天，不过航班落地的工夫，便发生了……

展瑜……真是和周毅一样，是归宁不愿想起，也不愿提起和看见的名字。

归宁靠在母亲的肩膀上，闭上眼睛，让自己尽量别想这些事情。

这时手机响了起来。她低头看了看，是陆淮南的来电。

归宁正因为陆淮南的新闻而恼火，看见来电，二话不说直接挂了电话。

徐耀青看见了，便问："宁宁，怎么不接电话？"

"哦。"归宁不带感情地说，"一个推销电话而已。"

Part 4 >>>

陆淮南看着被挂断的手机，皱了皱眉头。

"淮南哥哥，你怎么不理我？"坐在陆淮南身边的女孩一脸不开心地看着陆淮南。

她有一张跟展瑜一模一样的脸，连声音都是模仿展瑜的，但陆淮南知道她不是展瑜，她只是有一张和展瑜一样的、但很生硬的脸。

“你到底是谁？”

陆淮南看着眼前的女孩，他刚下飞机，这个女孩便迎了上来，有那么一刹那，陆淮南以为她真的是展瑜，但他很快排除了这个可能，展瑜有家族遗传病，活不过二十五岁。在归宁离开陆淮南的那段日子里，展瑜病情爆发，最终没能挺过去，是他亲自举办的葬礼。她虽然模仿展瑜很像，那也仅仅是像而已。

展瑜病逝的消息对外保密，外界没有人知道这件事，知道这消息的媒体都被他打点过了。这也是为什么陆淮南会把眼前这个“展瑜”带上车的原因，他不想在展瑜病逝后，还有任何对她不利的传闻。

被这么问，面前的“展瑜”无辜地眨了眨眼睛：“淮南哥哥，我是你的小瑜啊，你不认识我了吗？”

车子到达公司楼下后，陆淮南对里邦说：“直接把她带到警局交给警察处理。”

里邦：“是。”

“展瑜”急了，她说：“陆少爷，我是王欣！”

陆淮南面无表情地看着她。

王欣拿出那张黑卡：“陆少爷，您忘记您给我的这张黑卡，说我有事就能找您吗？我没其他想法，我只是知道了展瑜是您最心爱的女人，可是她不幸离世，所以我想要变成展瑜的模样陪在您身边，可以吗？”

这一回，陆淮南连个眼神都没再给她，直接让里邦将人带走。

但王欣根本不配合，她好不容易调查出陆淮南的感情过往，她拿着展瑜的照片去医院将自己塑造成展瑜的样子，就是想利用展瑜的容貌引起陆淮南的关注。

可王欣没想到陆淮南连看都不看她一眼。

眼见陆淮南绝情的背影，王欣挣脱了里邦便要朝他冲去，里邦很快让公司的保安将王欣左右架住，将她带出公司。

王欣不甘心地嘶吼：“陆少爷，你不能对我这样，我可是帮助过你的！”

陆淮南头也不回地走进了电梯，冷漠又绝情。

里邦冷漠地看着眼前抓狂的女人：“王欣，你想在SJ得个一官半职的要求，陆总已经替你实现了，今后你就好好待在你的SJ，过好你自己的生活。”

王欣笑了：“里特助，你以为我真的甘心在SJ谋个一官半职吗？我只是想待在陆少爷身边，即使没名没分也没关系，这样也不行吗？”

里邦冷笑：“想待在陆总身边，不需要名分的女人多着呢，也不差你一个。”

说完他又补充了一句：“即使你整得再像展瑜，你骨子里也不是她，别枉费心机了。”

里邦将一张银行卡丢在她面前：“这张卡里的钱够你下半辈子用的了，拿着钱好好工作，别整天想些旁门左道。”

见王欣目光呆滞，里邦示意保安松开她。见她没再做出什么过激的行为，里邦便离开了。

第十五章

到家了喊你

Part 1 >>>

里邦离开后，王欣一个人在原地愣了很久，究竟是哪里出了错？

王欣思来想去，忽然明白过来，她本以为陆淮南最爱的女人是展瑜，却没想到……

她想起在机场时，陆淮南看见她的第一眼，眼中流露出的是诧异，对，只有诧异。

什么最爱的女人……根本就不是。

不管她是不是展瑜，一个人如果看见自己最心爱的病逝的女人忽然出现在眼前，至少会流露出诧异之外的爱意与惊喜，但她根本没从陆淮南的眼睛里看见爱意与惊喜，只有诧异。

上车之后，他第一时间拨打了归宁的电话，在被归宁拒绝了之后，他的心情一直不好。

接着才开始问她的身份，即使她扮作展瑜一直可怜兮兮地表达对他的爱意，他都没有动心，也没有多看她一眼。

对她这张脸，他表现得太理智。

王欣本身的条件不差，在遇见陆淮南之前，她谈过很多男朋友，有对她死心塌地的，在情场上，她是个高手，她能确定，一个人如果是真爱着对方，即使看见了一张与对方一模一样的脸也不可能表现得这么冷静理智。

唯一的可能是，他根本不爱她。

王欣闭上眼睛，罢了，反正她想待在陆淮南身边，也是因为想得到一生的荣华富贵，既然得不到人……她弯腰捡起了地上那张够她下半辈子用的银行卡，起身离开了。

归朝来的身体状况恢复不到从前，至少在短时期内不能恢复，但归氏集团不能长期没人管理，徐耀青一个人忙不过来，加上经过这件事，归宁知道归氏集团是父亲一生的心血，即使她不喜欢经商，也要继承父亲的心血，不能让父亲失望，所以她打算留在归家，一方面学管理公司，一方面也可以帮自己的母亲处理一些事。

“那陆少爷怎么办？”徐耀青知道她们的关系后，担心地问，“你长期在我这边，陆少爷会不会不同意？”

“为什么要他同意？”归宁没好气地说，说不定他现在正乐不思蜀，美女在怀呢。

徐耀青见女儿的神情，不由得问：“宁宁，你是不是跟陆少爷吵架了？”

“才没有。”归宁说，“妈妈，不说他了，你知道我决定的事情不会轻易改变的，等明天我去一趟B市，向SJ提交辞职，再将B市的一些东西收拾回来，我就每天都陪着你们。”

“好。”

徐耀青没再问，只是到了晚上，她心神不宁，忍不住给陆淮南打电话。

别墅中，又一次被归宁挂了电话的陆淮南有点愁，归宁应该是看见新闻了，所以生气，一直不接他的电话，短信也不回。

奈何陆淮南一回来便被公司那群人给拖住了，生怕他再一次离开公司，几乎是二十四小时让张老看着他。

陆淮南对张老比自己的父亲还敬重，自然要给几分面子，所以他没有第一时间去找归宁。

但归宁不理他，已经是第三天了。

被挂了电话的陆淮南终于忍不住让里邦订机票时，手机忽然响起来，是徐耀青。

他接起：“伯母，您好。”

虽然徐耀青知道了自己女儿跟他是恋爱关系，但徐耀青对陆淮南还是很生疏，她说：“陆少爷，我们家宁宁是不是做错了什么事？”

陆淮南：“伯母，怎么这么问？”

“没有，就是发现宁宁最近有点闷闷不乐，你也知道，宁宁这孩子有什么事情都放在肚子里，不爱说出来。如果她真的有做得不对的地方，希望陆少爷你别跟她一般见识……”

“没有，伯母，您误会了，宁宁很好，是我不小心惹她生气了。”陆淮南顿了顿，问，“宁宁还好吗？”

“她说要留下来陪我管理公司，我觉得这样是不是会影响你们之间的感情？”徐耀青说，“明天宁宁会去B市收拾东西，你看看要不要找她聊一聊。”

徐耀青的话暗示了陆淮南归宁明天会去B市，如果有什么话当面讲清楚，她不想看见自己的女儿每天郁郁寡欢。

“我知道了。”陆淮南说，“谢谢伯母。”

“客气了，陆少爷，说谢谢的应该是我们。宁宁从小没受过什么苦，脾气也被我们惯坏了，但我知道她是真的很喜欢你，希望你能多担待一点。”

父母都害怕女儿在爱情里受伤，这一点陆淮南懂。

“我知道，伯母放心，我和宁宁都很好。”

有了陆淮南这句话，徐耀青才放心了，她只有归宁这一个女儿，现在归朝来又出了这种事，她很担心归宁未来的路，如果失去了他们的羽翼，她会不会走得不顺利……

幸好，还有陆淮南。

Part 2 >>>

归宁是第二天上午十一点半到达B市机场的，她从机场直接回了小公寓。

车是在网上约好的，下了车之后，一阵寒风吹过，B市今天阴天，空气看起来不怎么好，到处是雾霾，不是冬天，却寒风刺骨。

好在徐耀青前一晚查了天气，让她多穿一点。

归宁裹紧了大衣，往小区里面走去。小区管理很严格，外来车辆都要登记，归宁不想那么麻烦，便直接下车，自己走进去。

小区这个点没什么人，归宁走在路上的时候，接到了郑大鹏的来电，问她什么时候去公司。

郑大鹏两兄弟听说归宁要辞职，肯定是很失落的，毕竟归宁一到SJ便给他们带来了巨大的收益，所以他们想等归宁去公司的时候好好跟她谈谈。

归宁说了时间后，便挂了电话。她拐了个弯，刚到公寓楼下，便看见停在楼下的车和里邦，以及那个穿着黑色大衣的男人。

他怎么会出现在这里？他怎么还好意思出现在这里？

归宁这几日来的委屈与怒气瞬间涌上了心头。她一言不发，转身便跑。

她听见身后人追过来的声音，她加快了步伐，想要逃离这个说话不算数、只要一离开她便满身绯闻的男人。

可她再怎么努力，也比不上他的腿长。

归宁被他从背后抱住，他扳过她的身体面向自己，冰凉的鼻梁擦过她的脸颊，像惩罚她的逃离一般，毫不犹豫地在她耳垂上咬了一下。

“宁宁，你想跑去哪，嗯？”

起初，归宁试图挣扎，但无论怎么挣扎，他都紧紧地抱着她，根本不放开。

“陆淮南，你放手！”

“不。”

陆淮南的态度十分坚定，归宁很难受，为什么当初她那么爱他的时候，他能够轻易放手。

现在她已经决心想要忘记他的时候，他却固执地不放。

归宁不再挣扎了，她冷着一张脸看着陆淮南：“陆淮南，我们以后都不要联系了，我再也不相信你了。”

“不。”

“为什么不？没认识你之前，我的生活风平浪静，我无欲无求，但我每天都过得很好。认识你之后，我好像生活在刀山火海，你好的时候给我一块糖，不好的时候刀和火一起往我身上丢，从来不会问我能不能承受。展瑜是你的心头肉，但我也是个活生生的人，我不说不代表我不会疼，你和展瑜风流快活的时候，我一个人在黑暗里舔伤口，我这一身的伤都是你给的，现在你有什么资格跟我说不？”

归宁这话说进了陆淮南的心里，她从来没对他发过这么大的脾气，这一次是真的对他绝望了。

陆淮南能够理解，明明在她家的时候还是好好的，结果刚下飞机就出现这种事，好像在挑衅她的脾气与容忍程度。

“对不起……”陆淮南说，“宁宁，我不会让同样的事情再发生了，你再相信我一次好吗？”

“不。”归宁在陆淮南的怀中面如死灰，“我再也不相信你了，陆淮南。”

Part 3 >>>

归宁是下午两点多去的 SJ。

郑庆贺和郑大鹏两兄弟早已经在办公室等着了，就为了说服她留下来。

但归宁去意已决，无论郑庆贺两兄弟怎么说都没用。

他们知道归宁的性子，也不再说什么了：“这样，小宁啊，就算你离职了，大家以后还是可以联系的。”郑庆贺说，“中午我做东请客吃饭，大家聚一聚……”

“不用了。”归宁没什么心思吃饭，“我下午五点钟的航班。”

“这么着急？”

“嗯。”归宁说，“如果没其他事我先走了啊……”

“那好吧！”郑庆贺见归宁实在没什么心思多逗留，也不强人所难了。

直到归宁离开之后，郑庆贺才跟郑大鹏说：“我怎么看着这小姑娘今天心情好像很不好？”

“哥，你最近没看新闻吗？陆总跟王欣那事……”

郑大鹏这样一说，郑庆贺才反应过来：“这王欣也不知道在搞什么，整成那样去勾引陆总，陆总是那么轻易能勾引到的男人吗？不过据说她从陆总那里拿到了好处，也不算太亏。”

归宁刚走出办公室大门，便被郑大鹏喊住了：“小宁！”

归宁转身，看着朝她跑过来的郑大鹏。

“郑主任，怎么了？”

“是这样的，”郑大鹏说，“关于王欣在机场跟陆总那事，我觉得作为王欣的领导，有必要跟你和陆总道个歉，因为我们管理出了问题，才让王欣做出那么出格的事情，上面已经开除王欣了，她以后都不会再出现在你和陆总面前了。”

对郑大鹏的话，归宁一头雾水。正要问原因时，便看见迎面走来了一个人……

归宁的第一个反应是，展瑜怎么会在这里？

下一秒，她便听见郑大鹏的声音：“王欣，你来得正好！还不过来给归宁道个歉！”

王欣？那个在食堂，被她用饭盆砸的王欣？

归宁端详着眼前的女人，她发现她跟展瑜真的很像，但仔细观察，能看出她脸上略显僵硬，这是整容的后遗症，即使再完美的整容技术，也难以遮挡“不自然”这个瑕疵。

结合方才郑大鹏的话，归宁似乎明白了什么。

“归宁？”王欣走过来，看见归宁笑了起来，“听说你是来辞职的，这么快就回去当你的陆中集团少奶奶吗？”

“不过也是，现在展瑜不在了，陆少爷未婚妻的身份自然是该轮到你了。”

王欣这话说得十分难听，也精准地戳中了归宁的心。言外之意是她排在展瑜之后，如果展瑜在，陆淮南眼中是没有其他人的。

“这就是你整成跟展瑜一样的原因？”归宁反问，“效果呢？”

王欣面色一变，没想到她说了那么重的话，归宁都没生气。

王欣不知道，今天一大早，陆淮南便在归宁的小区等她，如果王欣的举动真有效果，陆淮南不会一大早便等着跟归宁道歉，此刻王欣也不可能站在这里跟她说话……

见归宁一脸平静，丝毫未被她的激将法激怒，她笑了：“难怪连展瑜最后都输给了你，陆少爷的眼光不错，爱上你，他不吃亏。”

王欣说完这话后，便扬长而去。这一回，她没有什么不甘心的，输给归宁这样的女人，本就不亏。

王欣潇洒转身，留下若有所思的归宁，和一脸茫然的郑大鹏。

郑大鹏郁闷极了：“这丫头简直莫名其妙。”

Part 4 >>>

归宁坐在出租内，司机问：“请问去哪？”

“先随便开吧……”

司机从后视镜里看了归宁一眼没说话，发动车，毫无目的地在市内游荡了一圈之后，司机问：“姑娘，还没想到去哪吗？”

归宁说：“去陆中集团吧。”

“好嘞！”司机立刻在前面调转头，往陆中集团开去。

他没忍住，问：“姑娘是遇见了什么不开心的事吗？”

归宁靠在后座，望着窗外，难得开口跟一个陌生人说：“我误会了一个人，不知道该怎么面对他。”

“嗨！我还以为什么事！”司机说，“只要人在身边，再多的误会也能解释。只不过是拉不拉得下脸的问题，所以姑娘啊，有什么话双方说清楚就行，只要别因为太多还来不及解释的误会产生了一场悲剧就行。”

司机将归宁放在陆中集团门口，他探出头给归宁加油打气：“姑娘加油，向被你误会的人解释，他一定会原谅你的！”

面对热情的司机，归宁失笑：“谢谢。”

司机驾车离开之后，归宁站在陆中集团楼下看着眼前的高楼，半晌，才走进去。

归宁走到前台，她说明来意后，本以为会遭到拒绝，毕竟陆淮南的身份不是谁想见就能见的。

没想到前台看了归宁一眼，问：“请问女士您的名字是？”

“归宁。”

“噢，归宁小姐。”前台立刻说，“陆总吩咐过，只要是归宁小姐来公司，无论什么时候都可以见到陆总。归宁小姐，请跟我来。”

归宁恍惚了一会儿，跟着前台往楼上走去。

电梯直达陆淮南的办公室外，电梯门一开，正巧遇上了里邦，里邦没想到归宁亲自来了陆中集团。

前台说：“里特助，这位归宁小姐说想见陆总。”

里邦：“知道了，你先下去吧。”

前台走了之后，归宁站在里邦面前。

里邦说：“陆总现在正在开会，我进去通报一声。”

“不用了。”归宁拦住里邦，“让他先忙吧。”

她看了一眼四周，指了指不远处的沙发：“我坐着等他就行。”

里邦也被归宁下了指令，不能打扰陆淮南工作，不用管她，忙自己的就行。

结果这一忙，直接忙到晚上十一点。

归宁这几天都没睡好，等着等着便在沙发上睡着了。

归宁醒来的时候，是被脸上摩挲的触感弄醒的，她迷糊地睁开眼睛，便看见了陆淮南，他逆着光，轮廓被光影勾勒得深刻，俊眉轻拧，睫毛长而浓密，眼眸深邃。

归宁靠在沙发上，没动，小声地说："陆叔叔，对不起……我误会你了。"

她说："我看见王欣了……"

淮南已经知道了归宁今天去 SJ 的一切事情，那些都不重要，重要的是他的小姑娘又回来了。

陆淮轻抚她的长发，嗓音低沉清润："宁宁，我们回家吧。"

归宁很困，下车后，回别墅的一段路，是陆淮南背她过去的。

归宁撒娇一般地将脸埋在他的肩膀上，问："陆叔叔，你会一直像现在这样对我好吗？"

"会。"

"唔……那我就相信你一次吧……"

归宁困得不行："我睡一觉，一会儿到了喊我。"

"好，到家了喊你。"

前方的路，在路灯下渐渐清晰。

陆淮南背着归宁一步一步地往家走，过去他一直偏离航道，任黑暗吞噬。直到遇见她，他才明白，他走过所有的黑暗都只为和她碰头。

原来，淮南以宁，唯有她能给予他岁月的沉淀和安宁。

番外

陆先生的小心思

自从接手陆中集团，陆淮南的饭局一场接着一场，从最初的不适应到最后的习以为常，饭局已经成为家常便饭的事情。

但自从将归宁带在身边，陆淮南的饭局明显减少了。

那次是老爷子点名要陆淮南到场的饭局，所以他没有准时接归宁回家，让里邦去接，却被拒绝了，没办法，他只能亲自去学校将归宁接回来。

再去饭局上的路上，归宁很乖、很安静地跟在陆淮南身后。

里邦正在向陆淮南汇报："这次跟金氏集团的合作，老爷子是看在往日的交情上，所以今天的饭局就是走个过场，刚刚陆总您离开接归宁小姐的时候，金董事长的独生子金海泉也来了，不过这个所谓的小金总就是个纨绔子弟，经常借着金家的背景在外面为非作歹，喜欢各种美女，尤其是年龄小的嫩模。金董事长只有这一个儿子，从小娇生惯养，只要没做什么太出格的事，也就睁一只眼闭一只眼……"

陆淮南带着归宁往里走，听着里邦絮絮叨叨地说着，忽然顿住了脚步。

跟在陆淮南身后的归宁毫无防备，撞了上去，俏丽的脸上满是疑问与不满，她莫名其妙地看着忽然停住脚步的男人。

没想到陆淮南的神情比归宁还不满，他正一脸严肃地打量着她，他穿着黑色镶金边的西装，金线在灯光下闪着细细的碎光，衬得他的五官越发干净清朗。

归宁的不满在这么好看的颜值下渐渐缓和了，她仰着头，一双如水般的眼睛望着他，问："怎么了？"

陆淮南看了归宁一会儿，对里邦说："把她带到隔壁。"

这是听见里邦汇报金氏集团独子时，陆淮南临时做的决定。

像他们那种富贵子弟，没几个男人不花心，明明知道这群人都是这副样子，但陆淮南第一时间知道饭局上有这么一个人时，便不想让归宁与他见面。

不过这些话，陆淮南自然不会说。

归宁虽然比他小很多，但她很聪明，听陆淮南这么一说，灵动的眼睛一转，在陆淮南转身往电梯口走时，扯住了他的衣角。

陆淮南回头，便看见归宁一双晶莹透亮的眼睛，她歪着头问："陆叔叔，你不想我跟你一起去，是不是害怕我会被别的小哥哥抢走啊？"

被归宁当面这样问，陆淮南微怔，在工作上无所不能的陆家大少爷竟然不知该如何回答。

归宁眨了眨眼睛，仿佛从陆淮南的怔愣中得到了她想要的答案，她笑了，如面朝日光的向日葵，熠熠生辉，令人心动。

"我知道了，陆叔叔，放心吧，我不会被其他小哥哥抢走的。"归宁挥挥手，"你去忙吧，我自己吃饭就行。"

说完，归宁又对里邦说："里特助，我们走吧。"

看着归宁跟里邦离开的背影，陆淮南竟然松了一口气。

陆淮南从没有过这种情绪，很奇怪，像自己的宝贝太过耀眼，不想被人看见，便想方设法地藏起来。

陆淮南想起归宁问的话："你不想我跟你一起去，是不是害怕我会被别的小哥哥抢走啊？"

嗯，陆大少爷黑眸微沉，是有点这么个意思。

后记

归宁想给陆淮南一个家

箭鹰会把出生时第一眼看到的生物视为父母和亲人，终生相随、不离不弃。

小时候的陆淮南有些自闭，以至身边几乎没有朋友，有的人因为他是陆家大少爷不敢轻易接近；有的人因为他的性格只敢远远地看着。

可是小展瑜不一样，她性格天生活泼可爱，第一次被带到陆家便看见陆淮南这个好看的小哥哥，毫不犹豫地向他伸出了友谊的小手：“淮南哥哥，我是展瑜，我可以跟你做好朋友吗？”

那一刻起，他们成了“好朋友”，当了这么多年。

在外人看来，展瑜在陆淮南身边这么多年，只是为了向他讨要自己想要的东西。

陆淮南也知道，但这些东西对于他而言并不算什么，就像别人向他借了纸笔，说想写点东西，他说拿去便是。

在陆淮南枯燥的工作与生活中，展瑜的“讨要”成了他唯一的调剂。

如果不是遇见归宁，陆淮南也不知道自己会从展瑜的牢笼中解脱。

就像我们没有遇见喜欢的人之前，都觉得“喜欢”一词不值得一提，遇到之后，就开始变得矫情。

人一旦有了感情，就窝囊得不行，一边骂自己没出息，发誓再爱也不回头，但如果那个人朝你伸出手，你还是会跟他走。

陆淮南、归宁和展瑜，就像畸形的三角形，归宁本以为他们会一辈子这样纠缠下去，可最终她还是累了，放手了，从这个奇怪的三角形逃了出去。

是她的逃离，让这原本不该存在的三角形碎裂了。从那一刻开始，陆淮南看清了自己的感情。

都说他最爱的女人是展瑜，他那么冷漠寡情的一个人，却任由展瑜在他身边为所欲为，这不是最爱吗？

连他都以为这是爱。

后来陆淮南才知道，他就是那只箭鹰，因为展瑜是第一个朝他伸出双手的人，所以他误以为她是一生的“挚爱”，终生相随、不离不弃。

可错认就是错认，永远不可能成真。

陆淮南虽然由着展瑜作，但他是清醒的，他清醒地知道自己离不开归宁之后，便主动去寻找那个被他伤透的小姑娘。

我曾经在微博上看见一位读者的留言，她说：“不管陆叔叔有多坏，我始终对他讨厌不起来，我想看完他跟归宁的故事，希望他们有个完美的结局。”

总觉得，这个世界上没有绝对的对与错，只是每个人的角度不同。

从归宁的角度来说，虽然陆淮南做了那么多伤害她的事，但他也哄过她，把所有能给的好都给她，在她的认知里，无所不能的陆先生是孤独的，是寂寞的，他只是习惯将自己强大的地方展现在别人面前，那些人看不到的脆弱的陆先生，他的脆弱，只在她一人面前表露过。

陆叔叔不是个好人，但也不算坏。

归宁想给陆淮南一个家，也许有一个温暖的家，他的棱角会渐渐被磨平，也许在未来的某一天，她的陆叔叔也会变得明亮而温暖。

木子喵喵

2019 年 7 月 3 日